王都近くの港町で
海鮮を堪能!!
「美味しい〜、幸せ……」
自由に生きようと転生したら、史上4人目の賢者様でした!?
2
～女神様、今の時代に魔法はチートだったようです～

ホセ
リカルド
アイル
異世界転生して15歳に。
女神により転生させられた
4人目の「賢者」だが、そのことは秘密。

エリアス
ビビアナ
ガブリエル
中華麺もどきを発見したので
焼きそばパーティー!!

大人っぽく装って、
ガブリエルのパートナー役で
王宮の夜会に出席！

自由に生きようと転生したら、史上4人目の賢者様でした!?

～女神様、今の時代に魔法はチートだったようです～

2

酒本アズサ

イラスト／しあびす

イラスト
しあびす

デザイン
木村デザイン・ラボ

プロローグ

私、森川愛瑠《もりかわあいる》は大嫌いな幼馴染《おさななじみ》に川に突き落とされた。

その時、偶然異世界の女神様がその川と水鏡を繋《つな》げて地球を覗《のぞ》き見《み》していたため、私の身体から魂だけが切り離されてしまった。つまりは死んでしまったのである。

結果、ほぼ一方的な女神様の説明と提案で異世界に転生する事になった私。

異世界で冒険者パーティ『希望《エスペランサ》』のメンバーであるリーダーのリカルド、槍《やり》使いのエリアス、弓士のビビアナ、そして最初に出会った狼獣人のホセ達四人の仲間になって、冒険者アイルとして生きていく事になった。

現状を把握していくと、いくつか衝撃の事実を知った。まず一つ、二十七歳だった私は十五歳に若返った身体を与えられ、……胸を……無くした……。凄《すご》く小さくなっていたのである。

そして過去にも地球から転生した人が三人もいて、三賢者と呼ばれていたというのが二つ目。この時は女神様に若返らせるという発想が無くて、転生直後の三人は死亡時そのままの年齢だったようだ。

最後に……女神様が地球を覗き見するためにこの世界を離れた影響で、百五十年前から魔法を使える人が産まれなくなっているらしい。

今この異世界で魔法を使えるのは、百五十歳以上のエルフやドワーフなどの長命種、あとは「お詫《わ》びとして宮廷魔導師になれるくらいの能力あげちゃう！」と、魔法が使えた時代ですら結構珍しいレベルの能力をもらってしまった私だけなのだ。

人族で魔法が使える事がバレると大変な事になるというので、「使う時はコッソリとバレないように」を合言葉に過ごしていたのに、エルフのガブリエルのせいで私が魔法を使えるどころか四人目の賢者だと『希望《エスペランサ》』の仲間と冒険者ギルドのギルマスのディエゴにバレてしまった。

幸い秘密を守ってくれる人達だけだったから助かったよ。

そんなこんなで大変な事もあったけど、『希望《エスペランサ》』の皆みたいに信頼できる人達との出会いもあったし、何より魔法が使えるというファンタジーの醍醐味《だいごみ》もしっかり堪能している。

世間には魔法が使える事は隠さなきゃいけないけど、これからもっと楽しんじゃうもんね！

女神様、この世界に転生させてくれてありがとうございます‼

第一章　王都までの護衛依頼

ガブリエルと知り合う発端となった魔導期時代の魔導具のせいで、当事者という事もあり、私達は護衛の指名依頼でガブリエルと共に王都へ行く事になった。

ガブリエルと一ヶ月も一緒か……、ずっとあのテンションだと大変そう。とんでもない人物と知り合っちゃったなぁ。

とんでもない人物といえば、王都に向かう途中にあるトレラーガにも一人いた気がしなくもないけど。………うん、忘れよう。


依頼受注が決定した翌日、私は商店街にある服屋に来ていた。

「いらっしゃい」

ここの店は普通の服もあるが、大蜘蛛《ビッグスパイダー》の糸を使った凄い伸縮性の服が売りで、獣人御用達《ごようたし》だったりする。

ホセが普段人型から獣化する時に服をそのまま着ていられるのは、その凄い伸縮性のおかげなのだ。なのでホセはピチピチではないけど結構身体にフィットした服の時が多い。

そして今回その素材で作って欲しい物がある。そう、この世界に来て数ヶ月経《た》ち、着実に成長してきているお胸様のブラジャーを！

　今まで手に収まるというか、むしろスペースが余ってる状態だったのが、手にフィットするくらいに育ったのだ。これは確実にCにはなってる（ビビアナは最低でもGカップはありそうだけど）。

「こんにちは。半月後に王都へ行くから三着は服を作って欲しいの、それと……下着も新調したくて……」

「ふぉっふぉっ、それじゃあ婆さんを呼んでこようかね。儂《わし》でもいいなら儂が測るが……」

　ワキワキと手がイヤらしい動きをしている。ここの店主は憎めないキャラではあるが、少々発言がセクハラ気味なのだ。

　むしろ女の子とキャッキャしたいから服屋をやってる感がある。

「そんな事言ってたらまた怒られるよ？　ほらほら、早くイメルダさん呼んできて！」

「やっぱり儂じゃあダメか……」

　わざとらしくションボリしながら店の奥へ入って行き、入れ替わるようにすぐに奥さんのイメルダさんが出て来た。

　イメルダさんのエプロンのポケットはいつも膨らんでいて、その中には持ち歩き用の筆記用具セットとメジャーが入っている。

「下着と服を作るんだって？　まずは採寸だね。ほらほら、こっちにおいで」

　カーテンで仕切られた採寸場所に移動すると、見事な手際でパンツ一枚の状態にされてしまった。

「はい、ちょっと手を上げて……おや、ちゃんと育ってるじゃないか。良かったねぇ」

「やっぱり⁉　だよねぇ！　だから大蜘蛛《ビッグスパイダー》の布で下着を作ってもらおうかな～と思って！」

「ああ、それがいいね。サイズが変わっても伸縮するからそのまま使えるし、たとえ痩《や》せて胸が小さ」「それは無いから大丈夫！　これからもっと育つ予定しかないから！」

不吉な事は言わないで欲しい。言霊《ことだま》の概念がこの世界にあるかわからないけど一応ね。

クスクス笑うイメルダさんに、採寸が終わってから王都の最新ファッションが印刷されている紙を見せてもらった。

冬服なせいか妙に野暮ったいんだよねぇ……。冬でモコモコしてるのは仕方ないけど、もうちょっとシルエットがシャープにできたらいいのに。

「あと馬に乗りやすいようにコートの後ろに深いスリット入れて、中に風が吹き込まないための内布がお尻のとこに付いてれば、馬の体温もあって結構下半身が暖かくなるんじゃないかなぁ、本来のダッフルコートみたいに脚に引っかけるベルトが内側にボタンで付いていたら捲《めく》れるのも防げるし……」

「そのアイデアもらった！　いいねぇ、それでコート作ってあげよう。他に欲しいデザインあるかい？」

あ、また考えが声に出ちゃってた。気を付けないと、その内異世界がどうとかって言っちゃってたらどうしよう。

とりあえず今回はイメルダさんが喜んでるからいいかな。

「小物だけどマフラーじゃなくてネックウォーマーが欲しいかな。ハイネックはあるけど、それだと大蜘蛛《ビッグスパイダー》の糸使ってるやつだからあんまり暖かくはないもんね」

「マフラーはわかるけど、ネックウォーマーって何だい？」

そういえば子供の頃はネックウォーマーってなかった気がする。三賢者の知らないアイテムだったか……。

その後、絵を描いてネックウォーマーと欲しい服の説明をしてから家に戻った。


そして十日後、服と下着を取りに服屋へと向かう。

店内で試着をすると、とても着心地がよく、特にちょっぴり寄せて上げる仕様のブラジャーが素晴らしい出来だったので、そのまま着けて家に帰った。

食事の時とかさりげなく胸を張って違いをアピールしたが、誰も……何も気付いてくれなかった。

………悔しくなんかないもん、本当だもん。

◇　◇　◇

王都行き当日、いつもの貸し馬屋で馬を借りた私達は、例の魔導具を持ったガブリエルを王都へ連れて行くためにウルスカを出発した。

例によって例の如《ごと》く、私は一人で馬に乗れないのでホセの前だけど。

「寒いよ～、身体はいいけど、顔が痛いくらい寒いよ～」

出発して数分後、ウルスカ地方の真冬の気候に、私の口からは泣き言が漏れていた。

新調したコートと背後のホセの体温で身体は暖かいが、顔の体感温度がヤバい。

「魔法で防風すればいいじゃないか、アイルならできるんじゃないのかい？　私はやってるよ？」

「あ……っ」

ガブリエルが不思議そうに言った言葉にハッとなる。元々魔法が無い世界から来たからそういう発想が無かったというか……。

寒風吹き荒《すさ》ぶ中、馬を走らせているというのに、一人だけちゃっかり魔法で防風していたガブリエルにジトリとした視線を向けた。

「てっきり風を楽しんでるのかと思ってたよ、よく寒いって言いながらくっついてくる人とかいたし」

「あっそ」

見た目に騙《だま》されて寄ってくる人はいくらでもいそうな美形だもんね。見た目さえ良ければ中身はどうでもいいっていう人もいたかもしれないし。

ガブリエルの性格を知ってしまった事に加え、今まで無駄に寒風を耐えていたせいで、今の私は少々心がささくれている。

えーと、皆にも防風を施すなら馬も込みにしないとダメだよね、ドーム型の障壁でいけるかな？

「『風障壁《ウインドバリア》』」

「おお！　すげぇ、風が止《や》んだぜ」

「風が無いだけで全然違うね、ありがとうアイル」

「本当だな、助かる」

「髪もボサボサにならずに済むし、アイルったら凄いわ！」

「えへへ、良かった」

馬の鞍《くら》を中心にして、皆の分も障壁を展開してみたけど成功したようだ。風の障壁ではないので周りの風が荒れる事も無い。

「アイルは凄いねぇ。一人分ならともかく、こんなにあっさり多重展開するなんてエルフでも年嵩《としかさ》の者しかできないんじゃないかなぁ。私だともう少し時間がかかっちゃうかな、さすが賢者ってとこだね」

「へぇ、エルフに褒められるなんざ、やるじゃねぇかアイル。けどよ、間違っても道中バレねぇように気を付けるんだぞ？　万が一王都でバレちまったら……」

「も、もちろんだよ！」

真後ろにいるせいで、いつもよりホセの圧が凄い。私はコクコクと高速で頷《うなず》いた。

寒さの問題が解決したら、今度はお尻の痛みが気になってきた。

「はぁ、空飛ぶ雲や魔法の絨毯《じゅうたん》に乗って移動できたらお尻が痛くなる事もないいんだろうけど……、馬車でも結局お尻が痛くなるしなぁ……」

「ははっ、なんだそれ」

「私が住んでた世界のお話に出てきたアイテムなの、あったら便利だと思わない？」

「いやぁ〜、あまり評判は良くなかったよ」

ホセと話していたらガブリエルが割り込んできた。

「そう言うって事は、そんな魔導具があったって事か？」

「雲は無いけど絨毯はあったたよ、だけど評判が悪くてすぐに廃《すた》れちゃったんだよね」

「何で？　風圧は魔法で防げるでしょ？」

他の皆も興味があるのか、ガブリエルに視線が集中している。

「絨毯って柔らかいでしょ？　だから重さによって沈み方が違うせいで安定しなかったり、特に女性が複数乗ると沈み具合のチェックが水面下でされてギスギスしたり……」

「「あ〜……」」

ホセは首を傾《かし》げたけど、私とビビアナの納得の声が被《かぶ》った。

同じくらいの身長なのに自分のところだけが深く沈んだら屈辱だもんね、陰口のネタにされそうだし。

「だからと言って硬い物……。例えば馬車の本体を浮かせようと思ったら、かなりの魔力が必要になるから実用的じゃなかったのさ。だったら自分一人に浮遊魔法かけるとか手間はかかるけど転移魔法陣を設置した方が早かったからね。転移魔法陣を発動する時はかなり魔力が必要だから、今ではエルフの里同士くらいでしか使えないけどさ」

「そっかぁ、アラジンのは絨毯に意識があるからこそなんだねぇ……。一人用だったら絨毯じゃなく座布団とか……、あ、それより自分への浮遊魔法か……」

「周りから見てバレねぇ程度の浮遊魔法を試してみたらいいんじゃねぇ？」

ブツブツと呟《つぶや》きながら考察していたらホセが提案してくれた。

「ん～、だけど自分だけ楽するのは皆に申し訳ないし……」

「あたし達は慣れてるから大丈夫よ、一度試してみたらいいじゃない」

風を切る音が無いせいか、後方を走るビビアナとも楽に会話できている。私はありがたい申し出に乗る事にした。

「じゃあ試してみるよ、浮遊だけするからホセに押してもらう形で進むって事でよろしくね」

「ちゃんと捕まえといてやるよ」

「『浮遊《フロート》』」

「あ、アイル、それダメだよ。一発でバレるやつだ」

浮いた瞬間エリアスからダメ出しが入った。うん、私も自分で気付けたよ。

何故《なぜ》なら乗馬中の上下運動が無くなるからホセとの動きが全然違う上に、捕まえてもらって無理矢理馬に合わせて動かしてもらうと私がシェイクされてしまう。

「く……っ、こうなったらお尻に優しいクッションを探すか作るしかない……！」

諦《あきら》めて浮遊魔法を解除し、決意を新たに拳《こぶし》を握った。

「なぁんだ、こういうの探してるって事？　氷魔法で捕獲したスライムの核に固定剤の薬品を注入すればこういう透明なゼリー状になるんだよ。あ、そういえば五年くらいで固定剤が劣化するから今はもう人族では使われてないんだっけ、コレは先週作ったばかりだから言ってくれればついでに作ったのに～」

ガブリエルの鞍をよく見ると、二階から卵を落としても衝撃を吸収しそうな透明ジェルに覆われていた。言ってくれればと言われても存在自体知らなかったんだから頼める訳が無い。

「…………ホセ、ちょっとくらいガブリエルに石弾《ストーンバレット》ぶつけても許されると思わない？」

「気持ちはわかるがやめとけ。それよりスライム探して、固定剤とやらが手に入る町に着いたら作らせた方がいいだろ」

職人街のある町であれば固定剤は手に入るらしいので、ガブリエルには人数分のスライムシートを作る事を約束させて、道中スライムを探しながら馬を走らせた。


「『凍結《フローズン》』！　よしっ、これで人数分のスライムが揃《そろ》ったね！」

休憩のために立ち寄ったキャンプ場で最後の一匹を見つけてストレージに収納する。

「じゃあ早く食事にしようよ、もう僕お腹ペコペコだよ。今日のお昼は何？」

ストレージから出しておいたシートとローテーブルをセッティングしながらエリアスが催促した。

「寒いから温かいものが欲しいと思って、鶏肉ゴロゴロ茶碗蒸《ちゃわんむ》しと～、肉団子の甘酢餡《あん》かけと～、ポテトサラダと～、あとはパンかな。足りなかったら蒸し鶏《どり》のサラダとか肉豆腐とか出そうかなと思ってるから言ってね」

メニューを言いながら順番にテーブルの上に並べていく。茶碗蒸しを出すと、皆器を両手で持って手を温めている。

「鶏肉と出汁《だし》の香りがたまらないわ～、早く食べましょ」

ビビアナが茶碗蒸しの器に顔を近付けて深呼吸していたので笑ってしまった。

「ふふっ、それじゃあ食べようか。いただきます」

「「「「いただきます！」」」」

いただきますの言葉と共に、大皿から取り皿へどんどん料理が移されていった。

「あちちっ、餡かけがあちぃけど美味《うめ》ぇ。やっぱ肉が一番だよな、この肉団子は一回揚げてるから表面は歯ごたえがあって好きなんだよな」

「ふふふ、食感をよくするために蓮根《れんこん》も入れてるから、軟骨っぽくなってホセ好みでしょ」

嬉《うれ》しそうに揺れる尻尾《しっぽ》にニンマリと笑う。

「私はこの茶碗蒸しが好きだなぁ。サブローが作ってたのを見た事あるけど、穴がぼこぼこ空いててこんなにつるんとした見た目じゃなかったよ」

ひと掬《すく》いしてはふぅふぅと冷ましながら、時間をかけて茶碗蒸しを食べるガブリエル。

「あ～、それは蒸す温度が高過ぎたか時間が長かったんだね。ちなみに茶碗蒸しはグズグズに崩してスープみたいに飲んでもいいからね。分類としては味噌汁《みそしる》とかと同じ汁物だから」

「あら、そうなの？　確かに味噌汁でも大きな具が入ってる物もあるものね。このつるんとした食感もいいけど……、ズズ……はぁ、鶏の出汁もしっかり出てるから飲むのもいいわぁ」

ビビアナがさっそく崩して飲むと、満足げに息を吐いた。

「んん！　アイル……っ、水！　おかわり……っちょうだい！」

エリアスが突然自分の胸をドンドンと叩《たた》きながら水を要求してきた。

どうやらポテトサラダを食べ過ぎて胸に詰まらせたらしい。

「も～、茹《ゆ》で卵《たまご》と芋類は一気に食べちゃダメって教えたのに……、はい」

ストレージから冷たい水が入ったピッチャーを出して、差し出されたコップに注いだ。

「んぐんぐんぐ……ぷはぁっ。はぁはぁ、美味《おい》しいからつい食べ過ぎちゃうんだよねぇ。アイルが作るマヨネーズが美味し過ぎるのがいけないんだよ」

「気持ちはわかる。何度か苦しい思いしたら学習するから大丈夫だよ」

「それは大丈夫って言わねぇだろ」

ホセがツッコんできたけど、気道さえ確保できていれば詰まってる部分が苦しくて痛いだけだからセーフなのだ。

そんなにぎやかな食事を挟みながら今日泊まる予定の町を目指した。

幸いな事に最初に泊まる町で固定剤が見つかり、スライムシートを使ってみるとこれまでとは比べ物にならないくらい快適な馬の旅である。

そして雨で一日足止めされたものの、順調に旅を続ける事五日、見覚えのある外壁に囲われた町に到着した。

「あれ？　並ばなくていいの？」

長蛇の列にうんざりしつつも並ぼうとしたら、ガブリエルは前回私達がドロテオ達と通った住民用の短い列の方に向かった。

「ふふふ、私は王立研究所員なんだよ？　公的機関だからこその特権というものがあるのさ」

ドヤ顔で身分証をヒラヒラと見せてきた。ウザいけれど並ばなくていいのは助かる。

すぐに順番が来てガブリエルは門番に身分証を見せる。

「王都からの呼び出しのため、護衛五名と共に通らせてもらうよ」

「……はっ、ようこそトレラーガへ！」

門番はガブリエルがエルフだと気付いて一瞬呆《ほう》けたが、すぐにビシッと敬礼して私達を通した。

考えてみたら私もガブリエル以外にエルフなんて見た事無いし、珍しいんだろうな。言動のウザさでつい忘れちゃうけど。

「なんてぇか……、マトモなヤツのフリもできるんだな……」

「ふぐぅっ」

ホセの言葉に思わず噴き出しそうになってしまった。確かにさっきの対応はマトモな人っぽかったけど！

「ん？　何を言ってるのかな？　まぁそれよりも君達のお勧めの宿はあるかい？　トレラーガに来たのは大体十年振りだから街並みも多少変わってるだろうねぇ」

「じゃあ今回も月夜の雫《しずく》亭でいいか？」

「「「「賛成！」」」」

私達はリカルドの提案に賛成した。あの四人部屋が空いてたら泊まりたいし、時間があればミゲルの顔も見に行きたいな。

ガブリエルは一人部屋だろうから、あの部屋が空いてさえいれば泊まれるよね！

「え……っ⁉　私だけ別の部屋なのかい⁉」

月夜の雫亭でチェックインする時に、ガブリエルが悲愴《ひそう》な顔をした。

「この宿に五人部屋は無いからな、俺達は前回も四人部屋に泊まったんだ」

「えぇ～⁉　じゃあアイルが一緒に泊まってよ。四人部屋なんだからそっちは四人で泊まればいいじゃないか」

「何で成人女性の私がガブリエルと二人で泊まらなきゃいけない訳⁉　部屋割り的におかしいでしょう⁉」

「あ、そういえば成人してたんだっけ、見た目が見た目だからついつい忘れちゃぁうッ」

思わずローキックを繰り出してしまい、ガブリエルは膝《ひざ》をついた。

「ひど」「一人部屋で決定ね？」「はい……」

有無を言わせぬ笑顔でゴリ押ししたら大人しく従った。せっかくあの新しくなったベッドの部屋に泊まれるというのに、何が悲しくてガブリエルとゴワゴワシーツの部屋に泊まらなきゃいけないのさ。

ふふふ、今夜は久々に獣化したホセをモフりながら寝られる事が決定したね。

部屋へと向かおうとしたら、受付のお姉さんに呼び止められた。

ニコニコしてるからいい話なんだろうけど、なんで私だけ？

「アイルさんにずっとお礼言いたかったんですよ！　噂で聞いたんですがエドガルドさんにこの街の治安を良くするようにって言ってくれたんですよね⁉　最近エドガルドさんが私財を投じて自警団を設立してくれたり街灯を増やすように領主様に交渉してくれたり……おかげで以前より安心して出かけられるようになったんです」

「へぇ……、言った事守ってくれてるんだ」

「ええ！　公言はしていないみたいですけど、仲間内ではいつも二言目にはアイルさんに夜道でも安心して歩いてもらえるようにって……、そう約束したからと言ってるらしいですよ？　でもその分忙しくて疲れているのか、いつもより気怠《けだる》げな姿が色気を醸し出してるとファンも増えてて……むふふ」

　このお姉さんもファンなのだろうか。エドガルドの姿を思い出しているらしく、天井に視線を向けたままニヤついている。

　私がついて来てない事に気付いたエリアスが呼びに来てくれたので、お姉さんとの話を切り上げて部屋へ向かった。


　部屋に到着後、すぐに私達の部屋に来たガブリエルとひと休みし、一緒に買い出しに行こうとドアを開けると、ノックしようとしていたエドガルドが立っており、私を見るなりいきなり抱き締めてきた。

「アイル‼　ああ、本当にいた！　会いたかったよ！　私は君との約束を守ったんだ、褒めてくれるかい？」

「わぷっ、エドガルド……苦しいから……っ」

お姉さんが言っていた通り、少し窶《やつ》れて更に色気が出ているように見える。本当の色気は三十代からって誰かが言ってたけど本当なんだなぁ。

それにしても凄《すご》くいい匂いがする、いい香水使ってるとみた。

「おっと、ごめんよ、あまりにも嬉しくて。（チラッ）…………たとえどれだけ成長していても私の気持ちは変わらないからね……！」

「エド……！」

そっと私を解放したエドガルドの手をキュッと両手で包み込む。そんな私を見て仲間達は驚いて息を呑《の》んだようだ。

だけど、だって、今、エドガルドったら私の胸が成長した事に気付いてくれたんだもん‼

今まで誰も気付いてくれなかったんだよ⁉

多分だけど抱き締めた感触が前と違ったのかもしれない、そして視線が一瞬胸に向けられたから間違いない‼

男がチラ見のつもりで見ていても、女からしたらガン見されてるのと同じくらい気付くというのは有名な話だからね！

「宿のお姉さんから聞いたよ、治安良くするために頑張ってるんだって？　約束通りご褒美としてこれからはエドって呼んであげるね」

私が満面の笑みでそう言うと、エドガルドは感激したようにアメジスト色の美しい瞳を潤ませて跪《ひざまず》く。

そんな私達を背後にいたガブリエルはポカンと口を開けて見ていたが、我に返って近付いて来た。

「え〜っと、アイル？　そちらはどなたかな？」

「おや、新しいメンバーが入ったとは聞いてなかったが……エルフとは珍しい。私はエドガルド、アイルの下僕」「わぁぁぁぁ！　イイ笑顔でなんて事言ってんの⁉」

おずおずと声をかけてきたガブリエルに対し、エドガルドは立ち上がると色気を含ませつつも爽《さわ》やかな笑顔で胸に手を当ててとんでもない自己紹介をした。

ていうか、今聞いてなかったとか言わなかった？

もしかして私達の情報集めてたりする訳⁉

「ふっ、下僕でなければ恋の奴隷とでも言うべきだったかな？」

「………………ッ！」

自然な動作でウィンクをひとつ、今日はピシッとしたスーツ姿なせいか今のエドガルドは素敵なイケオジ以外の何者でもない。

しかもこんなにハッキリ好意を示されるのは久々なので、恋愛感情は無くてもドギマギしてしまう。

既《すで》に『希望《エスペランサ》』の皆はエドガルドを無害だと認識しているせいで誰も止める気配はない、ある意味では危険人物という認識ではあるけれど。

「彼はガブリエル、護衛対象でメンバーじゃないの。ところでどうして私達がここにいるってわかったの？　今日トレラーガに到着したばかりだよ？」

「ははは、そんなのアイルが来たら私に報《しら》せが入るようにしているに決まってるじゃないか。それに冒険者ギルドからもアイル達のパーティがトレラーガ周辺に来る依頼を受けたら、報せが来るようになっているよ」

「そ、そう……」

なんというオープンなストーカー……！

でもまぁ、この街とギルド関連限定だからそんなに実害は無いし、放置でいい……かな？

「ンンッ、ところで出かける話はどうなったのかな？」

痺《しび》れを切らしたらしいガブリエルが咳払《せきばら》いした。

「あっ、そうだね。ごめんねエド、私達今から買い物に出かけるの」

「それならば私が案内しよう。ウチの商会で欲しい物があればぜひプレゼントさせて欲しい」

「ダメだよ、私財を使って自警団を運営してるんでしょ？　私へのプレゼントよりそっちに使ってくれた方が嬉しいな。宿屋のお姉さんも安心して外を歩けるって喜んでたし」

「はは、これでもやり手だと言われるくらいには有能なんだよ？　自警団に私財を使ってもアイルにプレゼントするくらいの甲斐性《かいしょう》はあるさ。さぁ、一緒に買い物を楽しもうじゃないか」

エドガルドはさりげなく私の腰に手を添えてエスコートしながら部屋を出た。後ろで何やらガブリエルがブツブツ言ってるのが聞こえるけど、どうやら仲間達が相手してくれてるようだ。

「先に私が約束していたのに何なんだあの男は……！　ディエゴ以来、久々にできた友人をこんなにアッサリ掻《か》っ攫《さら》われるなんて……」

「え？　友人なのか？　知人程度じゃねぇの？」

「な……っ、だってディエゴと同じくらい容赦なくキツい事言うし、さっきだって蹴ってきたんだよ⁉　これは気の置けない仲になったって事だよね⁉」

「それってむしろ嫌われ」「シッ！　エリアス、それ以上はダメよ」

「そ、そんな……！」

「大丈夫だろう。アイルは嫌っていたら話す時に表情が無くなるタイプみたいだしな。友人と思ってるかどうかは知らないが、嫌ってはいないんじゃないか？」

そんな会話がされてるとは知らずに、手持ちが減ってきた香辛料や調味料を買い足すべく専門店へ向かっていたら、ガブリエルが突然背後から抱きついてきた。

「アイル‼　私達は友人だよね⁉」

「わわっ！　何⁉　突然どうしたの？」

「いいから！　私達は友人じゃないのかい⁉」

私に抱きついたままだからエドガルドから重い空気が漂って来てるんですけど……。

「うう〜ん……、今のところ知人以上友人未満かな……。友人って用事が無くても会えば楽しくて、困ってたら無条件に手助けしてあげたくなる人だと思うんだよね。ガブリエルは困ってたら助けてあげようとは思うけど、暇な時会いに行こうとは思わないから……うん、まだ友人未満だね」

私の言葉にエドガルドは勝ち誇った笑みを浮かべているが、面倒な事になりそうだから口には出さないけどエドガルドも同じ程度だからね？

「く……っ！　だ、だけどまだって事はこれから友人になっていくって事だよね⁉」

「まぁ……、その可能性はあるね」

ちなみに個人的に仲良し度合いを表す順番は親友、友人、知人、顔見知りだが、『希望《エスペランサ》』の皆は親友と友人の間くらいかな。

とは言っても残念ながら今まで仲のいい友人達はいたが、親友と呼べる仲の子がいた事は無い。

だけどビビアナとホセはいつか親友と呼べるような気がする。

エリアスはよく余計な事を言うから悪友で、リカルドは保護者のようなお兄ちゃんポジションかな？

私の言葉に安心したのか、やっとガブリエルが離れたので商店街に向かい買い物を楽しんだ。

エドガルドの店も覗《のぞ》いたが、ドレスを主に扱っていて、いわゆる夜の蝶御用達《ちょうごようたし》の店といったところだろう。

前回来た時リカルドが仕入れた情報だと、エドガルドは娼館《しょうかん》や連れ込み宿を兼ねた酒場などを主に経営していて、自分の店で必要な物を安く仕入れるためにドレスや宝飾品を扱う店も持っているらしい。

中には子供サイズなのに妙にエロ……露出度の高いデザインの物もあってちょっと引いた。

エドガルドはちゃっかり夕食も一緒に摂ってから名残惜しそうに帰って行った、帰り際に何故《なぜ》かサイズぴったりのセクシーなイブニングドレスセットをプレゼントされた。

こんなのいつ着ろっていうのさ！


そして翌朝、私達の前にはエドガルドがいる。

「ああ……、やっぱりついて行きたい……！」

「お願いですから止《や》めて下さい！　彼らは短くても一週間は王都に滞在するって言ってたじゃないですか。移動を含めたらひと月以上かかりますから、そんなにエドガルド様が不在になれば絶対町も店も荒れますよ⁉」

トレラーガを出発するために来ている門の前、エドガルドの呟《つぶや》きに対して部下兼愛人のアルトゥロが……、あれ？　前に鑑定で見た時は部下兼愛人だったのに部下だけになってる。

私のせいで別れちゃったとかだったら恨まれるやつじゃない⁉

オロオロしつつ様子を窺《うかが》っていたら、アルトゥロは不機嫌そうに私に視線を向けた。

「何を言いたいのかわかります。あなたに出会わなくても成長してきた僕はいずれ愛されなくなる覚悟はしていたので恨んだりしませんよ」

一瞬心を読まれたかと思ってドキッとしたけど、エドガルドがアルトゥロを置いて行こうとした事に対してだよね？

確かに数ヶ月会わない間にアルトゥロの身長が伸びてる気がする。私だって胸が成長してるからおかしくはないか、うん。

「ムッ、何をニヤついてるんだ、勝者の余裕のつもりか⁉」

おっと、胸の成長を反芻《はんすう》していたせいでニヤついちゃってたかな？

前回会った時はお前って言われてたのに丁寧な話し方されて変な感じしてたから、畏《かしこ》まった態度よりこっちの方が自然でいいかも。

「アルトゥロ、アイルに失礼は許さんぞ」

エドガルドにジロリと睨《にら》まれてグッと詰まるアルトゥロ。

「いいよ、エドが私に構うからヤキモチ焼いてるだけだもん、可愛《かわい》いじゃないの。大好きなエドを王都に連れてったりしないから安心してよ」

「な……っ！」

アルトゥロを安心させるために言ったのに、アルトゥロは顔を真っ赤にしてハクハクと言葉を失っている。

まだエドガルドが好きってバレてないと思ってたのかな？

あれだけ全力で慕ってますって表現しておいて今更なのに。

「アイル！　そろそろ行きますよ！　別れを惜しむのも程々にして下さいね！」

昨日から妙に機嫌の悪いガブリエルがプリプリと怒りながら声をかけてきた、友人未満発言がジワジワ来たのか知らないが、今朝から言葉遣いが変わっている。

もしかしたら「普通に話して」って言って歩み寄って欲しいのだろうか。

「わかりました。じゃあね、エド、アルトゥロ」

「「道中（お）気をつけて」」

町から出る時は犯罪者の似顔絵と照合するだけなので時間はかからない、門を出るとホセがヒョイと馬に乗せてくれた。

「ありがと」

「ん、じゃあ行くか」


トレラーガを出発して太陽の位置が高くなった頃、ガブリエルが話しかけてきた。

「アイル、今日はいくつ先の町まで行く予定ですか？」

「それはリーダーのリカルドが決めることなので、私にはわかりかねます。リカルド～、ガブリエルが今日はいくつ先の町まで行くのか知りたいんだって～、教えてあげて～」

少しリカルドとは距離があるので、振り返ってガブリエルの代わりに聞いてあげた。

「ガブリエル、村を合わせて五つ目の町まで行く予定ですよ。何事もなければ夕方には到着できるでしょう」

道中の会話はずっと敬語のままのガブリエル。あえて私も……正確には面倒くせぇって言うホセ以外ガブリエルに対してだけ敬語を使っている。

でもホセとガブリエルはあまり話さないから大して意味は無い。

「そこの野営地で昼食にしよう」

人が疎《まば》らになった時点で防風対策をしたのと、スライムシートのおかげでお尻も痛くないので速く進めている。風の抵抗が無いだけで馬もかなり楽なようだ。

野営地にはもう昼時なのに珍しくまだ滞在している冒険者らしき三人組がいたが、他には誰もいない。

大抵は朝になったら出発するので、私達のように早く到着した人達なのだろうか。

まだテントを張ったままなので動かせない怪我人《けがにん》か病人がテントの中にいるのかもしれない。

少々気にしつつも、その冒険者達から離れた場所にある手綱を引っかけられる柵《さく》に馬達を繋《つな》いで休ませる。備え付けられている飼《か》い葉桶《ばおけ》には干し草を入れたから、水桶に魔法で水を出すようにガブリエルに頼まなきゃ。

自分でもできるけど、今は他の冒険者の目があるからね。

「ガブリエル、馬の水桶に水を出してもらえますか？　その間に昼食の準備をしておきますから」

「…………」

「ガブリエル？　どうしました？」

「う……っ、私が悪かったから！　もう普通に話してよ!!」

我慢できなくなったのか、ガブリエルは半泣きでギブアップ宣言をした。いい歳《とし》してるのに堪《こら》え性は無いようだ。

「ふっ、ふふふっ、せっかくガブリエルに合わせてあげてたのに、もう止めちゃうの？」

「私の気持ちを知ってて弄《もてあそ》ぶのはそんなに楽しいかい!?　酷《ひど》いよ！」

人聞きの悪い事を言いながら馬達の方へ走って行った、しかしちゃんと水は出してくれるらしい。

その間に一応魔法鞄《マジックバッグ》から取り出すフリしつつ、ストレージからシートやローテーブル、食事を取り出した。

「ククッ、えらく音を上げるの早かったじゃねぇか。あれでも一応お偉いさんなんだからあんまり虐《いじ》めてやるなよ？」

ちゃっかりお肉多めの皿の前に陣取りながらホセが笑った。

「虐めてないよ、先に言葉遣いを変えてきたのはガブリエルだし？　私達は相手に合わせただけよ、ね～！」

「ね～！」

答えてくれたのはビビアナだけだったけど、さりげなくエリアスとリカルドも頷《うなず》いている。

何だかんだガブリエルの言動がウザくてちょっと意地悪したかったのだろう。

「お水あげてきたよ……」

まだ少し拗《す》ねているガブリエルが戻って来た。

「ありがとう、ほらほらそんな顔でご飯食べないの！　今日は特別にデザートにプリン付けてあげるから」

「プリン？」

「ほら、これだよ。知らない？」

カップに入れた状態のプリンとデザートスプーンをガブリエルの前に置いた。

「ああ、プディングか。ソフィアが広めた甘くてプルプルのお菓子だよね」

「そうそう、プディングとも言うね。皆の分は食後に出すから食べる人は言ってね」

皆既《すで》に食事を始めていたので各々頷いている。


「休んでいるところをすまないが、助けてくれないか？」

食後のプリンを食べていたら、同じ野営地にいた冒険者の一人がガブリエルに話しかけてきた。

何だか元気が無いけど食料でも分けて欲しいのだろうか？

「私達は王都まで行かなくてはならないんだ。ここには食事のために寄っただけでゆっくりはしていられないから期待に応えられるかどうかわからないよ」

話しかけられたガブリエルは意外にもあっさりした対応をした。

ガブリエルに話しかけたのは、さっき魔法で水を出したところを見たからだと思う。何か魔法が必要な困り事だろうか？

「ああ、あんたさっき魔法使ってただろ？　仲間が倒れちまって動かせずに困っていたんだ、ポーションも持っていなくて……治癒魔法が使えるなら治してやってくれないか？　報酬はちゃんと払うから」

「ガブリエル、治癒魔法って病気にも使えるものなの？」

「いや、病気によっては治癒魔法で悪化するものもあるんだ。サブローは病気の原因まで元気にしてしまうからだろうと言っていたよ。それ以前に残念ながら私は治癒魔法の適性を持っていないからどちらにしても無理だね」

「そんな……」

声をかけて来た冒険者が絶望的な顔をした。話を聞く限り怪我ではなく病気で倒れたようだ。

「材料さえあればすぐポーションは作れるんだけどねぇ……」

「普通の薬草はあるが病気用の薬草が……」

冒険者は悔しそうにギュッと拳《こぶし》を握り込む。

ん？　もしかして必要な薬草って疫病の発生を疑われた時と同じ物？

前にウルスカで疫病に効くレデュ草の採取依頼を受けた時、私のストレージに入れておけば劣化しないからとかなり多めに採取したんだよね。だけど取り寄せたポーションが間に合ったのか、すぐにレデュ草の需要が無くなったので結構な量が余ってたりする。皆も気付いたのか私に視線を向けていた。

「あの、レデュ草だったら私持ってるよ？」

「「えっ⁉」」

ガブリエルと冒険者が驚いてこちらを見た。鞄から出すフリでストレージからレデュ草をひと束取り出して二人に見せると表情が明るくなった。どうやら必要なのはレデュ草で正解だったようだ。

「レデュ草があるから、あとはポーションが効くかどうかだよね」

「そうだね、ポーションが効く症状なのか確認してくるよ」

「すまないな、助かる。昨日いきなり力が入らないと言って倒れたんだ」

ガブリエルが立ち上がると、冒険者が礼を言った。今後のために私も見学させてもらおうっと。

「私もついてっていい？　ガブリエルの頼りになるとこ見た」「もちろんだよ！　さぁ、一緒に行こう」

食い気味に答えるガブリエルに冒険者がちょっと引いている、頼りになるところを見せたら友人に近付くと思ってるのかもしれない。

利害関係が無いからこそ友人と呼ぶという事をまだ理解していないようだ。これまで友人がいなかった弊害《へいがい》なのかと思うと涙が出そうになるよ。

テントの中には意識の無い男性と、看病をしている女性がいた。男性は軽い火傷《やけど》をしたように肌が斑《まだら》にほんのり赤く染まっている。

ガブリエルはひと目で何の病気かわかったようだ。

「コレはこの前流行《はや》った疫病と同じだね。ここに来るまでにレデュ草の依頼を見たんじゃないかな？」

「……あっ、そういえば三日前寄った町で一件だけ採取依頼が出ていたわ」

看病をしていた女性が少し考えてから思い出したようだ。

「きっとその町で感染したんだね。ここで会えて良かったかもしれない。トレラーガ方面は流行る前に収まってるから、今度こそ疫病を拡げるところだったよ。空《から》のポーション瓶は持ってるかい？」

「あ、ああ、三本だけなら……」

「ん、『清浄《クリーン》』。じゃあ薬草出して、アイルはレデュ草を三本くれる？」

「これを使ってくれ」

「はい、コレでいい？」

冒険者と私がポーション瓶とレデュ草をガブリエルに手渡した。

「うん。『水球《ウォーターボール》』『精製《リファイン》』」

ガブリエルは水球を作り出すと、手際良く薬草の葉っぱの部分を毟《むし》って水球に放り込み、呪文を唱えた。

呪文を唱えた途端に水球の中を漂っていた薬草から青緑の液体が溶け出すように分離して、三本のポーション瓶に吸い込まれていった。

「凄《すご》い……」

「うん、本当に凄いよガブリエル。ポーションってこうやって作るんだね」

「ふふふ、今の人族が作るなら専用の魔導具を使わないと作れないけどね。さぁ、一本はそこの病人に、君達もうつってるかもしれないから予防にひと口ずつ飲んでおくといいよ。発病してなければひと口で十分効果があるからね」

ポーションを作るところなんて初めて見たから感心して言うと、ガブリエルはドヤ顔で冒険者達にポーション瓶を差し出した。

ポーションを飲ませるとあっという間に斑だった肌は元通りになり、荒かった呼吸も落ち着いていく。

「良かった……！　ありがとう‼　何てお礼を言ったらいいか……！」

「本当だよ、あと一日遅ければ死んでいたかもしれないからね。斑だった肌が全身赤く染まったら手遅れなんだよ。この疫病を知らなかったって事は他所《よそ》の国から来たんじゃないのかい？　他国の者には免疫が全く無いから早く死んでしまうんだ。彼は夕方には普通に動けるようになるだろうけど、移動は明日からにした方がいいだろうね」

ポロポロと泣きながらお礼を言う女性冒険者はガブリエルの言葉に顔色を変えた。

このポーションの相場は一本銀貨一枚らしいが、女性冒険者はガブリエルに銀貨五枚を押し付けるように渡していた。仲間の命を救ってくれた感謝の気持ち込みらしい。

「「おまたせ」」

「お、その顔は無事に解決したみてぇだな」

「うん、前に流行った疫病と同じだったみたい」

説明しつつ食事の片付けをして出発準備を済ませた。

ポーションを精製してる時に鑑定しながら見てたけど、どうやらレデュ草というのは地球での抗生物質的な役割をするらしい。

「アイル、この報酬は君にあげるよ。レデュ草はアイルが出したし、いつも美味《おい》しい食事を用意してくれてるからその足しにして」

「いいの？　じゃあ次の大きな町で奮発して美味しいもの食べようね！」

「ふふ、期待しておくよ。それじゃあ出発しようか」

ガブリエルからさっきの銀貨五枚を受け取り出発した。

余談だがストレージに死蔵していたレデュ草のほとんどはこの野営地の先にある村や町で売れ、凄く感謝されて色んな店でサービスしてもらえたので屋台でたくさん買ってしまった。

◇　◇　◇

「エスポナに到着したら明日一日のんびり過ごそうか、馬達も疲れが溜《た》まってきたみたいだし、休養日って事で。あ、見えてきたよ」

「うわぁ……！　トレラーガより大きくない⁉」

ウルスカを出発して約二週間。ガブリエルが指差す方を見ると、明らかに今まで見てきた外壁より高さも頑丈さも格段に上に見える町が見えた。

町というよりむしろ砦《とりで》と言った方がしっくりくる。

「ここは隣国セゴニアと国境を接しているから要塞《ようさい》都市なんだ。王都まで馬車でも三日の距離だから援軍もすぐに出せるしな」

興奮する私にリカルドが教えてくれた。要塞都市って響きがなんかカッコイイ！

「でも逆にエスポナが陥落したら王都まですぐ攻め込まれるんじゃない？」

「はは、エスポナは別名鉄壁の要塞都市とも言われているくらいだからそう簡単に陥落しないぞ。実際三度の侵略を完全勝利で返り討ちにしているしな。それにエスポナを過ぎたら途中に切り立った崖《がけ》の間を通る道があるんだ、崖の上には王都側からしか登れない……な」

そう言ってニヤリと笑った、意外とリカルドも悪い笑みが似合う。

「なるほどね、たとえ突破されてもそこで待ち伏せしてしまえば一網打尽って訳か」

「おお～、よくわかったな、賢い賢い」

ホセにグリグリと頭を撫《な》でられた。

くっ、チェスやリバーシで仲間に負け続けていたホセが、唯一勝てる私に対して時々アホの子扱いしてくる。

ムカついたのでペシッと手を払い除《の》けてやった。

「言っとくけど元々私は賢いの！　ただちょっと素直過ぎて狡猾《こうかつ》さを必要とするゲームが弱いだけなんだからね！」

「んん～？　それはゲームで勝てない負け惜しみか～？」

ニヤニヤしながらホセが顔を覗《のぞ》き込んでくる。馬上での遣り取りだから、頬擦《ほおず》りしそうなくらい顔が近い。

「アイル、それってゲームに強い僕が一番狡猾な性格してるって事かな？」

近付くホセの顔を掌《てのひら》で押し返しながらわちゃわちゃしていると、ヒンヤリとした声でエリアスが言った。

「え？　違うの？」

「えぇっ!?」

「「「ぶはっ」」」

何を当たり前な事を言っているのかとキョトンとして答えたらエリアスが驚き、皆が同時に噴き出した。

ガブリエルも笑ってるって事は、付き合いの浅いガブリエルにすらそう思われてるって事だし。

「そういえば三回もセゴニアと戦争してるって言ってたけど、今は大丈夫なの？」

話題を変えるべく、まだ肩を震わせて笑いを堪《こら》えているリカルドに聞いてみた。

こっちにいる時に開戦なんて事になったら強制招集で戦えとか言われそうだし、ちょっと怖い。

「ああ、戦争があったのは百年前くらいまでだ。魔法を使った攻撃ができなくなって以降、戦力は魔物に向けないとそれこそ国が滅んでしまうだろう？　戦争なんてしてる余裕も無いさ」

「実際魔導期が終ってすぐの頃……サブローが来る少し前に戦争しようとしたら、大氾濫《スタンピード》が起きて戦場がパニックになった事があったんだよ。魔法使える人が減って魔物の間引きが間に合わなかったんだろうね。それ以来戦争する暇があるなら魔物を間引けって考えが一般的になったんだ、いやぁ懐かしいなぁ」

「だけどたまにきな臭い話を聞くでしょ？　ガブリエルは王都からの情報でそんな話聞いたりしない？　僕達のところまで聞こえるんだからさ」

「多少はね、この国《パルテナ》が海に面しているから常に狙われるのは仕方の無い事かな。セゴニアで岩塩が大量に採掘できればそういう心配は無くなるかもしれないけど、ほとんど採れないからね。塩と言えばサブローが塩から採れる何とかって言う物が取り出せないから塩《しょ》っぱい豆腐しか作れないって言ってたなぁ」

「もしかしてにがり？」

「あっ、そう、それ！」

豆腐が売られてたけど、確かにちょっと塩味が付いてたから変だと思ってたんだ。

そうだよね。海水から作る塩ににがりが含まれている事を知っていても、どうやってにがりを取り出すか知らないよねぇ。私もテレビで見るまで知らなかったし。

確か塩を湿度の高めのところに置いておいたら染み出してくる液体がにがりだったはず。

ウユニ塩湖とか塩水が凝縮されてるから普通に塩を作ると凄く苦い塩なんだとか。

そんな話をしながら進み、いつものようにガブリエルの身分証ですんなり門を潜《くぐ》ると、自然よりも人と建物が多い都会的な街並みが広がっていた。

そしてやけに兵士や騎士の姿が多い、さすが要塞都市である。

戦闘訓練が盛んに行われるこの都市では、疲れを取るためにもお風呂《ふろ》が凄く充実しているんだとか。宿にも浴場が設置されているのが普通で、高級宿だと部屋ごとにお風呂があるらしい。

「のんびり過ごすためにも、ここは中で仕切られている家族部屋をとってゆっくりしようか。そうすれば部屋のお風呂に好きなだけ入れるよ」

ガブリエルは一人部屋を回避すべく、スイートルーム仕様の家族部屋を猛プッシュしてくるようになった。

高級宿の家族部屋は夫婦の寝室の他にも使用人や子供のためにいくつかの部屋に分かれていて、なおかつリビング的なスペースがあるので寛《くつろ》ぐ時は皆一緒に過ごせるのだ。

大抵夫婦用寝室に私とビビアナ、ベッドの数によってはプラス獣化したホセが寝る。

そしてガブリエルお勧めの宿に向かい、大きめの部屋風呂にテンションの上がった私はビビアナと二人で早速入った。

そして……うん、知ってたんだけどね。

今まで入ってたお風呂はよくあるユニットバス程度の深さだったから気にした事無かったけど、ここのお風呂は少し深めになっていた。

故《ゆえ》に普段の形状とほぼ変わらない私と違って、明らかにお湯に浮いているビビアナの双丘の浮力を目の当たりにしてちょっぴり心にダメージを受けただけ。


「んん～……、よく寝た～」

大きなダブルベッドで目を覚まし、寝転んだまま大きく伸びをしてもスペース的には余裕がある。

夫婦用の寝室なのでホセみたいに大きい人が二人寝ても大丈夫なサイズなのだ。

しかしさすがに男同士で夫婦用の寝室《ダブルベッド》で寝るのは嫌なようなのでいつも私とビビアナが使っている訳だが。

弊害があるとすればビビアナのマシュマロ乳で、寝てる間に窒息死しそうになった事があるくらいかな……。

今日は各自で自由行動しようと言う事になっているので、起きる時間も皆バラバラになる。

時間は七時を過ぎたところだからもう宿の食堂で朝食を食べられるはず。寝ているビビアナを起こさないように、そっとベッドを抜け出すと着替えて寝室を出た。

「おはようアイル、良かったら今日は私と一緒に出かけないかい？」

一体いつから待っていたのだろう。他の三人は既《すで》にいなくなった部屋で、ガブリエルが出かける準備バッチリで立っていた。

「おはよう、朝食はもう食べたの？」

「いいや、他の三人は今頃食堂で食べてると思うけどね」

ニコニコと待ってたアピールするガブリエルに、勢い良く振られる尻尾《しっぽ》の幻影が見える気がした。

さすがにこの状態で断る程私は鬼じゃない。

「そっか、じゃあ一緒に行こう」

「うん！」

階下の食堂に向かうと既に三人は食事を済ませて出かけたらしく、姿が見えなかった。

「あれ、もう三人共いないみたい」

「エスポナは要塞都市なだけあって武器屋も防具屋も充実してるからね。全部回ろうと思ったら一日じゃ足りないくらいだよ。ドワーフがやってる店もいくつかあるから、そっちに行ったんじゃないかな」

ビビアナの矢はそれなりの数を私のストレージに入れてあるけど、剣や槍《やり》は大きい都市じゃないと複数の店で比較したりできないもんね。

朝食を済ませた私とガブリエルは特に目的も無いまま、昨夜からの雪で白く染まっている商店街をブラつく事にした。

魔法が使えない人が欲しいと思うような魔導具が今まで通ってきた街より充実している、さすが王都に近い都市なだけはあるなぁ。

商店街を抜けると大きな広場に出た、そこにも露店が並んでいてとても賑《にぎ》やかだ。

「おや。ねぇアイル、このネックレスいいと思わない？」

アクセサリーが並ぶ露店の前で足を止めたガブリエルが指差したのは、金の細いチェーンに緑の小さな石が嵌《は》まった大人可愛《かわい》いデザインのものだった。

「へぇ、可愛いね。あれ？　この石って魔石じゃない？」

私の呟《つぶや》きに店主が反応した。

「お嬢さんよくわかったね。魔導具に使われる魔石を加工した時に出る欠片《かけら》を使ってるから、そっちのエルフの兄さんなら魔法を付与する事もできるんじゃないか？　大抵は教会で祈りを込めるんだけどね」

「教会で祈りを？」

「そうさ、まぁただの気休めだが……もしかしたら女神の加護が付くかもしれないだろ？　加護が付かなくても俺の作品はアクセサリーとしても魅力的だしな！」

結構厳《いか》つい見た目のおっさんだけど、この大人可愛いアクセサリーの作者だったのか……。

「ふふ、そうだね、凄《すご》く素敵。普段使い用に買おうかな」

「じゃあ私にプレゼントさせて欲しいな、この旅の記念に」

「え、でも恋人でもないのに……」

「恋人じゃなくてもプレゼントくらいするでしょ？　友人同士とか」

「まぁ、そうだけど……」

「じゃあ決まりだね！　コレをもらおう」

「まいど！　銀貨二枚だよ」

思ったより高かった。だけど普段使っても問題無い値段だからいいかな。

さすがに金貨が必要な値段だと普段使いにするのは躊躇《ちゅうちょ》しちゃう。討伐の時に落としたら大変だし。

「さ、つけてあげる」

「ん、ありがとうガブリエル」

つけてもらう時に気付いたけど、この色合いってそのまんまガブリエルの髪と目の色だ。

普通自分の色を身につけさせるのは恋人なんじゃないのかな……。人付き合いが無かったせいなのか、エルフの文化が違うのか、それともただデザインがいいから選んだだけなのかは知らないけど、教えてあげた方がいいのだろうか。

「うんうん、似合ってるよ」

「それって自分のセンスがいいって言ってるの？」

「はは、そうかもね」

しかし満足そうにしているガブリエルを見たら、そんな指摘は野暮かなぁと思ってやめておいた。

だから軽口を叩《たた》き、お返しは何がいいかなと考えながら歩き出す。

「自分で好きな魔法を付与してもいいけど、私が付与したいな。ただ小さい魔石だから強力な魔法は付与できないけどね」

「とりあえずは普通のアクセサリーとして使うよ、大事にす」「あっ、トレラーガにいた掃除屋《ギガント・コックローチ》の娘！」

ガブリエルと話しながら歩いていたら、突然大声で呼びかけられた。

ゾッとする言い方に怒りを込めて声のした方を見ると、何となく見覚えのある青年が私を指差していた。

トレラーガと掃除屋《ギガント・コックローチ》とくればあの時の横取り騎士団の誰かだろう。

あの顔……、見覚えがあるという事は呼び出された時にもいたって事よね。あの怒ったような顔は……。

「あっ、エドに床へ無様《ぶざま》に叩きつけられた人！」

思い出して思わず声が大きくなってしまった。

「その言い方やめろ！」

「そっちこそ気持ちの悪い呼び方しないでよね！」

そういえばあの時の騎士団は王都から来ていたんだっけ、王都に近いエスポナにいても不思議じゃない。

全然嬉《うれ》しくない再会に、私達は険悪な雰囲気で睨《にら》み合った。

「アイル？　その人との用件が無いならそろそろ食事に行こうよ」

騎士と睨み合っていたら、ガブリエルが私の袖《そで》を引っ張った。

そういえばもうお昼だからお腹は空《す》いている。

「む、……あなたは？　今日はあの時の男はいないんだな」

騎士はキッとガブリエルを睨んだが、エルフだと気付くと戸惑っているようだった。

そして辺りを見回してさりげなくホッと息を吐いた。

「私は王立研究所ウルスカ支所の所長のガブリエルだよ。王都から呼ばれて向かっているところだ。私の友人が何か？」

さっきから友人アピールをチラチラしているガブリエルに笑ってしまいそうになる。こうして二人だけで出かけても楽しいんだからもう友人認定してもいいかな。

「い、いや……。ただ王都に向かうなら向こうで隊長から指名依頼がかかるかもしれん。トレラーガのギルドで聞いたがお前の所属するパーティはBランクらしいな、騎士団で魔物との戦闘を指導してくれる冒険者を探しているんだ」

「ん？　王都にも冒険者はいるんでしょ？　どうして私達に？」

首を傾《かし》げて聞く私に対して先程までの勢いは無くなり、気まずそうに説明を始める。

「王都にいる冒険者はほぼ港町との間を往復する商隊の護衛を生業《なりわい》としている者達だから、盗賊などの対人が主なんだ。だからと言って経験豊富なSランクやAランクだと報酬額が大きいからな。お前達なら魔物との戦闘に慣れていてなおかつ腕も立つのはわかっている……という訳だ」

「そうだねぇ、王都周辺は魔物が少ないからこそ王城がある訳だし。なおかつどこの国から攻められても馬で数日かかるけど交易にも便利な場所、それが王都だからね」

「確かに王都に近付く程魔物の数は減ってきたもんね、それに気候も温暖になってる気がする」

「うん、王都は滅多に雪も降らない暖かい地域だよ。だから王都民は寒さに弱くて冬に遠征とか絶対しないね」

「そんな温《ぬる》い事してるから魔物も取り逃がしちゃうんだね、騎士や兵士は最悪の条件下でも戦えるように訓練するのが当たり前だと思ってた」

よく漫画や小説では軍隊がそういう命懸けの訓練してたりするもんね。

「く……っ、支所長殿、あまりそういう事を言いふらすのは感心しませんな。おい、掃除屋《ギガント・コックローチ》の」

「その呼び方止《や》めてって言ったよね？」

怖気《おぞけ》のする言葉が聞こえたと同時にストレージから出した投げナイフを目の前に突き付けてやると、騎士は慌てて後退《あとずさ》って尻餅《しりもち》をつく。

「最後の警告よ。今度その呼び方をしたら、今度は寸止めなんてしないからね？　私はBランクパーティ『希望《エスペランサ》』のアイル、ア・イ・ルよ、覚えておきなさい。行こうガブリエル」

「うん！　何を食べようか、ここの名物にする？」

ガブリエルはさっきの遣り取りを気にした様子も無く、機嫌良く歩き出す。

「おいっ、オレの名前はヘルマンだ！　そっちこそ覚えておけよ！」

声に振り返ると反対方向へズンズンと不機嫌そうに歩いて行くヘルマンの後ろ姿が見えた。

本当に呼び出しがあるかどうかわからないけど、一応名前は覚えておこう。

「ところでヘルマンは何で王都じゃなくエスポナにいたんだろう？」

「ここは王都と近いから騎士は入れ替わりで配属される事が多いし、伝令もよく行き来してるんだよ。武器の修理なんかは王都よりこっちの方が腕のいい職人が揃《そろ》ってるしね」

「なるほど……」

そんな事を話しながら歩いていると、美味《おい》しそうな鶏肉《とり》が焼ける匂いがしてきた。

食堂が並ぶ通りに出たようで、あちこちから食欲を唆《そそ》る香りが漂って来る。正にしのぎを削っている区画なだけに期待できそうだ。

「この近くの村は養鶏が盛んな所が多いから鶏肉を使った料理が名物なんだ。内臓を抜き取って中に野菜やキノコと一緒にハーブを詰めて、じっくり焼いたのとかおすすめだよ！」

「美味しそうだけど……、原型があるのはちょっと……」

我儘《わがまま》かもしれないけど、せめて頭が付いてないやつじゃないと食べる時に緊張するというか……。

魚だと全然平気なんだけどなぁ。

結局骨付きの腿《もも》肉に齧《かじ》り付くタイプの香草焼きにした。結構ガーリックたっぷりだから臭い消しにすぐ牛乳飲まないと、一緒に寝るビビアナが可哀想《かわいそう》かもしれない。

食後に食料品店の多い通りをブラついた時に乳製品を扱っている店で牛乳があったのでガブリエルと二人で飲み、お約束の牛乳ヒゲでお互い笑い合った。

美麗エルフの牛乳ヒゲという珍しいモノを見れたし、チーズとヨーグルトも買い足せたしいい店だったな、うん。

その後、食器や調理器具のお店も覗《のぞ》いてから日が傾きかけた頃宿屋に戻ると、ビビアナとホセだけが戻っていた。

どうやらリカルドとエリアスはギリギリまで武器屋巡りをするらしい。

「おかえり、あら？　そのネックレス素敵じゃない」

ビビアナが目敏《めざと》く見つけて言うと、ガブリエルがなにやら期待を込めた目でチラチラと見てくる。

「そうでしょ？　ガブリエルが旅の記念にってプレゼントしてくれたの」

「へぇ〜、いいセンスしてるじゃないガブリエル」

どうやら私の言った言葉は正解だったようで、ガブリエルはもの凄いドヤ顔をしていた。

ちなみにエスポナの料理はガーリックを使った物が多いらしく、別行動した全員ガーリック臭をさせていたので、改めて夕食で私とガブリエルもガーリックを使った料理を食べたのだった。


そして翌日、エスポナを出発し、街道に人が疎《まば》らになったので昨日の出来事を皆に話しておく事にした。

「……ってヘルマンっていう騎士が言ってたから、あの騎士隊長から呼び出しがあるかもしれないの」

「どうせガブリエルの用事が済むまで予定も無いし、この辺りだと討伐依頼も離れた町や村だろうから受けるつもりは無かったしちょうどいい依頼かもしれないな。教える側って事は、偉そうにされたら訓練でわからせてやれるし、なぁ？」

リカルドは仲間に向かってニヤリと笑みを見せると、皆は同じように笑って頷《うなず》いた。

どうやら指導依頼が来たら受けるようだ。実力を見るためとか言って、いきなり斬りかかって来たりしないよね？

ガブリエルからもらったネックレスに障壁を付与しといた方がいいかなぁ。

「ふふふ、騎士団かぁ……イイ男いるかしら？」

「王都の騎士団だからなぁ、ビビアナ好みのヤツも多いんじゃねぇ？」

「ビビアナの好みってどんな人？」

『希望《エスペランサ》』のメンバーは美形揃《ぞろ》いなのに、色恋の空気は一切無いから気になっていたんだよね。

「ククッ、ビビアナは美丈夫タイプの体格が良くて、程々に品がある初心《うぶ》な奴が好きなんだよ。それこそ手を握っただけで照れるような、女に免疫の無いヤツにゃすぐに手ぇ出すぜ？　アイルも最初の頃はキスされたり抱き締められたりするだけで照れてたから、しょっちゅう可愛い可愛いって言われてただろ？」

「ちょっとホセ、人を男好きみたいに言わないでちょうだい！　ちゃんと相手のいる人には手を出したりしてないんだから！　それにアイルは今でも十分可愛いわ！」

て事は条件に当て嵌《は》まる独り身の人には手を出すのか……、確かに初心という条件があるならこの三人には興味持たないね。

むしろひと通り遊び尽くしたから今は落ち着いてます、って感じだもん。

それにしても私は今でも十分可愛いのか……、えへへ。

「良かったなぁ」

ニヨニヨ笑っていたらホセに頭を撫《な》でられてしまった。

背後にいるから顔は覗き込まないと見えない筈《はず》なのに、何故《なぜ》かいつもバレてしまう。

「それにしても王都の騎士で初心な人なんているのかな？　結構モテるんじゃない？」

「そうでも無いよ。私が王都にいた頃の話だけど、体格のいい者程女性に怖がられたりしたせいで堅物になってしまったり、逆に興味は人一倍あるのに勇気が出せない者とか一定数いたからね。だからビビアナの好みに当て嵌まる騎士はそれなりにいるんじゃないかな？　後は顔と品格が好みかどうかだね」

私の疑問にはガブリエルが答えてくれた。

「あはは、それなら指導依頼が来たら絶対受けないといけないね。僕達は皆使う武器が違うから指導係としては重宝されるだろうし」

そうか、見た目が優男風な騎士もいるから比べられたら負けちゃうのかもしれない。

私もゴリマッチョは潰《つぶ》されてしまいそうで怖いかも、特にこっちの世界の人の体格だったら尚更。

「ところでアイルはどんな人が好みなんだい？」

ガブリエルは話の流れで何気なく言ったんだろうけど、その言葉で楽しかった気持ちがスンッと冷めてしまった。

だけど何も知らないガブリエルはニコニコして私の答えを待っている。

「…………………恋愛する気は無いけど……、あえて言うなら一途《いちず》な人かな。たとえ媚薬《びやく》を使われても自制できるくらいにね」

「あはは、アイルは結構夢見る少女なんだねぇ」

「「「…………………」」」

他の皆は男絡みで何かあったという事には気付いているので何も言わなかった。闇堕ちしかけた私の心は、その後語られたガブリエルの、エルフは寿命が長いから子孫を残す本能が弱くて恋愛感情も性欲もほぼ抱かないという言葉に吹っ飛んだ。

何というか、ファンタジーならではの情報にはやはり心が躍ってしまう。


エスポナを出て二日目、大きな岩山を真っ二つにしてできたような道を通った。

どうやらこれが王都側からしか登れない崖《がけ》らしい、確かにエスポナ側から見たらほぼ垂直で、専用登山道具でもないと登るのは無理だろう。

「凄《すご》いねぇ……」

百メートルくらいありそうな崖を見上げて思わず呟《つぶや》いた、崖下の道の距離は五キロ程らしい。コレが水なら街道の真ん中に立ってモーセの十戒ゴッコをやってしまいそうだ。

王都側に来ると、馬でも登れる程度に緩やかな坂になっているのがわかる。目につく植物も増えてきたのでキョロキョロしている私にガブリエルが説明を始める。

「人通りが多い時は大丈夫だけど、待ち伏せしやすいからこの道を抜けた王都側によく盗賊が出るんだよ。過去にいくつもの盗賊団が捕まってるのに、ある程度時間が経《た》つとまた新しく現れるんだよねぇ……。商隊だと護衛が多いから、意外と乗り合い馬車とか少人数の」「テメェら動くんじゃねぇ！」「私達みたいな一行が狙われやすいんだ」

左右の崖の切れ目辺りにこちらに向かって弓を構えた盗賊団らしきむさ苦しい男達が十五人程見えた。

うん、言うのが遅いんじゃないかなぁ。

「てめぇら！　痛い目見たくなきゃ有り金とそこの女とガキを置いて行きな‼　妙な真似《まね》しやがったら身体から矢を生やす事になるぜ！」

あまり質の良くない剣を振り翳《かざ》しつつ、盗賊の頭領らしき男がニヤつきながら道の真ん中に出て来て一人で立っている。

ここの道幅は左右に馬の護衛をつけた馬車同士がギリギリすれ違える程度、一車線ずつの一般道くらいかな。距離は五十メートルくらいなので、あの人数で強弓を使っているのなら逃げても背中を射抜かれる可能性が高い。

ここはやはり魔法で黙らせるのが安全というものだよね、幸い今はガブリエルが一緒だからどうとでも誤魔化せるし。決して賢者バレを気にせず派手な魔法をぶちかますチャンスを逃したくないとかじゃなくて、皆の安全のためだもん、仕方ないよね〜。うふふふふふふ。

「ガブリエル……、私の魔法をガブリエルが使った事にしてくれるんだったよね？　私達護衛だから本当にガブリエルに魔法使わせる訳にはいかないいしぃ〜、ね？」

「う、うん……。でも街道が使えなくなるような威力のは困るよ？」

「何をくっちゃべってやがる！　さっさとしろ‼」

私達が話しているのは動きでわかっても、何を話しているかまでは聞こえていない。

「怖いよ～、ガブリエル助けて～！　『爆炎《フレアエクスプロージョン》』（ポソ）」

大昔のぶりっ子がしたという、拳《こぶし》で口元を隠すポーズで怖がるフリをしながら魔法をお見舞いする。

広範囲に炎が発生する割にあまり威力は無いが、盗賊からしたらいきなり炎に全身包まれるのでかなりの恐怖だろう。

「「「ぎゃあぁぁぁ‼　ヒィイイ」」」

「「「あちぃぃぃ！　助けてくれぇ‼」」」

阿鼻叫喚《あびきようかん》、そんな光景が目の前に広がっている。

「『水弾《ウオーターバレット》（弱）』（ポソ）」

「「「うわぁぁぁ！　あ……⁉」」」

当たったらちょっと痛い程度の水弾を広範囲に撃ち込んでさっきの火は完全鎮火し、いきなりびしょ濡《ぬ》れになった盗賊達は戸惑った。

「『氷地獄《コキユートス》（極弱）』（ポソ）」

続いて放った魔法で盗賊達を濡らした水を中心に、ピシパキと音を立てながら凍り付いていく。

使用魔力の少ない極弱なので水の部分だけが硬い氷になっているが、身体自体は凍っていない……

はず。

冷たいだの寒いだのと悲鳴を上げる盗賊達を前に、私は満足気にムフーと鼻息を吐く。

「お前……えげつねぇな……」

ホセの声に振り返ると他の皆も頷いて同意していた。だって今までは魔法の痕跡《こんせき》残しちゃいけないと思って、まともに攻撃魔法が使えなかったんだもん。

「そんな事よりサッサと縛り上げちゃおうよ。さすがに近くで使うとバレるから、ガブリエルが魔法解除してくれる？」

「うん……、思ったより遠慮無くいったねぇ……」

顔色が悪くなった盗賊達のもとへ移動して、こういう事もあろうかと買い溜《た》めておいたロープを取り出し皆に渡すと、凍り付いてない部分がカタカタと震えている頭領のもとへ向かった。

「ふふふ……、残念だったねぇ？　こっちには魔法が使えるエルフがいたの、悪い事ってしちゃダメだと思わない？　ところで……、どうして女とガキって分けて言ったのか聞いてもいいかなぁ？」

「へ……っ、テメェがガキだからだよ……っ」

顔を引き攣《つ》らせながらも憎まれ口をたたく頭領。私の後ろで皆が呆《あき》れた顔をしているのに気付かず、私は頭領の凍った脚を爪先でコツコツと軽く蹴《け》った。

「このまま氷を砕いたら脚も一緒に砕けるのかなぁ？　で、私が何だって？」

「ひぃ……っ、や、やめてくれぇッ」

「アイル、遊ぶのはその辺にして早く縛り上げようぜ。それに脚を砕いたら歩かせられねぇだろ？」

怯《おび》える頭領を見かねて宥《なだ》めるようにホセが声をかけて来た。

「最初から中身まで凍りつくような強い魔法じゃないもん……、あ。ね、ガブリエル、そうでしょ？」

「へ？　あぁうん、そうだね。もう順番に解除していっていいかな？」

「ああ、頼む」

縄を先に頭領の身体に引っかけてからホセが返事した。

「『魔法解除《マジックリリース》』」

解凍された途端に頭領は崩れるように倒れ込んだ。恐らく血行が悪くなって痺《しび》れた状態なのだろう。

ホセが手際良く縛り上げ、立たせて縄を引っ張ると、ヨタヨタと何とか歩いた。

順番に縛り上げて五人ずつ縄で繋《つな》げ、一番近い町に突き出す事にした。

ほとんどの者は既に心を折られていたけど、数人は反抗的な目を向けていたのでリカルドが忠告した。

「逃げようとしたら容赦なく斬り捨てるからな。命が惜しいなら大人しく従う事だ」

「ダメだよリカルド、その言い方じゃあ捕まるなら死んだ方がマシって言い出すかもしれないでしょ？　だから死ぬより嫌な目に遭わせないと。例えば……逃げようとする度《たび》に指を一本ずつ斬り落とすとか……。あ、それよりもいきなり鼻を削ぎ落とす方がいいかな？」

あえて無邪気な話し方をすると、盗賊達はヒィッと悲鳴を上げた。何気に皆もドン引きした顔をしていたけど、本当にする訳ないじゃない！

「お前……、よくそんな残酷な事思い付くな……。そんな殺伐としたところから来たのか？」

大人しくなった盗賊達を馬に乗って囲むように移動を始め、ホセが顔を引き攣らせて言った。

「やだなぁ、私が自分で考えた訳じゃないよ。昔の……他国の刑罰って、結構残酷なものが多くてさ……」

質問されたのをこれ幸いと、盗賊達への脅しも兼ねて則天《そくてん》武后《ぶこう》などの中国三大悪女の残酷エピソードを始めとした、聞くだけで痛くてゾッとする話を皆に聞こえるように話しながら移動した。

そのおかげか次の町の衛兵に引き渡すまで凄く大人しく、引き渡された時はホッとした顔をしていた、失礼な。

盗賊達を引き渡して身軽になった私達は、その後は何事も無く旅を進めた。

第二章　波乱の王都滞在

「やっと着いたか……」

立派な王都の外壁を見ながらしみじみとホセが呟いた。

「のんびり来たせいもあるけど、本当に一ヶ月かかったもんね……、家の管理大丈夫かなぁ」

指名依頼という事で冒険者登録している孤児院の子供三人に鍵を預けて、三日に一度の空気の入れ替えと、週一度の簡単な掃除をお願いしてきたのだ。

半分先払いで残りはきちんとできていたら払う事になっている。

「普段から孤児院の掃除は自分達でやってるし、大丈夫だろ」

「そっか、なら大丈夫だね。ところでガブリエル、王都に滞在する間に泊まる所ってもう決まってるの？　それとも今から宿を探す？」

「それなら心配いらないよ、私の家があるし」

「えっ⁉　家があるのにウルスカに住んでるって事⁉」

「そうだよ、六十年前に買ったからね、今は私の従兄弟《いとこ》に任せてあるんだ。アイル達が泊まる事も伝えてあるから、準備してくれているはずだよ。…………従兄弟は魔導期が終わってから産まれたせいか魔法が使えなくてね、エルフの里にはいづらいようだったから王都に家を買って家の管理を任せるために呼び寄せたんだ」

「へぇ……、優しいじゃない。見直したわ」

「やだなぁ、私は元々優しいよ？」

ガブリエルの説明に感心したようにビビアナが呟いた。

確かにガブリエルって周りが見えてなさそうだから、そんな気遣いができるなんて意外だ。本人に言ったらわざとらしく嘆きそうだから言わないけど。

王都の門を潜《くぐ》ると、人混みという言葉がピッタリな光景が視界に飛び込んできた。

どうやら馬や馬車と人は通る道が違うらしく、車道と歩道を表しているのか石畳の柄が違っている。

門のすぐ内側は広場になっていて、そこからズドンと大通りが真っ直ぐ伸びているので田舎者《いなかもの》はまずこの道の広さに驚くだろう。

「ここからは私が先導するからついて来て」

カポカポと石畳の上を進む蹄《ひづめ》の音を聞きながらゆっくり街中を進んでいく。

大通りはお店が軒《のき》を連ねていて、ウルスカでは二階建てまでが多いのに対し、王都は五階建ての建物が目立つ。

品揃《ぞろ》えも圧倒的に多いし、ウルスカやトレラーガでは見た事ない商品が並んでいたりする。

「あっ、何あれ！　もしかして魔導具屋さん⁉　あんなに多くの種類売ってるの初めて見た！　わぁ、あっちのお肉屋さんも肉の種類多くない⁉　あそこの」「落ち着けアイル」

私がおのぼりさん丸出しでキョロキョロしていたら、歩きの時はそんな風にキョロキョロしないようにとリカルドに注意された。

おのぼりさんあるあるで、よそ見してる隙を狙ってぶつかって来るスリに遭うとの事。

こんなに華やかな王都でもやはり貧民街《スラム》は存在するらしい、むしろ王都で一儲《ひともう》けを夢見て失敗した者が多いからこそ貧民街《スラム》の規模は結構大きいとか。

光が強ければ闇もまた濃くなるというやつなのかもしれない。

王都に入って十五分程だろうか、古そうだがしっかりした造りの家が建ち並ぶ通りに出た。

チラホラと生活雑貨を扱う店がある以外は全部住宅で、小さな一軒家から豪邸まで色んなサイズの家が建っている。小さい家は使用人が家族で住む用なんだろうか。

「ここだよ、お疲れ様」

そう言いながらもガブリエルは馬の歩みを止めていない。辺りを見回すが、左右どちらも広い庭付きの凄《すご》い豪邸だし。

「この通りにあるっていう事？　あとどれくらいかかるの？」

「あはは、もう着いてるよ。どぅどぅ」

そう言って馬を止めたのはさっきから見えていた豪邸の門の前だった。

私達がポカンとしていたら、いつの間にかロマンスグレーな燕尾服《えんびふく》を着たおじ様が門を開けて出迎えてくれていた。

「お帰りなさいませ、ガブリエル様」

「ただいま、皆変わりは無かったかい？」

「はい、おかげ様で皆《みな》つつがなく……」

「リビングでお茶を飲んでひと休みしようかな、その時に皆を紹介するよ」

「かしこまりました。では馬をお預かり致します」

おじ様が手を上げると、生成りのシャツにサスペンダー付きの茶色いズボンという下働きスタイルの男性が三人ササッと現れて、馬達を預かってくれた。

そしておじ様が案内してくれるままについて行くと、居心地の良さそうなシンプルだけどセンスのいいリビングに通され、そこにはガブリエルによく似た金髪緑眼のエルフの……十三、四歳に見える青少年がいた。

「兄さんお帰りなさい！　今兄さんの好きなお茶を準備したところだよ」

「ただいまラファエル、お茶を飲む前に皆を紹介させてくれるかい？」

「はい」

嬉《うれ》しそうに抱きついてきた従兄弟を抱きとめて微笑《ほほえ》み合う姿は、従兄弟というより兄弟にしか見えない。

というか、エルフって天使系の名前が多いのかな？　似合ってるから別にいいけど。

「皆も聞いてほしい。ここまで護衛してくれたBランクパーティ『希望《エスペランサ》』の皆だよ、リーダーで剣士のリカルド、槍《やり》使いのエリアス、弓士のビビアナ、拳闘士《けんとう》のホセ、そして私の友人のアイルだ。この子が私の従兄弟のラファエルと家令のレアンドロだよ、他の者は仲良くなったら自分達で名前を聞いてやって」

ガブリエルがお互いを紹介してくれると、控えていた使用人達も含め、屋敷の人達が無言で驚いていた。

友人ができただけで驚かれるとか……、一体これまでどれだけボッチだったんだろう。

そしてどうして私だけ職業じゃなく友人と紹介したんだ。暗器使いって言ったら引かれるからかな、魔導師って言う訳にもいかないしね。

「友人……」

「そうだよ。さぁ、皆座って！　ラファエルの淹《い》れるお茶は美味《おい》しいんだ、温かいうちに飲んでよ」

呆然《ぼうぜん》とするラファエルの口から漏れた言葉に笑顔で答えたガブリエル。ラファエルの視線が私の胸元にあるネックレスに向けられ、一瞬目を眇《すが》めたように見えたのは気のせいだろうか。

ソファで寛《くつろ》ぎながらお茶をいただいたが、なんとなくラファエルが私にだけ素っ気ない気がした。


リビングでお茶を飲んでひと休みした後、私達は各自部屋へと案内された。

メイドさんが一人ずつ付いていてくれて、この屋敷に一体何人いるんだろうと思ったり。

三階建てで屋根裏部屋もありそうだし、ザッと個室だけ軽く見積もって四十部屋はありそう。

案内されたのは横並びの一人部屋だったんだけど、二十畳くらいありそう。

ウルスカにある『希望《エスペランサ》』拠点の私の部屋は十畳くらいだけど、それでも広くて喜んだのに、いくつもある一人部屋でこの広さとは……さすが豪邸。

それから夕食までの間にお風呂《ふろ》にも入らせてもらった。お客さん専用の浴室があってビビアナと二人で入ったんだけど、広さ的には五人同時に入れそうなくらい。

夕食の時間になり呼ばれて食堂へ向かうと、本格的なコース料理らしくお皿の左右にカトラリーが並べられていた。

一応こんな豪邸での食事という事でウルスカ出発前に買ったちょっといい服にしたけど、正解だったみたい。

席に着こうとしたらホセが不安そうにソワソワしていた。

「どうしたの？」

「いや……、こんな畏《かしこ》まった食事なんて初めてだからよ、マナーなんて知らねぇし」

「私も習った事は無いけど、とりあえずカトラリーは外側から順番に使って、音立てたりガツガツ食べなきゃ大丈夫じゃない？　エドのところでもそんな感じだったし。あとは迷ったらガブリエル達の真似《まね》すればいいでしょ」

「わかった……」

友人の結婚式に出席するために軽く勉強した事はあるけど、かなりウロ覚えだもんね。

私とビビアナには、給仕係だろうか、二十代くらいの男性が椅子を引いてくれた。

「ありがとう」

お礼を言ったら軽く目を見開かれた。何で驚くのかと思ったら、ビビアナはされて当然と言わんばかりに椅子を引いてくれた男性の方を見もしなかった。どうやらそれが普通らしい。

ホセと違ってビビアナは駆け出しの頃からデートで色んなお店に連れて行ってもらって、食費を浮かせていたと聞いた事がある。だからこういう時の振る舞いには慣れているのだろう。

「お待たせ、お腹が空《す》いたでしょ？　さっそく食事にしようか」

食事をしながら、ラファエルは私達とガブリエルの関係を根掘り葉掘り聞いてきた。

知り合った切っかけに始まり、私の出自や魔法に関する事はボカしてリカルドが上手《うま》く説明してくれている。

「へぇ、じゃあ知り合ってからそんなに時間は経《た》ってないんだね」

「そうだな、ガブリエルの事もエルフで王立研究所の支所長で治癒魔法の適性は無いって事くらいしか知らないな。こんな立派な屋敷を持ってる事も今日初めて知ったくらいだ」

「アイルもそうなの？　だったら思ったより兄さんと親しくないんだね」

何故《なぜ》か勝ち誇ったように胸を反らすラファエル。

「うん、そうだよ。あ、リカルド、あと年齢が二百十八歳だってギルマスが教えてくれたじゃない」

「はは、そう言えばそうだな。ところでラファエルは何歳なんだ？」

「ふふふ、エルフは生殖機能が確立されると成長が一気に緩やかになるから、個人差がある分見た目じゃわからないよね」

「兄さん！　…………確か今年で八十歳になった……はず」

知らなかった、全員同じようにゆっくり成長するんじゃないのか。

だけど確かに何年も赤ん坊のままだと親は大変だもんね、エルフの謎がまたひとつ解けた。

八十歳でこの見た目なら結構早く身体が成長したとかバレちゃった事が恥ずかしいのか、ラファエルは顔を赤くしてガブリエルに怒っている。

「やっぱエルフはスゲェな。アイルの年齢聞いた時も驚いたけど、それ以上だな」

「アイルの年齢？」

ラファエルが不思議そうに首を傾《かし》げた。

「うふふ、アイルはもう成人してるのよ。十五歳だもの」

「ッ⁉」

給仕係やメイドを含め、私の年齢を知らなかった人達が一斉に私を見た。

「小柄なのも童顔も民族的なものだもん。童顔な民族の中でも童顔だとは言われてたけどさ……」

ブチブチと言い訳しながら果実水に口を付けた。食前酒のスパークリングワイン以降は私だけ果実水にされてしまったのだ、他の人は全員お酒を飲んでるのに。

ガブリエルはいいじゃないかと言ってくれたが、ビビアナ以外が真顔で止めたので引き下がってしまったのだ。

出された夕食は全て凄く美味しかった。久々の魚料理も食べられたし、しかも魚料理と肉料理の間にソルベを挟む本格フルコースだった。

そしてホセだけじゃなく、エリアスもガブリエルやラファエルをチラチラ見ながら食べていたのでコース料理には慣れてないようだった。

リカルドは前から食べ方が皆より綺麗《きれい》だとは思っていたけど、マナーが完璧なのはやはりモテ男だから女の子を口説く時にお高いレストランとかに連れて行ってたからなんだろうか。

エリアスはレストランよりカフェやバーでデートするイメージ。勝手な想像だけど。

ちなみにホセは酒場で視線を絡ませ合った人とワンナイトラブが多そう。

何というか、ウチのパーティメンバーが誰かとバカップルになってるところが想像できないよね。


翌朝、朝食の席でガブリエルが王城の敷地内にある研究所に顔を出して報告しないと今後の予定が立たないと言うので、私達はしばらく自由行動という事になった。

もしガブリエルが研究所に通い詰めるなら、その間に港町まで遊びに行っちゃあダメかなぁ。馬なら往復三日で移動できるらしいし。

「帰って来れるのは多分夕方だからそれまでは好きに過ごしてていいからね」

ガブリエルがそう言ったので、私達は買い物と観光に行く事にした。

ついでにお昼は王都の名物料理を食べようと盛り上がっていると、ガブリエルの視線がだんだんジトリとしたものに変わってくる。今から職場に行く人の前で遊びの計画をしたせいなのだが。

「ラファエルは今日何してるの？　良かったら一緒に行かない？」

ビビアナが聞くと迷っているのか、視線を泳がせてから口を開いた。

「街中は……ジロジロ見られる事が多くて苦手なんだ……。それにアイルも一緒でしょ……（ポソ）」

ラファエルの小さな呟《つぶや》きにホセの耳がピクリと動いた。気のせいかと思ったけど、もしかして私と仲良くするのに抵抗があるんだろうか。

「あぁ〜、美形だしエルフ自体珍しいもんね。しかもエルフの男性って少ないらしいし」

エリアスにはラファエルの呟きが聞こえなかったようで、納得したように頷《うなず》いた。

「でもさ、今日のメンバーなら視線は分散されるからチャンスだと思うよ？」

「分散？」

私以外にも子供に見える人を道連れにしたいという下心を隠して提案すると、ラファエルは訝《いぶか》しげに眉根《まゆね》を寄せた。

「私はともかくウチのパーティメンバーは美形揃《ぞろ》いでしょ？　美形を隠すには美形の中だよ、それに若く見えるのが私一人より二人の方が目立たないはずだもん。それでも気になるなら耳の先が隠れる大きめの帽子被るとか」

「それならアイルも一緒にお揃いっぽい服装で揃えてみない？　その方が絶対可愛《かわい》いわ、最初にそういう服を買いに行きましょうよ！」

私の発案にビビアナがウキウキと乗っかって来た。これは強制的にラファエルも連行されるパターンだね。

「楽しそうでいいね……」

そんな私達を見て漏れた寂しそうなガブリエルの呟きは、どんな服装がいいか案を出すビビアナの声に掻《か》き消《け》された。

ガブリエルがため息を吐《つ》きながらも普段より立派な王立研究所の制服を着て出かけた後、私達は六人乗りの馬車に乗って出かけた。

お屋敷には二人乗り、四人乗り、六人乗りの馬車の本体があるらしい。

「しっかしスゲェな、あんなデカイ屋敷にこんな馬車まで。王立研究所の支所長の俸禄《ほうろく》ってそんなに多いのか？」

「ああ……、それは兄さんが支所長だからじゃなくて、伯爵だからだよ」

「「「「伯爵⁉」」」」

「うん、三代前の王様の時に功績の褒美をって言われた時に、領地は要らないって言ったら伯爵にされちゃったって言ってたから。魔導期が終わってたらしいし、恐らく魔法を使える人材を囲い込むためだったんだろうね。王都では結構知られた話なんだけど、アイル達は知らなかったんだね」

妙に私の名前を強調してドヤ顔をされた、私だけなんか張り合われてるよねぇ？

「あれで……貴族……」

呆然とリカルドが漏らした言葉は結構失礼かもしれないけど、同意とばかりに皆頷いていた。

◇　◇　◇

歩き疲れるくらい王都観光を楽しみ、屋敷に戻ってサロンで寛《くつろ》いでいたら、ガブリエルが現れて目を見開く。

「何だいその姿はッ⁉」

帰って来て開口一番に、私とラファエルの服を見たガブリエルが大きな声を出した。

「お帰りなさい兄さん」

「あ、ガブリエルお帰りなさい」

「お帰り〜、ふふふ、可愛いでしょ。今日はこの格好で一緒に出かけてきたのよ、あのマダムとは趣味が合うわ～」

ビビアナが何故か勝ち誇るようなドヤ顔をガブリエルに向け、ラファエルの行きつけの服屋のマダムと意気投合して私とラファエルのお揃い着せ替えショーを楽しみ、お揃い姿のまま王都の散策と楽しんだ事を報告した。

「く……っ、お揃いだなんていつの間にそんな仲良しに……！　ハッ、マダムの店なら私のサイズで同じデザインの服が置いてるかもしれない！」

「あ～、残念だけどそれは無理だと思うよ、店を出る時同じデザインの服に変えられてたマネキンが帰りには違う服を着てたから売り切れたんじゃないかな」

エリアスの言葉に膝《ひざ》から崩れ落ちるガブリエル、オーダーで作ったら時間かかるもんね。

私に嫉妬《しっと》したのかラファエルに嫉妬したのかわからないけど、今回は両方な気がする。

「兄さんとお揃い……」

呆《あき》れる私達と違い、ラファエルの嬉《うれ》しそうな呟きを聞いてしまった。もしかして私に素っ気ないのは、私だけガブリエルに友人って紹介されたから⁉

そんなにガブリエルが好きなのか。まぁ、いづらかったエルフの里から連れ出してくれた恩人でもあるもんね、懐くのも当然か。

そんな事情を知っちゃったら、見た目の若さと相まってほっこりしちゃうじゃないか。

悔しがるガブリエルが面白かったのか、主にエリアスとホセがウルスカで見た事が無い最新の魔導具や、お昼に大きな鍋を皆でつついて食べた事とか色々話して更に悔しがらせた。

「酷《ひど》いよ！　私抜きでそんな楽しそうな事ばっかり！　私も一緒に行きたかった‼」

「まぁまぁ、そんな事より王都滞在中の予定の目処は立ったの？　私できれば港町に一回遊びに行きたいんだよね、新鮮なお刺身食べたいし」

「そんな事……」

何故かガブリエルがショックを受けた顔をしたが、今後の予定と比べたら「そんな事」でしょ。

結局夕食の時間になったので、続きは食堂で話す事になって移動した。

「とりあえず滞在はひと月くらいだと思っておいてくれる？　どれだけ短くても半月はかかると思うんだよね。今回見つかった魔導具の概要は通信で伝えておいたのに、資料を探そうともしてなくてさぁ。あの膨大な資料を調べるだけでも一週間はかかるとして……、ハァ……。とりあえず腹いせに研究所員の怠慢を陛下に報告してやったけど、資料探し嫌いなんだよね……」

ラフな格好に着替えたガブリエルがため息を吐きながら報告する。

ん？　今何かおかしい言葉が聞こえた気がした。

「ガブリエル、今陛下にって聞こえた気がしたんだが……」

気のせいじゃなかったみたい、リカルドのツッコミにあっさりとガブリエルが頷いた。

「そうだよ、今日は謁見して報告もしてきたからね。しばらく会ってなかったけど苦労してるのかえらく老け込んじゃって……、あの子は結構細かい事を気にしちゃうタイプだからねぇ」

「あの子……」

フォークに肉を刺したまま口に入れる事を忘れてエリアスが呟いた。

「先代も今の陛下も幼い頃に教育係として教えてたからね、小さい頃は可愛かったんだよ～！　大きくなってきたら権力大好きな人達がしゃしゃり出てきて教育係が変わっちゃうんだよねぇ。しかも今の陛下の教育係を引き受けた時点では王立研究所の所長だったのに、いつの間にか所長じゃなくなってたし。色々面倒になってウルスカの支所長になったのさ」

色々な新事実に、ラファエル以外は開いた口が塞《ふさ》がらない。

「…………はぁ、今日は色々驚かされたぜ。ガブリエルが伯爵だなんて知らなかったし、よもや王様の教育係なんてやってたなんてよぉ」

「あれ？　伯爵だって言ってなかったっけ？　まぁそんな事気にしなくていいよ、私を他所《よそ》に行かせないために押し付けられた爵位な訳だし。あはは」

ホセの言葉にあっさりと返すガブリエル。「そんな事」の基準がおかしいと思うのは私だけだろうか。


デザートを食べ終わった頃を見計らって、メイドの一人が食堂に入って来た。

「ガブリエル様、本日お召しになっていたローブに封筒が入っておりましたが、こちらは如何《いかが》なさいますか？」

「あっ、忘れてた！　騎士団から渡すように頼まれたんだった。君、リカルドに渡してくれるかい？」

「はい。リカルド様どうぞ」

「ありがとう」

リカルドはメイドから封筒を受け取ると、礼を言って懐に仕舞った。食堂で手紙を読むのはマナー違反なのかな？

「じゃあリビングで手紙の内容を教えてもらおうかな、ちょっと頼みたい事もあるし。あのヘルマンとかいう騎士が言っていた指導に関してだったら、それを考えて予定を組まないとね。ちょっと面倒な予定も入りそうだし……はぁ」

ガブリエルは面倒臭そうにため息を吐いて立ち上がるとリビングへと移動した。

リビングでリカルドに手紙を読んでもらうと、四日後から一週間魔物との戦闘を想定した講習をして欲しいという依頼だった。

一週間って事はその後半月くらいは自由にできるって事かな⁉

だったら港町に行けるって事だよね⁉

「ガブリ」「アイル、君達は私の護衛依頼中だって事忘れてないよね？　騎士団の要請は陛下の許可印があったみたいだし受けるとしても、勝手な行動は困るよ？」

「えぇ〜、じゃあ港町に行けないの⁉」

テンションだだ下がりでへにょりと眉《まゆ》が下がってしまう。

そんな私をチラリと見て、ガブリエルはわざとらしく咳払《せきばら》いをした。

「ンンッ、でもまぁ……、私が研究所に通う間何もせずに待っているのも暇だろうから……、私の頼みをひとつ聞いてくれるなら講習が終わった後の一週間は自由にしていいよ」

「本当⁉　あっ、でも無理難題とかじゃないよね……？」

「もちろん！　私からしたら面倒な事だと思うけど、むしろ喜んでやりたいと言ってくる人はいくらでもいるんだよ？　私としてはアイルが一番適任だと思うから頼みたいんだ。あ、時間も半日とかからないから安心して」

にこにことイイ笑顔で話すガブリエルに嫌な予感がする。やりたい人がいくらでもいるのなら、その人達でいいんじゃないの？

さっきの面倒な予定が入りそうって言ってた事と関係あるのかな。

「そのお願いって……何？」

「それはね……」

続くガブリエルの言葉に私は頭を抱えた。

◇　◇　◇

「ほら、エドガルドとか言う男からちょうどいいドレスももらってたでしょ？　本当なら私が贈ったドレスを着て欲しいけど、オーダーすると王都だとひと月はかかっちゃうし……」

ガブリエルのお願い、それは魔導期の新たな魔導具が見つかった事を祝う王立研究所主催のパーティーのパートナーだった。

しかも王族が参加してガブリエルがお褒めの言葉を賜《たまわ》るらしく、一人で参加しようものなら娘を嫁がせたい貴族に囲まれるのは目に見えているから助けて欲しいとの事。

いくら変わり者のエルフとはいえ、見目麗しく独身で実力ある伯爵だもんね。

現役で魔法が使えるエルフが身内にいたら、色々頼み事とかしそう。

だけど貴族どころか王族も参加するパーティーってダンスとかありそうだし、社交ダンスなんてした事もないから踊れないし。

「う〜ん、そのパーティーって踊ったりするの？　私踊れないよ？」

「大丈夫！　研究所員は平民も多いから、無理に踊らなくても問題無いよ。だからドレスも貴族だけの夜会みたいに豪華じゃなくてもいい訳だし」

「う……っ、う〜ん……」

最大の問題が解決してしまった。刺身が食べたい気持ちと、王侯貴族もいるパーティーで何か粗相をして目をつけられたら大変だし面倒だという気持ちの天秤《てんびん》が均衡を保ちつつもグラグラしている。

「そういえばサブローが言ってたけど、王都の先にある港はすぐ側《そば》に山があるから、山から栄養がたっぷりの川の水が流れ込むおかげで魚が凄《すご》く美味《おい》しいんだって。今回を逃したらウルスカからわざわざ王都まで来るの大変だよねぇ？」

私の葛藤《かっとう》を見透かしたように続けられたガブリエルの言葉で、心の中の天秤がカターンと音を立てて傾いてしまった。

「く……っ、わかった、引き受ける……ッ」

「おっ、よく決心したな！　アイルのおかげで美味《うま》い魚が食いに行けるぜ、ありがとな！」

私が答えるとホセがぐりぐりと頭を撫《な》でつつ尻尾《しっぽ》を振っている。

私の判断を固唾《かたず》を呑《の》んで見守っていた皆は明らかに喜んでいた。半日の我慢で皆がこれだけ喜んでくれるならまぁいいか。

認めたくないけど、幼く見える私をパートナーとして連れて行ってロリコン疑惑が広まっても知らないんだからね！


それから騎士団の指導までの四日間は各々自由に過ごした。リカルドとエリアスとホセは主に王都の冒険者ギルドへ訓練しに行っていたが、香水の移り香をつけて帰って来た日もあったので娼館《しょうかん》にでも行ってきたのだろう。

ビビアナは庭に的を用意してもらって弓の練習をしたり、指導日に出会うかもしれないイイ男のためにエステなんかにも通ってた。

その間に私が何をしていたかと言うと、屋敷の料理人達に料理を習っていた。

日本の万能な調味料《入れるだけ》の数々が手に入らない異世界ではレパートリーがグッと減ってしまったせいで、メニューがマンネリ化しそうだったからとても嬉しい。

代わりに唐揚げとか料理人達が知らなかったレシピを教えたから、ギブアンドテイクというやつだ。

二度揚げの概念も無かったので結構驚かれたし、肉じゃがみたいな甘辛い料理も珍しいと目を輝かせていた。サブローは味噌《みそ》を使う料理以外詳しくなかったのかもしれない。

そして騎士団へ行く前日、納得いく出来になったからと夕食に唐揚げが出された。

ぶっちゃけ私が作ったのより美味しい。風味も違うから使ってるお酒とか変えてるのかな。

皆も美味しい美味しいと絶賛し、山のようにあった唐揚げがどんどん消えていく。

「本当にこの唐揚げって美味しいよね～！　何度食べても飽きないよ。ラファエルも気に入ったみたいだし」

ガブリエルが唐揚げを口いっぱいに頬張《ほおば》るラファエルを見て微笑《ほほえ》んだ。

一緒に出かけた日に少し仲良くなったと思ったら、夜会のパートナーの話を聞いてからヤキモチを焼いて再び素っ気なくなっていたラファエルだったが、ここ数日一緒に過ごしたせいか随分仲良くなれた。

どうやら私が提供したレシピの料理を気に入った事も大きいらしい、愛《う》い奴《やつ》よのぅ。

「この唐揚げ、アイルが作るのより美味《うめ》ぇんじゃねぇ？」

ホセの言葉に周りは明らかに「それを言うなバカ」という顔をしたが、私は怒ったりしないのだ。

「ホセ、こんな話知ってる？」

「ん？」

「とある有名な画家がファンに紙を差し出されて、絵を描いて欲しいと頼まれたからその場で三十秒程で描いたの。そして画家は……えーと、金貨百枚を要求して、頼んだ人は『たった三十秒で描いた絵にどうしてそんな高値をつけるんだ』と言ったらその画家は『この絵を描くのに私は三十年と三十秒かかったんだよ』と言ったそうだよ。同じようにこの唐揚げを作るまでにここの料理人達は食材の選び方や火の通り具合をこれまで作ってきた料理で長年研究してきたからこそ、こんなに美味しいの」

「つまりはプロだから美味くて当然って事か？」

ドヤ顔で披露した渾身《こんしん》のうんちくは、間違ってないけど微妙に理解してもらえなかったようだ。

他の人は感心したように頷《うなず》いているので理解してくれたらしい。

「これまでの努力があったからこそ、こんなに美味しい唐揚げが作れてるって事！」

「ふふ、今の料理長はちょうど三十年くらいここで働いているから今の話を聞いたら喜ぶんじゃないかな？　アイルの事も手際がいいって褒めてたらしいよ」

「本当!?」

ガブリエルの言葉にテンションが上がった、プロの料理人に褒められるなんて凄く嬉《うれ》しい。

もしかしたら手際がいいの前に「素人《しろうと》にしては」が付いてるかもしれないけど、ここは素直に喜んでおこう。

港町で新鮮な魚をお土産《みやげ》に買って来たら喜んでくれるかな。私達はご機嫌で夕食を平らげると、明日のためにその日は全員早く寝た。

翌朝、朝食を済ませた私達はガブリエルと一緒に馬車に乗り、騎士団の訓練場がある王城の手前の施設で降ろされた。帰りは騎士団の馬車で送ってくれるらしい。

ここは中級・下級騎士の寮と訓練場がある施設らしく、門で受付けを済ませると案内人が現れたのだが……。

「『希望《エスペランサ》』の皆様ようこそ、訓練場に私ヘルマンが案内します」

なんと案内人は別人のように礼儀正しくなったヘルマンだった。固まった私をホセが手を引っ張って移動させたくらい驚いたよ。

どうやらヘルマンの態度は、騎士団公認の正式な指導者という立場になった私達に敬意を払えという上からの命令によるもののようだった。

初日の今日は午前中だけらしい。そして得意な戦闘スタイルに合わせて各自バラけて指導をする事に。

そして私は気付いた、騎士の戦闘スタイルに暗器ってないよね？

今回指導という形なので防具は暗器を仕込む体《てい》の籠手《こて》しか着けていない。つるんとしたフォルムの革の胸当てをしてないのは、イイ男がいた時のためにといつもより胸元を強調した服のビビアナと比べられるのが嫌とかいう理由ではない。

あくまで魔物を相手にする訳じゃないから防具はいらないと思ったからである。

そして私の前に残ったのはまだ戦闘スタイルが確定していない十八人のヒヨッコ騎士、あとはトレラーガにいた小隊長が監督係として残ってはいるけど。

しかも残った騎士達の表情は明らかに「こんな小さい女の子に何を習えというんだ」と訴えている。

「隊長さん、私はこの人達に何を教えるべき？　座学で魔物の知識をつけさせてもいいし、それとも投擲《とうてき》武器の扱い方でも教える？」

でも戦闘スタイルが決まってないって言うけど、ほとんどの人は鑑定で向いてる武器がわかっちゃってるんだけどな。

でもいきなり使用武器を決めつける冒険者って怪し過ぎるよね、せめて手合わせして動きを見て決めたってフリしたい。

だったら防具をしっかり装備して来た方が良かったかなぁ。

「ふむ……、この場に残っている者は実戦に参加した事の無い者ばかりだからな、アイル殿を魔物に見立てて模擬戦というのはどうだろうか？」

「え？　こんなに可愛《かわい》い魔物なんていないでしょ？　それに今日は防具を全部装備してきてないもん、柔肌に傷がついたらどうしてくれるの？」

「治癒師がいるから安心してくれ」

な……っ！　渾身のジョークをノータッチで流された挙句、怪我《けが》上等……だと……!?

もしかしてトレラーガでの事、根に持ってて嫌がらせでもされてるのかも。挑発に乗っちゃダメよ、私。

「ふ、ふぅん。治癒師って事は治癒魔法が使えるエルフでもいるの？　部位欠損も治せる？」

治癒師の腕前によっては無茶できる度合いも変わってきちゃうから聞いておかないと。

魔法は長命種くらいしか使えないって言ったのはエリアスだったっけ。ガブリエルは治癒魔法の適性が無いから使えないって言ってたけど、治癒魔法が使える人がいるんだろうか。

そう思って聞いたのに、隊長は凄く呆《あき》れた目を私に向けてきた。

「そんなレベルの治癒魔法なんて使える者がいたらとっくに教会総本部のお偉いさんか聖女様になってるだろうよ、今治癒魔法が使えるとしたら噂に聞いたエルフの神官だけだろうな。ここで使えるポーションは中級までだから欠損は治してもらえんぞ、アイル殿は下級騎士程度との模擬戦でそんな大怪我する気なのか？」

小馬鹿にしたように見下して笑う姿にカチンと来てしまった。下級騎士の人達には悪いけど、八つ当たりさせてもらおう。

「うふふ、まさか。どの程度の怪我ならさせていいのか確認しただけだよ。『身体強化《パワーブースト》』（ボソ）」

口元を隠して笑い、ついでにこっそり身体強化を発動。私の実力に懐疑的な下級騎士達には『希望《エスペランサ》』の名に懸けて、格の違いというものを教えてあげないと。

なんだかんだとこの数ヶ月に魔物からの攻撃回避とか、他の冒険者に絡まれた時の対処法とか皆に特訓してもらってたから、身体強化使わなくてもそれなりに動けるようになってきたもんね。

訓練してわかったけど、この身体は日本で暮らしていた時よりもかなり性能がいいというか、優秀なようだ。

しかもウルスカから王都まで馬に乗ってただけで素晴らしいクビレもでき上がっていた（重要）。

相手を怪我させる前提の言葉に、騎士達はムッとして殺気立った。わざと気にしない素振りで訓練場にいくつかある武舞台のひとつに上がる。

国立競技場くらいの広さの訓練場に合計五つの武舞台があるので、ここで大会とかしているのだろう。

「あなた達の指導係のアイルよ、よろしく。じゃあ各自使いたいと思っている武器を持って私という魔物対騎士団って事で模擬戦ね」

そう言うと各自槍《やり》に見立てた棒や木剣、矢の先端が丸い布で覆われた弓矢などを持って武舞台に上がって来て武器を構えた。何故《なぜ》か一人だけ刃を潰《つぶ》した鋼の剣という殺傷能力高めの武器を持っていたけど、どうせ私には当たらないから始めちゃおうかな。

「もう始めていいの？」

そう問うと全員が頷いた。隊長だけは渋い顔をしているが、武舞台の上にいる者達は気付いてない。

「はい、ダメー！」

そう言うと騎士達は眉《まゆ》を顰《ひそ》めたり首を傾《かし》げたりしている。何がダメなのか全くわかってないようだ。

「まずひとつ、この中で誰が全体を見て指示を出すかとか決めてない。ふたつ、そのせいで陣形とか全く考えられてない。ほら、そこ何で弓士が前にいるのよ、矢をつがえてる間にやられると思わないの？　随分早撃ちに自信があるのね。逆にそこ、何で剣を持ってて一番遠くにいるのよ、余程脚に自信があるの？　それともビビってるの？」

あおるためにわざと嫌味ったらしく言ってやった。

隊長が笑いを堪《こら》えているのが見えた、自分が言いたかった事を私が言ったせいか満足そうだ。

騎士達は顔を見合わせながらリーダーを決めたようだ、一人だけ木剣じゃなく鋼の刃引きされた剣を持ってニヤついていた男。

見た感じ忖度《そんたく》で決まったようなので、この中では高位貴族なのかもしれない。周りの雰囲気から人望は無さそうだけど。

一応集まってボソボソと作戦を立てたらしく、陣形が整えられた。

既《すで》に弓を引いている者がいて誤射したらどうするんだとツッコミたかったが、実戦じゃないし後で注意しよう。

「じゃあ私に『死んだ』と言われた人は速やかに舞台から降りる事、じゃないと本当に動けなくなるような怪我をする事になるからね。隊長さん合図をよろしく」

「わかった、……始めッ」

最初に木剣を持った騎士達が突っ込んで来て、バックステップで距離を取った途端に木剣部隊が左右に分かれてその後方から矢が飛んで来た。

うむうむ、ちゃんと作戦考えてるね。だけどこんなヒョロイ矢じゃ簡単に避《よ》けられちゃうよ。

弓士は四人、陣形の横に移動して投げナイフで弓の弦を切断し、アワアワしている隙に背後に回って籠手の内側から棒手裏剣を取り出して首を横に撫《な》でる。

ヒヤリとした金属の感触に首を斬られたと錯覚してもらう、実際は薄皮一枚傷付けたくらいだろう。

「はい、死んだ」

ポンと背中を叩《たた》いて次の獲物に向かう、身体強化した私は獣人のホセと同じくらい俊敏に動けるので、一瞬の出来事に何が起こったのか理解できずに全員の動きが止まった。

そうなれば恰好《かっこう》の餌食というやつだ。弓士全員が死亡扱いになったところで、我に返ったリーダーが指示を飛ばした。

「背後を取られないように二人一組になれ！」

お、ちゃんと対応してきた。だけど死角をカバーするためにも三人一組にした方が安全だよ。

背中合わせになった木剣騎士に真横から蹴《け》りを入れて二人まとめて吹っ飛ばす、近くにいたもう一組も巻き込む角度で。

彼らは飛んで来た仲間に武器を向ける訳にもいかず、驚いている間に巻き込まれて一緒に倒れ込んだ。

蹴られた人達は普段カルシウムちゃんと摂ってるかな、青痣《あざ》確定だけど骨が脆《もろ》かったらヒビくらい入ったかも。

小柄な私に体格のいい仲間が吹っ飛ばされたのを目の当たりにして焦ったのか、隙だらけで突っ込んでくる者続出。

槍に見立てた棒を構えて突っ込んで来た者には籠手で軌道を逸らして懐に入り込み、正面から棒手裏剣で首を撫《な》でて微笑《ほほえ》み付きで死亡宣告。

残り三人になったところで惜しげもなく棒手裏剣を投擲、余興の意と魔力を込めてベルトを同時に切断。普通に投擲しただけじゃ、刺さるだけでベルトの切断なんてできないしね。

タイミングを合わせて私に斬りかかってきた瞬間で、ズボンが下がって痛そうな転び方をした。

ちなみに最後の三人の中には勿論《もちろん》リーダー役が含まれます。

顔の真横に棒手裏剣が刺さるように投げ、最初に私に向けていたニヤついた笑みを真似《まね》して死亡宣告をしてやった。

勝負が着いて治療が済んだところで全員に向いてる武器をアドバイスして、リーダーだった騎士に弓を勧めると反発したが、弓の指導者がビビアナだと言うといそいそと合流しに行った。

残念ながら君のように身分と金に物を言わせて女遊びしてそうな輩《やから》には、ビビアナが興味を持つ事は無いのだよ。

そして全員に適正武器を勧めたせいで翌日から私が指導する騎士がいなくなった事に気付いたのは、夕食を食べながらリカルドに指摘された時だった。

◇　◇　◇

指導役二日目の朝、馬車の中でビビアナがシャツの三つめのボタンを留めたり外したりを繰り返していた。

「どうしたの？　ビビアナ」

「う〜ん、好みの男がいたのはいいんだけど、リカルドのグループにいるのよね〜。だからアピールのためにも見せるべきか、訓練中は側《そば》にいないから隠すべきか迷ってるの」

そんなビビアナの言葉に、男性陣は聞こえないフリをして目を合わせようとしない。

「ビビアナ、私の国にはチラリズムという言葉があるの。常に見えているものより一瞬だけチラリと見える方が惹《ひ》きつけられる事らしいんだけど、例えるなら娼婦《しょうふ》の露出度の高い格好より貞淑そうなキッチリした長いドレスが風に煽《あお》られて一瞬見える脹脛《ふくらはぎ》の方が……ってやつ。あとは隠されると見たくなるっていう心理もあるし、隠しておいた方が興味を引けるかもよ？」

「なるほど……」

そう呟《つぶや》いてビビアナはボタンを二つ留める。

私が聞いたのは常に見えてるミニスカの太腿《ふともも》より浴衣姿の脹脛だったけど、わかりやすく異世界版の説明にしてみた。

ボタンを留めるのを推奨したのは比べられるのが嫌とかじゃない、何故ならビビアナの胸はボタンを留めたくらいで隠せるボリュームではないから。

「そんな言葉、サブローから聞いた事ないなぁ。新しい言葉なのかな？」

「私が産まれる前からあったけど、賢者サブローがこっちに来た後にできたのかもね」

確か往年の女優さんから始まった言葉だったはず。

さっきまで知らんぷりしていた男性陣は興味深そうにこちらを見ていた。とてもわかりやすい人達である。

ガブリエルはただの知的好奇心っぽいけど。

そうこうしている内に騎士団の施設に着き、馬車を降りる前に身体強化をかけてから受付けをして訓練場へと向かう。

そして挨拶《あいさつ》の後各自移動してしまうと、残される私と小隊長。

「隊長さん、私は何をしようか？　教えるって程の腕じゃないけど、ホセと同じ無手グループかな……」

「いやいや、アイル殿の昨日の模擬戦は素晴らしかった。チームでローテーションを組ませてぜひとも魔物役をお願いしたい」

ニコニコしながら言っているが、嫌がらせだよね？

トレラーガでやり込められた腹いせに、私を疲れさせて痛めつけようって魂胆でしょ。

「いえいえ、昨日も模擬戦をしていて思ったんだけど、魔物役をしても所詮《しょせん》は対人戦という事に変わりはないから短期の遠征で訓練した方がいいかと……、うふふふ」

お互いの背後に狐と狸の幻影が見えそうな白々しい遣り取りをしていたら、リカルドが戻って来た。

「隊長殿、どうも魔物自体を見た事が無い者が多いせいか、心構えというか色々足りないようだ。魔物をイメージしながら陣形を崩さないように囲むとか次の行動に移る時の予測が全くできていない。一度弱い魔物でもいいから実際に戦わせた方がいいと思う」

「オレもそう思うぜ～！」

リカルドの声が聞こえたのか離れた場所にいるホセも大声で同意した。

話し合いの結果、翌日に魔物との戦闘経験者と未経験者のグループに分けて先に経験者グループが私達の指示を受けながら手本を見せて、次に未経験者グループが実際に戦う事になった。

王都から港町方面に馬で三時間程行くと魔物が出る山があるらしい。

とりあえず黒い悪魔《ヤツ》は出ないらしいので私は胸を撫で下ろした。

そんな訳で急遽《きゅうきょ》未経験グループを全員集め、一番魔物に詳しいエリアス先生の魔物講座が開かれる事になった。

私が先生役をできれば良かったが、普段相対する魔物に関してはかなり詳しくなったけど、知らない魔物もまだだいるようなのだ。

そんな訳で経験者グループは明日のために作戦会議をして、その後シミュレーションをする事になった。

え？　魔物役？　近い動きができるからと、私とホセがやりましたけど何か？

捻挫《ねんざ》や打撲、ちょっとした傷ならポーションで治るから多少の怪我《けが》はさせても構わないと言われたので、危機感を持ってもらうためにも攻撃は武器を使わない代わりに鎧《よろい》を着てる事もあって手加減なしでやらせてもらった。ホセは手加減してたけど。

それでもそれなりに怪我人が出て治癒師が呼ばれた、治癒師は診断医に近い扱いらしい。

怪我の度合いを見てどのランクのポーションを使うか決め、ポーションを必要としない程度であれば普通に手当てをするといった感じだ。

ポーションは魔導期であればエリクサーと呼ばれる部位欠損も治す最上級の物や、瀕死《ひんし》であっても怪我を治す上級もあったが、今では内臓が傷付けば半々の確率で死んでしまう中級以下しか作れない。

何故なら上級以上のポーションを作るには治癒魔法と錬金術の両方が必要なんだと以前ガブリエルに教えてもらった。

中級以下であれば魔導具を使えば作れるらしい。

話が逸れたが模擬戦の時にビビアナが「体格のいい人は丈夫だから、アイルならそんなに手加減しなくても大丈夫よ」と言ったので数人結構派手に吹っ飛ばしてしまった。

たまにすぐに動けないくらいダメージを与えてしまったが、リカルドやビビアナが治癒師の所まで肩を貸して移動させてくれていた。

そしてビビアナに目を付けられた人達とやらはすぐにわかった。何故なら肩を貸す時にわざと胸が触れるように身を寄せるせいで顔が真っ赤に染まっているのだ。

移動中なにやら会話していたようだったから、連絡先でも交換したのかな？

このために手加減するなって言ったんじゃないと信じたい。

そんな事を帰りの馬車で聞いたら、明日から三日連続で一人ずつ夕食を食べる約束をしたらしい。

「その三日間は夜帰って来なくても心配しなくていいからね」

そう言って綺麗《きれい》なウィンクをしたビビアナはとってもイキイキしていた。

◇　◇　◇

「はい、コレで怪我しそうな衝撃受けそうになったら勝手に障壁が展開されるよ。さすがに辺り一帯が吹っ飛ぶような衝撃だと一度しか保《も》たないだろうけど」

「ありがとうガブリエル！　これなら多少障壁魔法使っても鑑定の魔導具でこのネックレスを調べさせたら言い訳ができるよ」

「え～？　そのまま付与した効果使えばいいのに」

「だって何度も使ったら負荷でネックレスの魔石が壊れちゃうんでしょ？　気に入ってるし、壊したくないもの」

「アイル……」

僅《わず》かに目を潤ませて喜んでいるが、人からのプレゼントが壊れて平然とできる程私は図太くない。

今日は近場とはいえ遠征に行くので、トラブル回避のためにガブリエルがプレゼントしてくれたネックレスの魔石に障壁魔法を付与してもらったのだ。

魔導期時代の鑑定魔導具を使えば付与した人までわかってしまうらしいので、ガブリエルにお願いする事に。

「あらぁ、アイルったら、そういう時はガブリエルにつけてもらうべきよ？　うふふ」

ネックレスを受け取ってつけていたら、出かける準備を済ませたビビアナが玄関に来た。

昨日の帰りからずっと上機嫌なのだ。好みの男性が三人も見つかって、しかも食事の約束までしているせいだろう。

昨夜一緒にお風呂《ふろ》に入ったから見てしまった、お風呂上がりにビビアナが身につけた赤の総レースという勝負下着を。

今のビビアナの服装は黒いシャツの上に革の胸当て、下は革のパンツなので腰からお尻のラインがとても魅惑的だ。

セクハラ親父がいたら無意識にお尻を撫でてしまうレベルだと思う。とは言っても上から外套《がいとう》を着るから隠れるんだけどね。

ちなみに私は愛用の革の胸当てをしていない。障壁魔法の付与されたネックレスもあるし、ちょっと革の胸当てがキツくなってきたし。

つるぺたフォルムが恥ずかしいとかじゃないから、……本当に‼

皆が集まり、今日は遠征なので馬に乗って移動する。もちろん私は定位置のホセの前だけど。

街中なので馬車と同じ速度で進むため、いつものように騎士団の前でガブリエルを乗せた馬車に手を振り見送った。

総勢八十一人の騎士団と合流して山へと移動し、普段活動する十人の小隊を作って山へと入る。

馬は麓《ふもと》に待機させエリアスが見張りをして、後発の昼食係が到着したらそこで準備をしてくれるそうだ。

この山でも私達に馴染《なじ》みの深い角兎《ホーンラビット》や赤猪《レッドボア》と遭遇。どこにでもいるらしく、何度か遭遇したので小隊のいい練習になった。

経験者グループに入っていたヘルマンも角兎《ホーンラビット》程度なら余裕らしく、危なげなく動けていた。

全グループが小物を討伐経験したので下山しようとしたら、私が初めて見る逆猿《リバースエイプ》という魔物に遭遇してしまった。

逆猿《リバースエイプ》は目と口の位置が逆という気持ち悪い見た目の上、群れで攻撃してくるのでかなり面倒な魔物だ。

しかも人間を食料として見るため、本来眉間《みけん》の位置にある口で噛《か》みつこうとするのでホラー映画の如《ごと》く恐怖をあおられるのだ。

最初パニックを起こした騎士達だったがリカルドの一喝で多少落ち着きを取り戻し、私達が指示を出しながら何とか殲滅《せんめつ》できた。

コレ、騎士だけで来てたらかなりの被害が出たと思う。弓士はつがえて放つまでの間に襲われた者が多数。

ビビアナは瞬時に急所を射抜く腕があるから無傷だったけど。

無手の者達はホセがフォローしたのと、元々喧嘩《けんか》慣れしている者が多かったのであまり問題無かった。

槍《やり》使いは乱戦状態だったせいなのか、戦闘慣れしてないせいなのかわからないけど、弓士の次にボロボロだった。

そしてリカルドのおかげで士気が高かったためか、剣で応戦した者は比較的楽に戦えたようで殲滅後には自信を持てたようだ。

まぁ、逃げ出した者がいなかっただけ良かったのかもしれない。

私も弓士達を助けるために手持ちの投擲《とうてき》武器は全て使ってしまったので、血塗《ちまみ》れの棒手裏剣と投擲ナイフを探して回収していった。

仲間だけならすぐに洗浄魔法で綺麗にできるが、今回はそのままバッグ経由でストレージへ入れるしかない。

ちなみに討伐した魔物は小隊長が持ってる魔法鞄《マジックバッグ》に全て収納された。

エリアスの待つ麓に戻ると美味《おい》しそうな食事ができ上がっていて、料理人と共に来た治癒師の手当てが終わった者から無傷な者達と共に食事を摂った。

幸い大怪我をした者はいなかったが、目的も果たし疲弊もしたということでこのまま戻り、明日の午前中は休み午後から訓練という予定に。

その事でニンマリと笑ったのはビビアナだった。

ガブリエルの屋敷に帰ってすぐ自室で投擲武器に洗浄魔法をかけていたら、スカート姿のビビアナが現れて洗浄魔法をかけて欲しいと頼まれて実行する。

洗浄魔法をかけた時に気付いたが、白いシャツからほんのりピンク色が透けて見えた。

冬服のシャツ越しに見えてピンクという事はあの赤い総レース下着だろうか、とにかく気合いが入っている事は伝わって来た。

オシャレなコートを羽織ったご機嫌なビビアナを見送り、私は武器の手入れを続けた。

◇　◇　◇

［デート現場Ｓｉｄｅ］

ビビアナが指定した食堂兼酒場で、体格のいい美丈夫が一人エールを呷《あお》っていた。「先に飲んで待ってて」。そう言われていたものの、しばらくは飲まずに待っていたが、緊張のせいかどうにも喉が渇いてつい飲んでしまったのだ。

昨日食事に誘われたのに、今日の遠征中は何事も無かったかのようにアッサリとした対応しかされず、誘われたのは何かの間違いだったのではと思っていたら、帰りに艶《あで》やかな笑みと共に店を指定されて気が付いたら頷《うなず》いていた。

「お待たせ、セシリオ」

そう言ってコートを脱いだビビアナの姿に返事をするのも忘れて見惚《みと》れる。

昼間はコートが翻る度に悩ましい腰のラインが見えていたが、今はどちらかというと清楚《せいそ》なシャツと長いスカート姿で可憐《かれん》な印象だった。

薄《うっす》らと下着らしきものが透けて見える気がするが、それを指摘していいものかどうか迷いつつ思わず視線を逸《そ》らす。

「お腹空《なかす》いたでしょ、食事を注文しましょ。私もエールを頼もうかしら」

冒険者なのに粗野でもなく美しく微笑《ほほえ》む美女、時々唇についたソースを舐《な》め取る赤い舌に目を奪われてしまう。

ろくに面白い話もできない無骨なセシリオとの会話で、とても楽しそうに笑うビビアナに心惹《こころひ》かれるのに時間はかからなかった。

食事を済ませて店を出ると、滞在先である伯爵家に送りながら名残り惜しくて自然と歩みが遅くなる。

その時ビビアナが少しフラつき、セシリオは咄嗟《とっさ》に腕を伸ばして支えた。

その腕にふにゅりと当たる柔らかな感触に動揺していたら、ビビアナがポツリと寂しげに呟《つぶや》いた。

「もう少し……一緒にいたい……な。あ、そこの店で少し飲み直しましょ？」

ビビアナが指差したのは二階が宿になっている酒場、しかもデートの定番で使われるという恋人のいなかったセシリオには縁の無いしっとりした雰囲気の店で、無意識にゴクリと唾《つば》を飲み込んだ。

雰囲気に呑《の》まれ緊張で喉が渇いてしまい、気が付くとセシリオ一人でワインのボトルを一本空けていた。

立ち上がって初めて足元が覚束《おぼつか》ない事に気付いたが、ビビアナも酔っているのか楽しげに笑いながら部屋で休んでから帰ればいいと言うので酔った頭でビビアナの言う事に従う。

「あはは、あたしも酔ってたみたい……、ちょっと座って休もうっと……あっ」

薄暗い部屋に辿《たど》り着《つ》き、肩を貸していたビビアナがよろけた事によってセシリオがビビアナに覆い被《かぶ》さる形でベッドに倒れ込んでしまった。

慌てて起き上がろうとしたがビビアナの両腕が首に回され、不意に唇に柔らかいものが触れる。

酒が回って鈍《にぶ》い思考が更に鈍くなり、その間に二度、三度と柔らかいものが触れ、熱いものが唇をなぞった。

「うふふ、セシリオの唇……ワインの味がするわ……美味しい……」

口付けを交わしたのだと理解するのと同時に口内に入り込んで来たビビアナの熱い舌に、セシリオは己の理性が切れる音を聞いた気がした。

◇　◇　◇

ビビアナに洗浄魔法をかけた二日後、三人目とのデートから帰ったビビアナは、一緒にお酒を飲もうと据《す》わった目で私達を誘った。私は飲ませてもらえないんだけどさ……。

五杯のお酒を飲みながらビビアナが語った内容はこうだ。

あの日朝帰りした一人目とのデートの話は上機嫌で惚気《のろけ》つつ、デートコースは被らないようにしているという小技まで教えてくれたけど、二人目は二人きりになった途端に乱暴な扱いをしてきたらしく、お灸《きゆう》を据えて直帰したとか。

そして三人目である今日のデート相手は、親が決めた婚約者がいると言いながらも付き合って欲しいと言ってきたらしい。

「へぇ、じゃあふざけるなって殴り飛ばしてきたのか？」

ニヤニヤ笑うホセが、三杯目のおかわりをグラスに注ぎながら聞いた。

「まさか、明日も会うのよ？　悲しげに微笑んでそんな事を婚約者が知ったら浮気だと思うわよって言ってあげたわ。私は人のモノに手を出す程飢えてないのよ！」

「ふっ、ビビアナはそういうところがハッキリしているから安心だな。誰かのように修羅場に巻き込んでくる心配が無い」

女慣れしてなくても女性に対してクズな男っているんだなぁなどと思っていたら、リカルドがチラリと向けた視線にエリアスが慌てる。

「ちょ……っ、リカルド⁉　アレはあの子が恋人いるって言わなかったせいだからね⁉　しかもあの男が勝手に僕とリカルドを間違えただけで……」

「人族ってよくそんな風に好きだの嫌いだので騒げるよねぇ……。その気持ちさっぱり理解できないよ」

話を聞いてガブリエルが呟いた言葉に、ラファエルも同意して頷いている。

「じゃあガブリエルもラファエルも初恋すらまだなの？」

素朴な疑問をぶつけてみたら、二人は顔を見合わせてから頷いた。

そりゃあいくら長生きな種族とはいえ数が減る訳だよ……。

「元々私がエルフの里を飛び出したのもまだ六十歳だったのに、いい加減に結婚しろとか子孫残せとか周りが煩《うるさ》く言って来たからなんだよね」

六十歳で「まだ」なんだ……、さすがエルフ。

結局ヤケ酒によりビビアナが寝落ちするまで酒盛りが続いたので、皆が寝たのは日付けが変わる頃だった。

◇　◇　◇

「指導も今日で終わるね、やっと打ち解けて来たとこなのに」

馬車で騎士団の施設へ向かいながら呟く、遠征の後から結構話しかけてくる騎士が増えたのだ。

なので会話するようになって私達が指導している騎士達はほとんどが平民で、貴族の上級騎士達が魔物と戦わなくていいように鍛えさせられているのだとか色々内情がわかった。

あの最初の模擬戦で指揮をしていた、最後に下着を晒《さら》した性格の悪そうな人は子爵家の三男らしく、一応貴族だが家の中では価値がない扱いをされていると、聞いてもないのに教えてくれた。

他にも年齢高めの騎士は食事休憩の時にお菓子をくれたりと、結構可愛《かわい》がられている。

「けどよ、これで模擬戦の魔物役やらなくてよくなるぜ？　アイルの事黒猿《ブラックエイプ》とか言ってる奴《やつ》もいたしな、ははは」

「誰が猿よ！　失礼ね‼」

「オレが言ったんじゃねぇよ、騎士達が言ってたんだよ。まぁ、同意はしたけどな」

ちなみに黒猿《ブラックエイプ》なんて魔物はいない、私が黒髪だからっていうのと先日の逆猿《リバースエイプ》にちなんで付けられた渾名《あだな》だろう。

　そんな渾名に同意した時点でホセも同罪である。抗議の意を込めて隣に座るホセをポカポカ叩《たた》いてやった。

「はははは、アイルの力じゃちょうどいいマッサージだぜ」

「コラコラ、馬車の中で暴れるんじゃない。模擬戦のアイルに攻撃が当たらないからって悔し紛れにそう呼んでるだけだろう」

　ならば身体強化して叩いてやろうかと思ったら向かいに座っていたリカルドが宥《なだ》めるように頭を撫《な》でてきた。ぬぅ……仕方がない、ここはひとつ大人になって宥められてやるか。

「だけどさ、初日に比べたらかなり動きも良くなって来てるよね、彼ら。ただ槍を突き出すだけじゃなく、攻撃直後にすぐ防御態勢になれるようになったし」

「だな、やっぱ実戦経験したからじゃねぇ？　経験者って言ってた奴らも実際に戦闘した事無い奴も交ざってたんだろうな、顔つきが随分変わったからよ」

「あの逆猿《リバースエイプ》の襲撃が大きかったんじゃない？　あまりにも動揺しててまともに対応できてなかったから何度か魔法使いそうになったもん」

「楽しそうだね、君達……」

　ジトリとした視線を向けながらガブリエルが呟いた。毎日研究所で研究だけじゃなく、功績を妬《ねた》む研究員やお近付きになりたい貴族の相手もする羽目になっていて、日増しに荒《すさ》んでいってる気がする。

「まぁまぁ、明後日はアイルと一緒に夜会なんでしょう？　嫌味を言われてもその事考えたら気分が軽くなるんじゃないかしら？」

「そ、そうだね！　そっか、もう明後日なんだっけ。ふふふ、当日はアイルに合わせたスーツにしようと思ってるんだ。耳にピアスの穴が無いアイル用にいいアクセサリーも見つけたんだよ、当日楽しみにしてて」

さっきのジトリとした目は何だったんだというくらいウキウキと話し始めた。

どうやらアクセサリーを用意してくれるらしい、ネックレスのセンスも良かったから任せて大丈夫だろう。


機嫌の直ったガブリエルを見送り訓練場へと向かうと、いつもの倍程の人数が待っていた。

「アルベルト殿、これは一体……？」

「驚かせてすまない、私達にトレラーガへ行くように押し付けて来た同僚が、冒険者なんぞに教わっても学ぶものは無いのだから強くなるはずが無いなどと言うものでな。その目で見てもらおうと思ったのだ。彼らは貴族の出なせいかあからさまな血統主義で、二言目には平民だの下賤《げせん》の者だのと言って実力を見ようとせんのだ」

リカルドが出迎えてくれた小隊長に問うと、青筋を浮かべたまま笑顔で説明してくれた。

どうやら普段からかなり抑圧されているようだ、つまりはゴチャゴチャ煩いから一発かまして黙らせてやって欲しいって事なのだろう。

「ふむ……、その貴族の部下との実力差は？」

「悔しいが向こうは身分にモノを言わせて、常にいい道具や訓練場所を確保している分実力は上だ。十組ある小隊の中であちらが二位、我らが七位と言えば察してもらえるだろうか……」

「なんだ、一位と最下位ではないのか、ならば各小隊長が指揮をとって模擬戦をしてみたらどうだろう。その方が以前との成長度合いもわかりやすいはずだ、それにアルベルト殿もエリアスから学んだ実践的な戦術を試したくないか？」

ニヤリと悪い笑みを浮かべるリカルド。うん、見た感じ向こうはこっちを見下して舐めてるよね。そんな相手を負かしたら絶対気分がいい。むしろそんな因縁《いんねん》を聞いちゃったら、決着を見ずに終われないな。

最後になにやら耳打ちして二人でニヤニヤしていたかと思ったら、貴族の同僚とやらに模擬戦を申し込みに行った。

全員でやると治癒師が大変な事になるので、二十人対二十人の代表戦となった。

始める前に指揮官である小隊長が自分の部下達に声をかけて士気を高める。

「お前達はこの数日でかなり強くなった！　この模擬戦も以前であれば勝とうとは思えなかったかもしれん、しかしあの逆猿《リバースエイプ》の群れとの戦いを思い出せ！　それに黒猿《ブラックエイプ》の群れと戦う事と比べたら余裕を持って勝利できる！　違うか!?」

「「「「オオッ!!」」」」

騎士達はチラチラと此方《こちら》を見ながら笑いを含んだ返事をした、まさかさっき耳打ちしてたのはこ

の事じゃないよね⁉

キッとリカルドの方を見たが、騎士達の方を向いたまま一度も振り返らなかった。

普段のリカルドなら黒猿《ブラックエイプ》なんて言葉が出たら、私の様子を気にして絶対振り返るはず、コレはクロだね……。

「まぁまぁ、許してやれって。かわりにホラ、笑ったおかげでアイツらいい感じに力が抜けたみたいだしよ」

むくれていたら今朝とは逆にホセに宥《なだ》められた、確かに肩の力が抜けていい状態で戦えそうだ。

そして模擬戦の結果は見事勝利をもぎ取った、辛勝ではあったけど。

午後からはいつもの訓練になったので最後という事もあり、黒猿《ブラックエイプ》という言葉すら思い出したくなくなるように頑張った。だって、獣人のホセと同じくらい動けるから魔物に例えたと言うなら黒狼《ブラックウルフ》でも良かったと思うの、当然の報《むく》いだよね？

第三章　はじめての夜会

「あ……っ、そんなところまでっ、ひゃぅッ、も、もう終わりに」「ダメです、全身しっかり磨かせていただきますので！」

私は今、夜会に出る準備としてお風呂《ふろ》にあった謎の台の上で全身くまなく磨かれている。謎の台はどうやらエステ台だったようです。

そう……、全身……っ、本当に全身なの‼

この身体になって誰にも触られた事のないところまで謎のジェルで首から下を全身脱毛され、それが終わったら全身マッサージをメイドさん三人がかりで！

終わった時、心情的にはボクシング的名作漫画の燃え尽きた主人公状態。

お世話する女性が今まで屋敷にいなかったせいで、身に付けた技術を使える相手が現れたと凄く張り切ってくれたらしい。おかげでお肌がもちもちのぷるんぷるんにバージョンアップしている。

貴族女性はパーティーの度《たび》にこんな苦行に耐えてるというの⁉

いや、確かにエステは凄く気持ちいいけど……全裸でマッサージを受けるのはシャイな日本人としてはとても恥ずかしい。

全身磨いた後はバスローブを着せられ自室に直行、お風呂の前に出すように言われたエドガルドからのプレゼント一式が綺麗《きれい》に整えて準備されていた。

どうやらドレスの形がオフショルダーで専用の下着まで箱に入っていたようだ。

ブラとソフトなコルセットが一体になった物で、胸も寄せて上げるタイプ。

ドレスは光の加減で紫にも見える紺碧《こんぺき》の布でゆったりとしたデザイン、スカートの部分は重なっているからパッと見てわからないが、よく見ると布が前と後ろに分かれているので走ったりしたらスリットが現れて脚が見えてしまう。

普段は下ろしたままの背中までの髪も、綺麗に結い上げてもらった。ガブリエルが今朝言っていた耳のアクセサリーは金でできたイヤーカフで、耳を縁取るような植物モチーフの物だった。

しかも葉っぱのデザインが耳の先端に来るのでパッと見がエルフの耳のように尖《とが》って見える。

所々小さな真珠をあしらっているので、肘《ひじ》の上までの絹の手袋といい感じにマッチしていた。

ネックレスはあえてエスポナの露店でガブリエルが買ってくれたもの、ドレスやイヤーカフに比べたらうんと安物だけど、御令嬢対策の匂わせのためにって事で。

メイクまでしてもらって鏡を見たら、思わずお約束の言葉が飛び出してしまった。

「これが私……⁉」

ヘタしたら二十七歳だった頃の私よりも色気がある。凄い、メイドさん達は私より凄腕の魔法使いだと思う。

完成した私を満足そうに頷《うなず》きながら眺めるメイドさん達、色気を感じさせながらもほんのり幼さが残る絶妙なバランスは見事だ。

私が自分でメイクしてたら子供が無理して大人ぶってるようにしか見えなかっただろう。

メイドさん達に最上級のお礼を言ってガブリエルが待っている玄関ホールに向かうと、全員が揃《そろ》っていた。

そして私を見ると皆がポカンと階段の上にいる私を見上げた。わかる、わかるよ、我ながら凄く変身したと思うもん。

「やだ、凄く素敵じゃない！　見違えたわ！」

階段を降りて行くと真っ先に復活したのはビビアナ、その声に他の皆も再起動した。

「女は化けるってのは知ってたけどよ、スゲェな！　これならちゃんと成人して見えるぜ」

「うんうん、この状態で知り合ってたら口説いちゃったかもしれないね」

「いつものアイルじゃないから変な感じがするな……、だが綺麗だぞ」

「えへへ、ありがとう皆……」

ホセのは褒め言葉かどうか怪しいけど、三人の賛辞は素直に受け取るよ。

「うん、エスコートできる兄さんが羨《うらや》ましいくらいだよ」

最初の頃の険はすっかり無くなったラファエルも満点の褒め方をしてくれた、ホセにはぜひ見習って欲しい。

「ふふん、その麗しいレディをエスコートするのは私だよ？　アイル、お手をどうぞ」

ガブリエルがいつもとは違う調子で褒めてくれたので照れてしまう。変身させてくれたメイドさん達は賛辞を聞いてドヤ顔してたけど。

差し出された手にそっと手を乗せると、タイミングを合わせて執事の一人がドアを開け、家令のおじ様が毛皮のコートをそっとかけてくれた。

「ありがとう、いってきます」

皆に見送られながら何だかお姫様にでもなった気分で馬車に乗り込み、ガブリエルと二人きりになったので気になった事を聞いてみる。

「ねぇ、このコートとかイヤーカフってどうしたの？」

「ああ、それは里を出る時に無理矢理持たされた物の中にあったんだ。エルフの里で作られたからそのイヤーカフもエルフの耳の形になってるだろう？　きっと後から私の嫁候補でも送りつけるつもりだったんだろうね、でもラファエルを呼び寄せたから皆来たがらなかったんだと思う。そういう意味ではラファエルを利用しちゃってるね」

だからエルフの耳の形だったのか、納得。

それにコートもだけどわざわざ私のために買ったとかじゃなくて良かった、この夜会のために買ったとかだったら申し訳なさ過ぎるもん。

「やっぱり新婚家庭に小舅《こじゅうと》がいるのが嫌なのはどこの世界でも同じなんだねぇ」

結婚した友人が旦那《だんな》さんの両親との同居はまだいいけど、旦那さんのお姉さんがまだ独身で実家暮らしなのはキツイと時々愚痴っていたのを思い出した。

しかし私の言葉にガブリエルは微妙な笑みを見せる。

「う……ん、それもあるのかなぁ。ラファエルは魔導期以降に産まれて里にいづらかったって前に言ったでしょ？　魔法が使えないからってちょっとした差別があるんだ、だから私と釣り合う者達からしたらラファエルは差別対象だから……ね」

「そっか……、逆に考えれば心の狭い人を篩《ふる》い落とす試金石代わりって事ね！　もし里からお嫁さん候補が来たらラファエルの事も受け入れてくれる器のある人って事だもの」

「ははっ、そういう考え方もあるね。あ、ほらもうすぐ到着するよ、心の準備はいい？」

「………ふぅ。……うん！」

王宮の敷地内にある五階建ての大きな塔の前に馬車が到着し、私は一度深呼吸をしてから差し出されたガブリエルの手を取った。

塔の中に入ってエントランスでコートを預かってもらい、大きな扉が開くとそこは広間になっていて既にたくさんの人達がいた。

ガブリエルに手を引かれて広間に足を踏み入れると私達に視線が集中し、広間が一瞬シンと静まりかえる。

「ここは普段研究結果の発表や報告をするところなんだけど、今日は夜会のために綺麗に飾ってあるんだよ。王族も来るから王宮から人が多く派遣されてるみたいだね」

視線が気にならないのか、それとも気付いていないのかガブリエルは呑気《のんき》に会場の説明を始めた。

不躾《ぶしつけ》な視線は感じるものの、会場は騒《ざわ》めきを取り戻して私達も飲み物を手に取り喉《のど》を潤す。

「ところで王族って誰が来るの？　王様の子供って何人？」

「そっか、アイルは知らないよね。今の王族は陛下と王妃の間に王子が二人、二人の側室との間に王子一人と王女三人。あとは陛下の弟である大公とその家族、陛下の姉妹は降嫁したり他国へ嫁いでるね」

「へぇ、やっぱり側室とかいるんだね。王族以外も一夫多妻なの？」

「ん～、平民は基本的に一夫一妻だけど、貴族だと第三夫人まではよく聞くかな。私には信じられないけど」

初恋もまだのガブリエルは呆《あき》れたように肩を竦《すく》めた。

そういえばまだ今夜来る王族が誰か聞いてないや、改めて聞こうとしたらグラスをスプーンで叩《たた》いたような音がして会場が静かになった。

「静粛に、陛下並びに王太子殿下、第二王子殿下が御来場です！」

その言葉を合図に会場にいた人達は一斉に男性は胸に手を当て頭を下げ、女性はカーテシーをしたので私も慌てて高級デパートや高級旅館のスタッフのように両手を前で揃えて頭を下げた。

カーテシーをしようかとも思ったが、正しいやり方を知らないし、間違った事をして恥をかく可能性があると思ったから止《や》めておいたのだ。

「楽にせよ」

落ち着いたイケボが聞こえて皆が姿勢を戻す。広間の階段の上にリカルドのような正統派イケメンとその隣に十歳くらいと六歳くらいの男の子が立っていた。

三人とも金髪碧眼《へきがん》でいかにも王子様オーラを放っている（一人は王様だけど）。

「今宵は王立研究所ウルスカ支所長であるガブリエル・デ・リニエルス伯爵が魔導期の遺産を見つ

け出し、持ち帰る事に成功した祝いだ、皆存分に楽しむといい。乾杯！」

「「「「乾杯！」」」」

王様が挨拶《あいさつ》している間に給仕の人達が飲み物を持っていない人に迅速にグラスを渡していた、プロの仕事に感心してしまう。

グラスを掲げる王様の視線はガブリエルに向けられており、その目はとても優しそうだった。

というか、ガブリエルってちゃんと家名があったんだね。


「ガブリエル先生！」

さっきも聞いたイケボに振り向くと、王様が王子様二人を連れてこっちに向かって来た。その両脇にはキラキラしい騎士が二人。

「ふふ、先日も言いましたがもう今は家臣の一人なのですから先生はおやめください」

「いや、先生は余にとって一番の先生ですから。子供達も先生の話を聞いて会いたがっていたので連れて来たんです。それにしても今まで女性を同伴しなかった先生が連れている女性はどなたですか？」

探るような、値踏みされていると感じる視線を向けられた。横にいる騎士達の警戒しまくりの視線よりマシだけど。

とりあえず敵意も害意も無い事をわかってもらうためにも黙ってニコニコ微笑《ほほえ》む。

「こちらは私の友人でアイルと言います、ウルスカの冒険者で近々Aランクになるパーティの一員なんですよ」

「「「え？」」」

王子様達と私の声が重なった。冒険者と聞いて王子様達のキラキラした目が私を見上げている。

正確には王太子殿下の目線は私とほぼ同じ高さだけど。

「アイルはまだ聞いてなかったかな？　今回の護衛が終わったらウルスカでAランクに上がるはずだよ」

「そなたは冒険者なのだな、色々話を聞かせてくれ」

「ぼくも聞きたい！」

ガブリエルの言葉に頷こうとしたら王子様達に話をせがまれた。王族なんて冒険者に会う機会なんて無いから珍しいのだろう。

どうしたものかと王様とガブリエルを見る。

「ははは、このような子供らしい息子達を見るのは久々だな。アイルとやら、すまぬが相手をしてやってくれ。王族というのは少々窮屈なものでな、王宮の外の話に飢えているのだ。我らの控室でゆっくり話してくるがいい」

王様にそんな事を言われては断れるはずも無い、ガブリエルも笑顔で頷いているので了承する。

「畏《かしこ》まりました、それでは御前失礼致します」

「アイル、王子達を頼んだよ」

「うん、わかった」

何やら含みのある言い方だったけど、王様の前だし詳しく聞けなかった。

騎士の一人が先導してくれてついて行く、途中で騎士が給仕に軽食と飲み物を頼んでくれるという素晴らしい気遣い。

騎士は到着した控室の中で待機している。そりゃそうか、さすがに初対面の人間と王子様達だけにはしないよね。

「さぁ、面白い話を聞かせろ！」

王太子は控室に入ってソファにどっかりと座ると、尊大な態度で命令してきた。

何だかさっきと態度が変わったような……、もしかして父親の前では猫被《かぶ》ってたのかな？

第二王子が私の手を引っ張りソファへと促したので一緒に座り、どんな話がいいか考える。

「おい、早くしろ！　王太子である私に平民のお前が話せる事を光栄に思え！」

「早くしろ、平民！」

兄弟で選民意識が強いのだろうか。少々イラッとしたので、ちょっと怖かった大蜘蛛《ビッグスパイダー》の子供達と遭遇した時の話を、ジャパニーズホラー風味に話してあげる事にした。

「………そして風も無いのにカサカサと葉っぱが擦《こす》れる音がして、ふと気配感じて上を見るとそこには……」

王子様達は話に聞き入りゴクリと唾《つば》を飲み込む、ドアの前に佇《たたず》む騎士も聞き耳を立てているようだった。

「うわぁぁぁっと大蜘蛛《ビッグスパイダー》の子供の群れが木の上から次々に！」

「「ぎゃあぁぁっ」」

二人は叫び、第二王子は転げ落ちるようにソファから飛び降り、王太子のところに走って抱きつきに行った。

「大蜘蛛《ビッグスパイダー》というのは目を見てしまうと時々人を錯乱させるので、数が多いと大変なんです。成体だと普段はひとつの縄張りの中に一体しかいなくて討伐に集中できるので、意外に思われるかもしれませんが独り立ちする前の子供達の方が脅威なんですよ、あはは」

「おっ、お前！　よくも脅かしてくれたな！」

我に返った王太子が憤慨《ふんがい》し、私を指差しながら地団駄を踏んだ。

「えぇ？　このお話を孤児院の子供達にしたら凄《すご》く喜んで笑ってくれたんですけどねぇ？　もしかして怖かったんですか？　王子様方は怖がりだったのでしょうか？　それでしたら申し訳ありません」

孤児院の子供達が笑ったのは、ホラー風味ではなく面白可笑《おか》しく話したからだけど。特にこの後のパニック状態の戦闘の話で。

困ったように微笑んで謝ると、第二王子はまだ涙目だが王太子は予想通り強がった。

「ふ、ふんっ、この私がそんな話如《ごと》きで怖がるはずないだろう！」

「ですよね！　良かったです、三歳の子供も笑って聞いていたお話ですもの」

「当然だ！」

あからさまに悔しそうにそっぽ向いた王太子に、控えていた騎士が一瞬噴き出して咳払《せきばら》いで誤魔化していた。

話も一段落した事だし帰れるなら帰りたいけど、ガブリエルは今夜の主役だから最後まで帰れないんだろうなぁ。

せめてこのお子様達から解放されたい、ロイヤルな方々のお相手なんて言葉遣いとか気をつけなきゃいけないから気疲れする。

軽食をつまみつつ果実水を一緒にいただいている間に、ガブリエルがこっちに向かって来ていないかコッソリ探索魔法を使った。

「『探索《サーチ》』（ポソ）」

「ん？　何か言ったか？」

王太子が耳ざとく反応した。

「いえ、何も。ただ……そちらの騎士の方以外にも護衛をつけていますか？」

「いや、王宮の敷地内だから近衛《このえ》騎士だけのはずだ、そうだな？」

「ハッ、左様でございます」

王子様の問いに騎士が答えた。おかしいな、ドアの前に待機していた二人の騎士達の他にも窓の外……小さなバルコニーにも人がいるんだけど、隠密《おんみつ》だから知らされてないのかそれとも……。

「王太子殿下、第二王子殿下、今度は違うお話をお聞きになりますか？　今度は騎士の方にお話ししていい内容か確認しますね。そこの騎士の方、こちらへ来て下さい」

もしもの時のために王子様達から離れない方がいいと思い、騎士を呼び寄せて耳打ちする。

「バルコニーに人がいますが護衛ですか？　それとも刺客でしょうか？」

そう言った途端に騎士は弾《はじ》かれたように窓を開けに行った。

馬鹿なの⁉　コッソリ教えた意味が無い‼

「そこにいるのは何者だッ⁉」

騎士が窓から飛び出した瞬間に何かが投げ込まれたが、騎士が走り出したと同時に王子様達の側《そば》に行き、窓が開く音に紛れて障壁魔法を展開しておいたおかげで投擲《とうてき》されたナイフは弾かれた。

弾かれたナイフは二本。しかも鑑定すると毒が塗られていたようで、どうやら二人共狙われていたらしい。

「ぐぁッ、くっ、待てっ」

騎士が下に向かって叫んでいる、どうやら逃げられたようだ。

王子様達がビビって目を瞑《つぶ》っている間に、ストレージから棒手裏剣を一本出しておく。じゃないと毒付きのナイフをどう弾いたか聞かれた時困るもんね。

騎士の声に反応して廊下にいた騎士達が入って来た。

「侵入者だ！　今ここから飛び降りて出口方面へと走って行った、人数は一人、全身黒い服だ！」

飛び出した騎士は窓から脇腹を押さえながら戻って来ると、入ってきた騎士達に状況を報告した。

一人はすぐに飛び出して行き、もう一人は私に抜き身の剣を向ける。

「動くな」

「王子様達の命の恩人にどういうつもり？　それともあなたも刺客なのかしら？」

腰に手を当て、もう片方の手で床に落ちているナイフに親指を向けると、ナイフを目にして剣を納めた。

「すまない、王子様方を助けていただき感謝する」

ガシャッと鎧《よろい》の音を立てて胸に拳《こぶし》を当てて敬礼のようなものをされた、この人はいい人なのかもしれない。

私達が話している間に脇腹を押さえたままの騎士が落ちているナイフを拾おうとしていた。

「あ、毒に気をつけて」

「何？　毒だと⁉」

キッと再び私に疑いの目を向けてきた。毒が塗ってあるのを知っているのは刺客と関係あるからだとでも思ったのだろうか、だったら教えるはずないでしょうが。

「あ～……、刺客は王子様達が死んだか確認もせず逃げたでしょ？　って事は掠《かす》っただけでも死ぬような強い毒が使われている可能性が高いはず。王子様は二人で私は一人、庇《かば》ったとしても一人しか助けられない……私が凄腕の冒険者じゃなきゃね」

ニヤリと笑って棒手裏剣をピコピコ動かしアピールしてやった。

助かった事に気付いた王子様達は私達の遣り取りをキラキラした目で聞いていて、王太子は何も持っていない方の手をギュッと握ってきた。

「そなた……、私の妃《きさき》にしてやろう！」

「「なっ⁉」」

王太子の言葉に驚いた騎士達と第二王子の声がハモる。

「ダメです！　ぼくが結婚します！」

「王子様方、何をおっしゃっているんですか！」

「そうです、この者は平民ですよ⁉」

騎士達が慌てているが、ツッコミどころが満載だ。

騎士達、慌てなくてもこんなショタっ子にプロポーズされて本気にする程私はお馬鹿じゃないから。

王子様達はきっと特撮ヒーローに憧《あこが》れる少年のような心境なのだろう。

「ふふふ、光栄ですが私は自由を愛する冒険者なのです。王族にも貴族にもなりたくないのでお断りさせていただきますね」

「自由を愛する……そうか……」

王太子がしょんぼりと肩を落とし、騎士達はホッと息を吐《つ》いた。

その時イケボが耳に届く。

「アドルフォ！　グレゴリオ！　無事か⁉」

「「父上！」」

王様が王子様達に駆け寄り膝《ひざ》をついて二人を抱き締めた。王子達がちゃんと愛されている事がわかってホッコリ。

「陛下、アイルがいるから大丈夫だと言ったでしょう？」

遅れてガブリエルがヒョッコリ顔を出した。

いやいや、たまたま探索魔法使ったから気付いただけで、完全なる不意打ちだったら危なかったよ⁉

最悪魔法で何とかなるだろうけどさ、その場合それこそ帰してもらえなくなるかもしれない。

「先生……。お前達、何があったか詳しく報告せよ」

王様が騎士達に命じてこの場で起きた事を説明させた。そして差し出されたナイフをガブリエルが手に取り匂いを嗅《か》ぐと顔を顰《しか》める。

「コレは……少しでも掠《かす》っていたら今頃お二人の命は儚《はかな》くなっていたでしょうね。ヒパリスの毒が塗られています」

「何ッ⁉　アイル、改めて礼を言おう、息子達の命を救ってくれて感謝する。褒美は何がいい？　私にできる事であれば何でも言ってくれ」

「陛下⁉」

どうやらかなりヤバい毒だったようだ、王様の言葉に騎士達が声を上げた。

「礼をせねば私の気が済まぬのだ、何がいい？」

褒美がもらえるなら『希望《エスペランサ》』の皆と相談したいけど、すぐに決めないといけないみたいだしなぁ……。

ガブリエルをチラリと見たが、ニコニコしてるだけなので頼れなさそうだ。

ん～……、私へのご褒美より先に犯人探しが優先だと思うんだけどなぁ。お約束だったら他の王子様の母親である側室が怪しいよね。

変なお家騒動に巻き込まれる前に退散したい…………あ。

「決めました！　今後冒険者パーティ『希望《エスペランサ》』のメンバーは意に沿わぬ要求であれば、王侯貴族の命令であろうと拒否する事ができるという許可証が欲しいです。拒否した事に対する報復行為も許さないという条件も付けていただけると重畳《ちょうじょう》ですね」

「王侯貴族……、ならば余の命令であっても……という事か？」

王様は片方の眉《まゆ》をピクリと上げて不快だと伝えてきた、部屋にいる騎士達も怒気を孕《はら》んでいる。

「王族も対象に入れさせていただいたのは、もし先程の刺客の雇い主から何かを命じられても拒否したいからです。誰が黒幕かはわかりませんから、王族が黒幕の可能性はゼロではありませんし。断った途端に理不尽な理由で投獄される、なんて事があったら困りますので」

我ながら際どい事を言っている自覚はある。王様からも怒気が発せられ、騎士達からは怒気どころか殺気もぶつけられている。

「あ、それにその許可証があれば先程の王太子殿下と第二王子殿下の求婚をお断りした件も許されますよね？」

ニッコリ微笑《ほほえ》んでそう言うと、王様は面食らったようにポカンとした表情を見せた。

「子供達が……求婚…………？　……くっ、はは、はははは！　そうか、それはさぞかし困っただろう」

「いえ、お断りした理由には納得いただけたようですので」

「ほぅ……」

王様は完全に面白がっている表情で王子様達を見るが、二人は断られたせいかションボリしている。

もしかして父親に知られたくなかったのだろうか、でも恐らく騎士から報告されちゃうと思う。

「陛下、準備が整いました」

「わかった、では城へ戻ろうか。許可証は後日先生の屋敷に届けさせよう」

「感謝致します」

騎士が呼びに来て王様は立ち上がった、どうやら馬車や護衛の準備をしていたようだ。

許可証をくれるようなので感謝を込めて九十度の礼をしておいた。

王子様達も人数が増えた護衛騎士達に安心したのかすぐに立ち上がり、王太子が振り向いて口を開く。

「アイルと言ったな、また会おう」

「王太子殿下にそうおっしゃっていただいて光栄ですが……私は平民です。活動拠点もウルスカですからもうお目にかかる事は無いかと」

「そんな……」

「まぁまぁ、絶対会えないという訳ではありませんからそう落ち込まずに。さぁ、お迎えが待っていますよ」

私の返事にショックを受けてしまった王太子をガブリエルが宥《なだ》めて帰りを促した。

ちょっと可哀想《かわいそう》だけど、適当に話を合わせて後日嘘《うそ》をついたとか言われても困るからね。

王様と共に王子様や騎士達がゾロゾロと部屋から出て行く。その一行に紛れて会場へ戻ろうとしたら、私に剣を向けた騎士が腕を掴《つか》んで止めてきた。

「その手に持っているナイフを弾いたという武器、それは何のために持っていた？ そしてそれをどこに隠していたのだ？」

暗殺未遂犯の仲間では無いとわかったが、私の事はまだ怪しいと思っている、そんな考えがハッキリ伝わってくる鋭い視線を向けられた。

職務に忠実で真面目《まじめ》、とても好感が持てる。そして同時にビビアナが真面目なタイプにちょっかいをかけたいという気持ちもわかってしまった。

「うふふ、これでも年頃の女性なので不埒《ふらち》な殿方から身を守るためですよ？ どこに……と聞かれたから答えますが、あまり見られると恥ずかしいな……。ここにです」

ドレスのスリットから太腿《ふともも》に手を滑り込ませて片付けるフリをした、有名な某小悪魔美女スタイルのイメージだ。

その時一瞬太腿から下の生脚がチラリと見え、騎士はパッと視線を逸《そ》らした。

「わ、わかった。しかし王族がいらっしゃる場に武器を携帯するのは控えるように。特に登城するような時は絶対持ち込んではならんぞ」

「わかりました。ですが……王宮の敷地内に入るのは今夜が最初で最後でしょう」

一瞬何か言いたげだったが、騎士はすぐに王様達を追いかけていった。

結構イケメンでモテそうなのに意外に純情だったのか、文化の違いのせいか可愛《かわい》い反応をされてしまった。個人的にとても満足だ。

「じゃあ私達も行こうか。陛下が帰ったから、私一人でいたら娘を連れた貴族達に囲まれてしまう」

「そうだね、私が一緒に来た本来の役目を全うしないと」

差し出されたガブリエルの肘《ひじ》に手を添えて階下の会場へと戻ると、既《すで》に王様は挨拶《あいさつ》をして退場した後だった。

会場が穏やかな状態なところを見ると、刺客の襲撃は知らされていないらしい。

会場では私がいても親娘《おやこ》でガブリエルに嫁候補アピールする人もいて、私が平民と知るとあからさまに見下してきた。

「あらぁ、あなた平民でしたの？　それではリニエルス伯爵の妻にはなれませんね、残念ですこと」

「友人でいるのに身分は必要ありませんから。そのようなくだらない事にこだわる人はガ、ガブ、リ、エ、ルも好みませんし」

「そ、そうよねぇ。それにしてもあなた、素敵なイヤーカフなのにネックレスは貧相なのね？　もう少しお洒落《しゃれ》の勉強なさったら？」

一人の令嬢が脱落したと見ると私の言葉に乗って蹴落《けお》とし、そのまま別の令嬢が口撃を仕かけてくる。

しかしネックレスに関しては返り討ちにするためにあえてコレにしたのだ。

「このネックレスはガブリエルから初めてプレゼントされた物なのです。しかも魔石が使われているので私のためにに防御魔法の付与までしてくれた私の宝物ですわ、ね？」

加工の過程で出たクズ魔石って言わなきゃそれなりの値段だと勝手に勘違いしてくれるだろう。

ニコリと微笑《ほほえ》んでガブリエルを見ると、私の言葉に感激したのか抱き締めてきた。

「そんなに大切にしてくれてるなんて嬉《うれ》しいよ！」

ちょっと待って髪型が崩れる、じゃなかった、牽制《けんせい》のために言ってるのわかって……なさそう。

え？　これで後から牽制のために言っただけって言ったら私悪女？

とりあえずそんなガブリエルを見た令嬢達は諦《あきら》めたようなので、ついて来た目的は果たせたと思う。帰りの馬車でもずっと機嫌のいいガブリエルに妙に罪悪感を抱かされたけど。

第四章　賢者サブローの玄孫《やしやご》

夜会の翌日、無いとは思うけど事情聴取という理由で拘束されては堪《たま》らないと、早朝から港町を目指して出発した。

ラファエルも誘ったけど、ガブリエルの無言で訴える瞳に負けたらしく、行かないとの事だった。

昨夜は帰ってすぐ今日のために早く寝たので、皆とゆっくりパーティーのことを話すのは移動中の今である。

「へぇ〜、じゃあアイルは王様ともお話ししたってワケ？　凄《すご》いじゃないの！」

「ん……、でもやっぱり気を使うからもう会いたくないな」

「だよなぁ、オレも王族なんざ会いたかねぇな」

「その刺客の雇い主にアイルが目をつけられてなければいいが……」

呑気《のんき》な事を言っていたビビアナやホセと違い、リカルドは眉間《みけん》にシワを寄せて真剣な顔をしている。

「別にアイルが標的だった訳じゃないし、王都にいなければ大丈夫なんじゃない？　王都にいる間に貴族からの依頼があってもアイルが頼んでくれた許可証があれば断れるんでしょ？　だったら僕達がこれ以上関わる事もないって！」

「だよね！　そんな事より私は港町でどんな魚が食べられるかって事で頭がいっぱいなの！　寒いから鰤《ぶり》とか美味《おい》しいよね～、伊勢海老《いせえび》も身が引き締まって美味しいだろうし……これから行く町だと何が獲れるのかなぁ……うふふふふ」

「お前……王族の暗殺未遂事件をそんな事って……」

ガクリと肩を落としたホセの頭が肩に乗せられた、耳が頬《ほお》に当たって擽《くすぐ》ったい。

だって今後の護衛は近衛《このえ》騎士達がするんだろうし、もう関わる事も無いでしょ。

「あはは。ホセですら大事《おおごと》だと思ってるのに、アイルってば大物だよねぇ」

「エリアス！　てめぇホセでヽすヽらってどういう意味だよ⁉」

「そのままの意味だよ～」

「待ちやがれ！」

「あわわわわ」

ホセを怒らせて逃げるエリアス、いきなりホセにスピードを上げられて慌てる私。この追いかけっこはビビアナが一喝するまで続いた。


途中の村で一泊して翌日の昼頃、馬上でホセがクンクンと周囲の匂いを嗅いだ。

「ん、潮の匂いがするな、もうそろそろ港町に着くんじゃねぇか？」

道がゆるやかな上り坂になっているせいでまだ町は見えないが、私では潮の匂いはわからないけど湿度なのか気温なのか風が変わったのはわかった。

坂を登りきると港町が一望でき、その向こうに太陽を反射しながら瑠璃色《るりいろ》に輝く海が見えた。

「うわぁ……、海だ！　綺麗《きれい》だね！　おっ魚おっ魚～♪」

「ぶはっ、なんだそりゃ」

「嬉しくって歌いたくもなるよ、そういえばこっちに来てから歌なんて歌ってなかったなぁ」

「ほぅ、アイルは歌が歌えるのか、凄いな」

「へ？　歌えるのが凄いの？　別に舞台に立てる程の歌じゃないからね？」

リカルドの言葉に首を傾《かし》げる。プロレベルの歌唱力があるって思われてたらどうしよう。

「あはは、リカルドが言ってるのはそう言う意味じゃないよ。歌っていうのは吟遊詩人か、貴族に専属で雇われている者くらいしか歌わないからね。僕達が知ってるのは精々子守唄《うた》くらいなんだ、余程の流行《はや》り歌以外は吟遊詩人の歌を何回も聞く事は無いから、歌自体を知らないんだよ」

「そっか、学校で音楽の授業受けたり、テレビやラジオとかも無いから、そもそも生演奏以外に音楽を聞く機会自体無いのか……。ハッ、もしかして私吟遊詩人デビューできちゃう⁉」

「あら、アイルったら楽器まで弾けるの？　だったら酒場で一儲《ひともう》けできるんじゃない？　うふふ、そしたらお客として聞きに行くわよ？」

「あ～……、そっか、楽器ができないと吟遊詩人にはなれないかぁ……」

私にできる楽器なんてリコーダーとか運指がめちゃくちゃなピアノくらいだもんね、吟遊詩人って弦楽器なイメージだし、耳コピで演奏もできないから無理だ。

カラオケの採点は大体九十点代だったから結構歌には自信あったのになぁ、残念。

「あはは、さすがのアイルも楽器はできないんだね。聞けなくてちょっと残念だよ」

「アカペラなら……伴奏無しで歌うなら聞かせられるよ！」

そして息を吸い込み歌い始めた私は思い切り舌を噛《か》んだ、馬上で歌うのは危険行為だったようだ。

口を押さえて涙目になる私をホセとエリアスが笑い、ビビアナとリカルドが心配してくれた。

「普通に話してたくせに何で歌った途端に舌噛んでんだよ、ははははは！　睨《にら》むな睨むな、港町に着いてから改めて聞かせてくれよ」

「何笑ってんのよ、アイル大丈夫？　到着したらお昼だけど食事はできそう？」

ビビアナがホセの後頭部をペシリと叩《たた》いて窘《たしな》める。私は心の友の称号をビビアナに贈りたい。

ヒリヒリしている舌を動かすと微《かす》かに血の味がするけど大丈夫だろう。

「うん、大丈夫。でもお醤油《しょうゆ》がしみるかもしれないなぁ。お刺身は夕食まで我慢……だけどここにいられる時間は限られてるし早い時間の方が魚の鮮度が……」

ぶつぶつと真剣に悩み始めた私に皆は肩を竦《すく》めたが、それに気付かず港町に到着するまで真剣に悩み続けた。

魔物が出ない地域なせいか、港町は外壁ではなくちょっと丈夫そうな柵《さく》で囲われていて、出入り口に衛兵らしき人が立っている。

「身分証を提示してくれ」

言われて私達は首から下げている冒険者証を見せた。

「ほぅ、Ｂランクの冒険者か！　港町モリルトへようこそ、宿は山側に集まってるからそこの角を左へ行けばすぐに見つかるぞ」

「ありがとう、行ってみる」

リカルドが代表してお礼を言い、言われた通り角を曲がって進んで行くと高級宿から素泊まりの宿まで十軒程並んでいた。

どうやら素泊まり宿は釣り人が釣った魚を調理場所をレンタルして自分で捌《さば》いたり、持ち込みオッケーな食堂で料理してもらう人に人気らしい。

「釣《つ》り竿《ざお》持ってる泊まり客が多いね、僕達はどうする？」

「ちょっといい宿！　お風呂《ふろ》があるところがいい‼　食事はその都度食べるところを決めよう！　漁師のための食堂が港にあるはずだから朝から新鮮な魚も食べられるよ、きっと！」

治癒魔法の存在を思い出して回復した舌で捲《まく》し立《た》てる私の勢いに呑《の》まれたのか、皆ちょっと引きながらも頷《うなず》く。

部屋割りは男女で分けて二部屋にし、宿が決まったので早速美味しいお昼ご飯を求めて町へ繰り出した。

美味しいお魚料理を求めてまず向かった先は漁港、波止場のような造りの一画に屋根と柱だけの建物がある。

せっかくなので海を覗《のぞ》き込むと、遠くから見たら瑠璃色に輝いて見えたのに近くで見ると深緑だ。

波の音も浜辺のようにザザ～ンでは無くチャプチャプと水の入ったバケツを揺らしたような音しかしない。

しかし海の中には、手を伸ばせば届く位置に綺麗な小さい青い魚が泳いでいた。

「見て！　凄く綺麗な魚！　小さくて可愛《かわい》いね、こんな魚見た事無い！」

「へぇ、どれどれ？　綺麗だけどこんなの小さ過ぎて食えねぇだろ」

止める間もなくホセが水面に上がってきた魚を素手で獲り、掌《てのひら》にいる魚を見た。

「あれ？　何だコイツ、青くねぇぞ？」

「「「え!?」」」

皆でホセの手の中を覗き込むとフナのように地味な色の小魚がそこにいた、興味を無くしたホセが海に魚を戻すと不思議と青い色に見える。

少し弱々しい動きになってしまったが一応群れに戻って泳ぐ魚を首を傾げながら見送った。

そんな私達は通りすがりの地元の人にクスクスと笑われてしまった、同じような事をする観光客が多いのかもしれない。

辺りを見回すと波止場で釣りをしている人が数人、その奥にある看板には「絶対釣れる釣り堀」と書かれていた。

目を凝らすと海の上に木枠のような物が浮いていて、その上で釣り人が糸を垂らしていた。

どうやら海を網で仕切って生簀《いけす》状態にし、そこを釣り堀にしているようだ。

「見て！　絶対釣れる釣り堀だって、ご飯食べてから行ってみない？」

「面白そうだね、釣りってした事ないから僕もやってみたいな」

「わかったから早く飯食いに行こうぜ、さっきからいい匂いするから腹減って仕方ねぇよ」

確かに漁港に沿って食堂や魚屋が並んでいるので、さっきから焼き魚や煮付けの香りが鼻腔《びこう》を擽《くすぐ》っている。

これだけしのぎを削っている場所で食堂を続けられるなら、間違いなく美味しいよね！

ちょっと古そうな建物だけど、掃除がきちんと綺麗にされている店を選んで入った。

「好きなとこに座ってくれ」

あまり愛想の良くない、日に焼けて深い皺《しわ》が刻まれたおじいさんがやっている店だった。

お昼には少し早い時間だけど、既《すで》に何人かのお客さんが入っている。

テーブル席に着いて店内を見回すとメニューの札がかかっていた、「丼」「重」「汁」「定食」の四種のみが。

皆は何だかガッカリした表情だが、私はこだわりのラーメン屋のようなメニューに期待が膨らんだ。

私以外はすぐに定食に決めたが、丼は他のお客さんが食べていた海鮮丼……確実に刺身が載っている、だけど定食にも刺身が付いてるかも……。

「うぅ～ん……、く……っ、私も定食にする！」

あまりにも真剣に悩む私に苦笑いしつつ、ビビアナがまとめて注文してくれた。

しばらくすると油のジュワワ～といういい音が聞こえて来て思わずゴクリと唾《つば》を飲み込む。

四角いトレーに載せられた定食には鯛《たい》と鰤の刺身に謎の天ぷら、味噌汁《みそしる》とご飯にたくあんというシンプルな定食だった。

新鮮な刺身は歯応え抜群で、生魚に馴染《なじ》みが無くて最初は恐る恐る食べていた皆も美味しそうに食べている。

「美味しい～、幸せ……。天ぷらも美味しそう、んぐ……こ、これは……太刀魚《たちうお》⁉」

最初見た時、白っぽい天ぷらだったのでイカかと思ったら、サクッとした衣の中はふわっとした食感の白身魚で、脂の甘さが口いっぱいに広がった。

ボーナスが出た時に奮発して行ったお高いお寿司屋さんで食べた天ぷらよりも美味しいかも。

皆も美味しい美味しいとボリュームのある定食をペロリと平らげ、男性陣は丼も食べた。

お腹《なか》に隙間があれば私も食べたかったのに……！

こんなに美味しい定食が銅貨五枚だなんて良心的過ぎる。

こんなので儲《もう》けは出るのかと心配してたら、常連客らしき人がここの親父さんは漁師を引退して店をしてるけど、息子が現役の漁師で鱗《うろこ》が剥《は》げたり傷があって売り物にならない魚を使ってるから大丈夫なんだと教えてくれた。

親父さんにお世話になった後輩漁師が常連なので大漁の時にお裾《すそ》分《わ》けで持ってきた魚も出るとか。

帰るまでにまた来ようと心に決めて今度は釣り堀を目指した。釣り竿のレンタルもあるので手ぶらで大丈夫なようだ。

各々《おのおの》バラけて釣り糸を垂らす、誰が一番釣り上げるか勝負しようとホセが言い出し、皆気合いが入っている。

が、かれこれ三十分ウンともスンとも言わず、釣れているのはビビアナだけだった。

ホセは場所が悪いかもとビビアナの隣に移動したけどまだ釣れていない。

一時間大銅貨三枚なのでちょっと焦りはじめる。

「ねぇねぇ、ビビアナ、どうしてビビアナだけ釣れるのかなぁ？」

ホセとは反対隣に移動して聞いてみた。

「ふふふ、あなた達は殺気を出し過ぎよ。『釣ってやる！』って気持ちを魚に気取られてるってワケ。弓で不意打ちを狙う時も同じだもの、殺気を出すと気付かれちゃうから無心にならないといけないの」

その言葉に目から鱗だった、他の皆は直接攻撃ばかりだったからわからなかったようだ。

「そっかぁ……、でも絶対釣れる釣り堀って書いてあったのに……」

看板を睨みつつ文句を言っていたら釣り堀のスタッフが声をかけて来た。

「お嬢ちゃん、絶対釣れる方はこっちだよ、割り増し料金で大銅貨二枚かかるけどな」

「えぇ～⁉　本当に釣れるの？　釣れなかったら割り増し料金返してくれる？」

「ああいいよ、こっちの堀は最低限の餌しかやってないからすぐに食い付くからな」

ニカッとイイ笑顔で返され、ビビアナ以外は大人しく追加料金を払って移動する。

結果は全員無事釣れたが、後で他の客に教えてもらったところ、あの釣り堀はビビアナが釣った方には高い魚がそれなりに入れてあるけど、絶対釣れる方にいるのはほとんどが安い魚なので店は損しない仕組みなんだとか。

ヌゥ……、やるな店主……。

そしてあっという間にお刺身最終日……じゃなくて港町モリルトの滞在最終日になってしまった。

しかしこの数日の間に地元民に迷惑がかからない程度に鮮魚を買い漁《あさ》った、そりゃもう魔法鞄《マジックバッグ》があるアピールをしつつ、鱗と内臓を取る下処理とか、魚によっては三枚おろしをお願いした。店主達の顔が引き攣《つ》るくらい連日大量に。

昨日行った時に全ての店で明日帰ると言ったらホッとしていたようだった。今度はいつ来れるかわからなかったからとはいえ、申し訳ない……。

しかしおかげでしばらくはお魚に困る事はないだろう。今日は少しまわり道をして、塩も買い付けてから帰る。

「はぁ……、これで漸《ようや》く魚三昧《ざんまい》から解放されるな……。魚も美味《うめ》ぇけど、やっぱ肉の方がオレはいいぜ」

モリルトを出てため息と共にホセがボヤいた。こんな事を言っているが、三日目からほとんど食事の時は同行せずに肉料理を食べている。

むしろ皆途中で魚料理に飽きたのか、私を一人にしないために交代で付き合ってくれていた、というのが現実だ。

何故《なぜ》一人にしないためかと言うと、一度昼間なら大丈夫だろうと一人で食堂に行った時、なかなか帰って来ない私をホセが探していたら、漁の終わった漁師のお兄さんの膝《ひざ》の上でお酌をしている酔っ払いが発見されたらしい。

その日は凄《すご》く怒られた……。あんなに怒った皆を見たのは初めてで、泣きながら震えて反省させられた、いや、反省した。

しかし言い訳させて欲しい、何と日本酒が見つかったのだ。刺身に合う酒を飲んでみるかと言われて、匂いを嗅《か》いだら日本酒。名前は米酒《こめしゅ》だったけど。

王都で探そうと思ってたけど、忙しくてすっかり忘れていた物を偶然発見したら、確認のためにも飲むのが当然というもの。

口当たりも良く、スッと入って鼻から抜ける香りが刺身とマリアージュ。

……と、思って何杯か勧められるままに飲んだところまでは覚えている。

それからは一人での外出禁止になってしまった。しかしちゃんと日本酒は買い付けたので良しとしよう。

冒険者を引退したらモリルトに移住したいと密《ひそ》かに考えるくらい気に入ったので、ぜひともまた来たい。

「今日は来る時に泊まった村の宿？　あそこの食事も美味《おい》しかったもんね、お昼は塩を作ってる集落になるかな？」

「ああ、しかし昼はどうかな？　集落に食堂は無いかもしれないぞ」

「塩作ってる集落だったらまた魚料理だろ？　アイルが作った飯を久しぶりに食いてぇよ、コッテリ系のやつ」

「「「賛成！」」」

「えぇ〜？　まぁそう言ってくれるのは嬉《うれ》しいけど……えへへ」

確かにモリルトにいる間は一度もストレージにある私の料理は出していなかった。ウルスカ出発前に作った分はほとんど王都への移動中に食べてしまったので残り少ない、ガブリエルの屋敷に帰ったらまた厨房《ちゆうぼう》を借りて作り置きしなきゃ。

「コッテリなら角煮かなぁ、丼にしたいところだけどもうお米はおにぎりしか残ってないからなぁ……。半端に残ってる唐揚げも出して〜、甘辛と塩《しよ》っぱいおかずだからサラダはアッサリな大根サラダがいいかなぁ。それともコッテリ被《かぶ》せで刻んだ茹《ゆ》で卵《たまご》とマヨネーズで和《あ》えた千切りキャベツ……」

「おい、アイルやめろ！　すぐに食いたくなるだろうが！」

お昼に何を出すか考えてたら口からまた漏れていたようだ。朝食から二時間くらいしか経《た》ってないのに既《すで》にホセのお腹は受け入れ可能らしい。

「そこまでよ、もう集落が見えたから塩の買い付けが終わってからね」

「チッ。アイル、さっき言ったの昼に全部出せよ」

「はぁい」

不機嫌になってしまったホセに、肩を竦《すく》めて返事した。

集落に到着して思った事は、何だか活気が無い。

塩って需要があるから儲《もう》かってウハウハだろうと思ってたけど、どうやらそうではないようだ。

ここの塩はにがりが含まれている分、苦味があるせいで質が悪いと買い叩《たた》かれているそうだ。

岩塩も国内で採れるので強くも出られなくて、そのため女性は海女《あま》をしている人が多く、とはいってても自分達で食べる分だけを魔物が出ないポイントで獲ってるだけだから現金収入は塩に頼っているらしい。

真冬の海に入る時は焚《た》き火《び》に二時間程当たって身体の芯《しん》まで温めてから潜るんだとか、旦那《だんな》さんが塩を作っているという海女の女性が案内がてら色々教えてくれた。

なので詳しくは知らないけど、と前置きしてからにがりの分離方法を教えておいた。どのくらいの湿度や時間が必要かは自分達で試行錯誤してもらうしかないけど。

おかげですんなり、しかもお安く塩を売ってもらえた。

買い付けの商人よりもちょっと高めに、だけど店で買うよりもうんと安く買えたので満足。

集落を出て宿がある村へ向かう途中でシートを広げて昼食を食べる事にした。

「アイルのご飯が凄く久しぶりに感じるよ」

「そうだな、王都に来るまではほとんど毎日食べていたから、この美味《うま》さが当たり前になっていたんだと気付かされたな」

「そうね、アイルのご飯食べるとホッとしちゃうわ、うふふ」

「そりゃあオレ達の好みに合わせて味の濃さとか変えてくれてるからだろ、な？」

「う、うん」

びっくりした、一番手伝ってくれてるとはいえホセがその事に気付いていてくれてたなんて。

好きな味付けは皆の食べっぷりを見れば一目瞭然《いちもくりょうぜん》なので密かに調整していたのだ。

食事を済ませて宿泊する村に向かいながら、しばらくは魚を出すのは止《や》めてお肉三昧にしてあげようと心に決めた。

◇　◇　◇

「お帰りなさいませ！　お待ち……お待ち申し上げておりました！」

王都に到着し、ガブリエルの家……リニエルス邸に帰ると、家令のおじ様が心の底から待っていたと言わんばかりにお出迎えしてくれた。

後から出てきたラファエルもホッとしている。何かあったのかと首を傾《かし》げていたら、リビングでお茶を飲みながらラファエルが話してくれた。

「兄さんが二日に一回は自分も港町に行くとか、毎日研究所に行く前に『行きたくない、やる気が出ない』と言っては機嫌が悪かったんだ。呼び出しではないけど、アイルに対して王太子がいつでも遊びに来ていいと言ってるとかで更に機嫌が悪くなってたし……。皆が帰って来たからこれで機嫌も直るかな」

「オレ達が遊んでる間も仕事してた訳だから仕方ねぇな、帰って来たら構ってやれよ」

ホセが揶揄《からか》うように私に話を振ってきた。

「構うってどうすればいいの？　動物なら撫《な》でたり散歩すればいいけどガブリエルだもん」

「うふふ、バカね、男相手に構うと言えばデートしか無いでしょ。あ、明日の夜はセシリオとデートの約束してるから夕食は要らないわ」

唇を尖《とが》らせつつ愚痴ると、ビビアナが笑みを浮かべつつキッパリと言い切った。

「デートかぁ……。休みの日に出かけるのはアリだね、酒屋巡りもしたいし」

「ちょっと待て、酒屋巡りをするのなら俺達の誰かも一緒に連れて行くように。ガブリエルだけだとアイルが試飲しても止めたりしないだろうからな」

「「「確かに」」」

リカルドの言葉に三人が頷《うなず》き、ラファエルが不思議そうに首を傾げる。

「試飲くらいはいいんじゃないの？」

「だめだっつぅの！　いいか？　港町でアイルはな……」

港町での失敗談をホセにバラされ、呆《あき》れているラファエルと表情には出してないけど同じ事を思っているであろう家令のおじ様の視線が痛い。

「食事の時も食前酒以外に酒を飲まそうとしない皆の気持ちがわかったよ……。兄さんが知ったらむしろ甘えて欲しくて飲ませる気がする」

ラファエルは頭痛がするとでもいうように顳顬《こめかみ》を人差し指でグリグリと押した。

「私がどうしたって？」

声に振り返るといつの間にか帰って来ていたガブリエルがいた。執事の一人が先導して来たのか扉の音がしなかったから気付かなかったよ。

気配をあまり感じさせないのが一流の使用人らしいけど、ここの人達は扉の開け閉めさえも凄く静かだ。

「おかえり。ガブリエルが休みになったら一緒に酒屋巡りでもしようかって話してたんだよ」

サラリとエリアスが嘘《うそ》では無いが本当でも無い事を言った。こういうのはエリアスが一番得意なので任せる。

「本当かい⁉　君達が帰って来るから明日を休みにしたんだけど正解だったよ！　ラファエルも一緒に行くなら馬車は二台必要だね、レアンドロ、手配は任せたよ」

「はい、畏《かしこ》まりました」

上機嫌に指示を出すガブリエルに、家令のおじ様は恭《うやうや》しく頭を下げた。

その後すぐにメイドさんが夕食の準備ができたと呼びに来たので、皆で食堂へ向かう。

自分で作らなくてもご飯が食べられるって幸せ。そんな少々所帯じみた事を思いながら、リニエルス邸の料理人達が作ってくれたご馳走《ちそう》に舌鼓を打った。

夜は久々の広いお風呂《ふろ》と寝心地抜群なベッドでぐっすり眠りにつく、ここのベッドに慣れてしまったら安宿では眠れなくなりそう。

翌朝、ビビアナは潮風で傷んだお肌と髪のお手入れのために酒屋巡りは止めてエステに出かけた。なのでお酒を選びたい男性陣と、ガブリエルとラファエルと私の六人で酒屋巡りに出発。

「まずはあそこかな、サブローが定住した国の輸入品を扱っている商会があるんだ。サブローが広めたという商品をいくつも取り扱ってるからアイルが欲しいものもあるんじゃないかな？」

「へぇ、それは期待できそうだね！」

「確かサブローは味噌《みそ》蔵の三代目で四十代の時にこっちに来たんだ、だから結構物知りだったんだよね。向こうに奥さんも子供達もいたけど、こっちで三人の妻との間に四人の子供もできて孫も産まれてたから晩年は幸せそうだったよ」

「へぇー、そうなんだ……」

一夫多妻オッケーなこっちの世界でウハウハだったんだろうなぁ。味噌や醤油《しょうゆ》に関して感謝してるけど、好感度は一気に下がった。

一夫多妻を否定する気は無いけど、同じ日本人として複雑な気持ち。

「アイルは賢者サブローの子孫って訳じゃないの？」

「違うよ、同郷ってだけで……あっ」

ラファエルの問いに自然に答えてしまった。ラファエル以外は知っているというのもあって油断していたせいだろう。

ガブリエルはにこにこしてるけど、馬車に同乗しているホセの呆れた顔がいたたまれない。

「同郷……って、アイルも賢者⁉」

「あっと……えーと、その…………賢者って訳じゃ…………。な、内緒にしてね？」

驚くラファエルにしどろもどろに視線を彷徨《さまよ》わせつつ言葉を濁すが、否定も肯定もしづらいのでとりあえず口止めをする事にした。

「という事はアイルも魔法が使えるんだね……。賢者がいれば新しい発見があるだろうし、よかったね兄さん」

あれ？

「そのためだけじゃないよ⁉　アイルの作る食事は美味しいし、たまに訳のわからない事言うし、色々やらかすから面白くて見てて飽きないし！」

「うん、わかってるよ」

返事をしながらラファエルが目を逸らした、なんだか拗《す》ねちゃってる感じがする。

あとガブリエル、その理由は友人としてというのならアウトだよ。利用してるとか、下に見てるとか言われるやつだからね。

ラファエルは私が魔法を使える事に対して嫉妬《しっと》しているのだろうか、それともガブリエルに気に入られているから、従兄を取られたような気持ちなのかなぁ。

せっかく仲良くなったのに、距離を置かれると悲しいので気のせいだと思いたい。


賢者サブローが定住した国の輸入品の店に到着したら、ガブリエルが貴族だからか愛想のいい店主が案内し始めた。

パルテナ《この国》では見た事が無い、どことなく和を感じるデザインの商品に目を奪われて店内を見回す。

「店主、お酒の試飲はできるかい？」

「はい、こちらに並んでいるものは全て試飲できます」

店主が注いでくれた試飲用の小さなカップを手に取ろうとしたら、直前でホセがサッと取り上げてしまった。

「ちょ、ホセ！　少しだけだから酔わないよ、私も試飲するんだから返して！」

「待て待て、そんな事言っても数種類試飲するんだろ？　それに他の酒屋でも試飲するならもうちょっと減らしておいた方がいいって」

そう言うと自分が飲み終わったカップに私の分のカップから半分以上移し替えてしまった。返されたカップに残っているのは刺身醤《じょうゆ》油程度の量。

頬《ほお》を最大まで膨らませて無言で睨《にら》みつけ、抗議の意を表明したがホセはしれっと移し替えた分を飲んでしまった。

「ん？　いらないならオレが飲んでやろうか？」

「飲むもん！」

私達のそんな遣り取りを店主は苦笑いで見守っていて、そして次のお酒から私の分だけ凄《すご》く少なくされてしまった……。

「これは甘い酒で好き嫌いが分かれるんですが……」

そう言って店主が出したのは飴色《あめいろ》のお酒、匂いを嗅《か》ぐと発酵中のパンのような……。

「うぅむ、俺はちょっと苦手だな……」

リカルドが顔を顰《しか》めている横で私はプルプルと震えていた。実際飲んだ事はなかったけどコレは多分アレだ。

「味醂《みりん》……！　こっ、コレできるだけ欲しいんですけど……！」

「「「「は？」」」」

その場にいたガブリエル以外の人……店主までもが呆気《あっけ》にとられた声を出した。

「おいおい、できるだけって……毎日飲むつもりか？」

「違うよ、コレはお酒でもあるけど調味料なの！　コレがあれば照り焼きとか煮物とかバージョンアップできるんだよ⁉」

「ほぅ？　テリヤキとは？」

ホセとの会話に店主が入ってきた。照り焼きは和食だから賢者サブローが伝えているはず……、もしかして照り焼きも結構新しい料理？

ドラマ化もした某漫画で信長の時代に無いのは知ってたけど。

「照り焼きは味醂と醤油を使った艶《つや》やかな照りが出る料理……かな？」

「なるほど、私も知らないモノをご存知とは……その髪と目の色といい、もしやお嬢さんは賢者サブローの子孫の方ですかな？　そういえば今日到着する予定だと……」「店主！　いるか⁉」

いきなり店内に大きな声が響いた、入り口の方で他の店員が「伯爵様の接客をしてますので」と止めているのが聞こえる。

「噂《うわさ》をすれば……ですね、やはりお嬢さんはタイチさんの娘さんでしたか。少々失礼しますね」

店主はニコニコしながらそう言うと店の入り口に向かった、今タイチって言った⁉

久々に耳にしたサブロー以外の日本人の名前に思わず反応した。

「何か誤解されてねぇ？」

「だよね、タイチって名前からすると賢者サブローの子孫だとは思うけど……。会えば違うってわかるだろうから誤解も解けるでしょ、それより味醂の在庫ってどのくらいあるんだろ……」

「俺は凄く嫌な予感がする」

「おいやめろ、リカルドの嫌な予感って結構当たるんだからよ！　アイル、オレ達から離れるな」

「でもいざとなったらガブリエルの屋敷に逃げ込めばいいんじゃない？　その時は僕達が足止めしてガブリエルとラファエルにアイルを任せよう」

「わかった、任せて！」

ガブリエルが機嫌良く答えた時、入り口の方から店主が二十代半ばくらいの男性を伴って戻って来た。

久しぶりに自分以外で見る黒髪。真っ黒では無いものの、今時であればこのくらいの髪色は普通にいる。

瞳の色も室内であれば黒に見え、顔立ちもちょっと濃いめの日本人顔だった。

「珍しい黒髪黒目だったのですぐにわかりましたよ、タイチさんの娘さんなんでしょう？」

「まさか……、確かに十年前この国に来た時アルマという娼婦《しょうふ》に入れ込んだが……その時の⁉　知らなかった……、いや、知らなくてすまない……お父さんだよ」

タイチさんは目を潤ませてヨロヨロと近付いて来たので、皆はポカンとしている。

そして気付いた時には力強く抱き締められていた。

「ちょ、ちょっと待って、違う！　違うから！　私賢者の子孫じゃない！」

「そうか、母親に知らされてなかったんだね。アルマとは一緒に暮らしてないのかい？　優しそうな目元は母親譲りかな？」

ジタバタと暴れていたら肩を掴《つか》み身体を離すと、顔を覗《のぞ》き込んで勘違いを暴走させている。だがこちらには間違いを裏付ける事実がちゃんとあるのだ。

「私……っ、十五歳だから‼」

「「えっ⁉」」

私の言葉にタイチさんと店主が驚きの声を上げた。

「「「ぶはっ」」」

『希望《エスペランサ》』の皆は思い切り噴き出して肩を震わせている。そう、さっきタイチさんは十、十年前入れ込んだと言ったのだ。

つまりは十歳くらいに見られているという事、首から下げているギルドカードを服の中から引っ張り出し、年齢がわかるように見せつけると二人は言葉を失った。

タイチさんが二十代半ばという事は十五年前は十歳くらい、さすがに子供を作ってるという事はないだろう。

「あはは、本当にアイルといると退屈しないねぇ」

呑気《のんき》に笑うガブリエルの言葉に、ラファエルも複雑そうな顔で頷いた。

タイチさんの誤解を解いたあと、ガブリエルがサブローと知り合いだという事で酒屋巡りを中断し、ガブリエルの屋敷でゆっくり話す事になった。

タイチさんは自分の乗って来た馬車で移動し、正式な客という事でサロンでお茶を飲んでいる。

ビビアナもエステが終わって合流し、タイチと挨拶《あいさつ》を交わす。

そして意外な事に先入観持たれてる者あるあるで、タイチさんとラファエルが意気投合していた。

タイチさんは賢者の玄孫《やしゃご》という事で知識が凄いとか、魔法が使えるとか思われてたりするので違うとわかった途端にガッカリされるのがツライと愚痴り、ラファエルもエルフだからと魔法を使えるのが当たり前と思われて、魔法が使えないと言うのが辛《つら》いと言って固く手を握り合っていた。

「それにしても……ぷぷっ、アイルを娘と勘違いしちゃうなんて……」

「いやぁ、ウチの一族以外で黒髪黒目なんて見た事無かったし、しかも近しい親族は男しか産まれてないから娘ができたと舞い上ってしまって……」

ガブリエルはまだ私が小さい子扱いされた事で笑いが収まっておらず、その話題になる度に笑っている。

タイチさんはというと、娘が欲しかったのもあったらしく、違うとわかって凄くガッカリしていた。

「タイチさんもサブローの子孫なら親戚《しんせき》に背が低かったり、若く見られる人もいるでしょうに……」

ソファの隅っこでブチブチと文句を言っていたら、タイチさんが期待の籠《こも》った眼差しで話しかけてきた。

「アイル……だったね？　タイチさんなんて丁寧な呼び方しなくても……俺は独身だけど、君さえ良かったらお父さん……って呼んでくれてもいいんだよ？」

「呼ばない！」

「まぁまぁ、アイル、君の事だからタイチに何か聞きたい事があると思ったんだけど？」

タイチさん……タイチは最初に私を娘と思い込んだせいか、娘として扱いたいらしい。

そっぽ向いて拒否してたらガブリエルが仲裁してきた。確かに他に残した知識があるか聞いてみたい。

拒否してすぐに質問するのはどうかとも思ったが、大事な事だから聞いておかなきゃ。

「うん……、タイチ……に聞きたいんだけど、賢者サブローが伝えた食べ物に関するものって味噌《みそ》と醤油と味醂とお酒だけ？」

「え？　ちょっと待ってくれな、う～ん……」

タイチは天井を見上げながらブツブツと指折り数えている、折られた指の数は四本以上あって、折られた指が今度はいくつか起こされた。

期待に胸が膨らみ、ソワソワと思い出し終わるのを待つ。

「ふふっ、アイルったら目がキラキラしてるわ」

「何だかんだアイツ食うの好きだもんな」

「おかげで僕達も美味《おい》しいもの食べられてるんだけどね」

「タイチの住む国《コルバド》にしか無い物があって、アイルが移住するって言い出さないといいけどな」

「大丈夫だよ、いざとなったら私が陛下にお願いして輸入してもらうから」

何やら皆がヒソヒソと話しているが、私はタイチの指が動く度に少しずつ近寄って行った。

広げられた手から再び指が折られ出し、ふとタイチが動きを止める。

「思い出すと結構あるなぁ、書き出した方がいいかも。アイルは全部知りたい？」

急いで鞄《かばん》から出すフリでストレージから筆記用具を出すと、差し出しながらコクコクと頷《うなず》く。

私の反応を見てタイチはニンマリと笑った、嫌な予感しかしない。

「それじゃあ……一度でいいから俺の事お父さんって呼んでみてくれない？　そうしたら書いてあげる」

まだそのネタ引っ張るの⁉

改めて言えって言われると何だか凄く恥ずかしいのは気のせいだろうか。

だけどお店で取り寄せしてもらうにも商品名がわからないとできないだろうし……。

視線を彷徨《さまよ》わせつつ迷ったが、一瞬恥ずかしいのを我慢すればいいだけなんだからと自分に言い聞かせて覚悟を決めた。

チラリとタイチを見ると、ペンを片手に期待した笑顔を向けている。

「お、お父さん……」

もじもじしながらその言葉を声に出した途端、女神様が見せてくれた私のベッドに背中を預けながらお酒を飲む父の姿がオーバーラップして涙が溢《あふ》れ出す。

自分でも予想外の涙で、思い出す事も少なくなった向こうの世界にまだ未練がある事を自覚させられた。

「あは……、やだな、止まんないや」

笑って誤魔化そうとしたが、上手《うま》く笑えず涙を手の甲で拭《ぬぐ》う。

「え？　え？　アイル、どうしたんだ⁉」

私が泣き出したのでタイチはオロオロし、ビビアナがそっと私を抱き締めた。

「タイチがお父さんなんて呼ばせるから家族の事を思い出しちゃったのよ。お詫《わ》びとして早く書いてあげなさい」

「グス……ありがと……ビビアナ……」

お礼を言いながらビビアナの胸に顔を埋《うず》めていると、タイチがビビアナに怒られて急いで書き出してくれた。

書き終わる頃には私も落ち着き、一覧を見せてもらうとほとんどはお粥《かゆ》やすき焼きなどの料理名だったが、私の目を引いたのは『ひやむぎ』と『たれみそ』だ。

「タイチ、このたれみそって何？」

「そこにも書いてあるひやむぎってやつを食べる時につけて食べる調味料だよ。俺は作ってはないからよく知らないけど、ウチの醤油《しょうゆ》に出汁《だし》やら何やら混ぜて作ってるんだ」

こ、これは……万能調味料のひとつ、麺《めん》つゆキター――！

たれっていう名前的にもっと濃いものかと思った。残念ながら白だしは無かったけど、麺つゆの存在は大きい。

「これってこの国《パルテナ》に輸出してる⁉　ひやむぎも！」

タイチににじり寄るように質問を被《かぶ》せ、さっきいた店にも置いてあるとの情報をゲットした。

「さっき泣いたのは何だったんだよ……」

上機嫌の私の耳には、そんなホセの呆《あき》れた呟《つぶや》きなんて聞こえるはずも無かった。

タイチは家訓のように賢者サブローの功績を教え込まれたらしく、色々興味深い話を聞かせてもらえたのは嬉《うれ》しい。

ガブリエルが出てくる話もあってラファエルも興味津々で聞いていたら夕食の時間が迫ってきて、ビビアナはデートがあるからと着替えて出かけて行った。

マフラーを取ると胸元が露《あらわ》になるという勝負服に気合いが感じられる。

「それじゃあ俺もお暇《いとま》しようかな、ちょっと店に顔出してくるって言ったまま戻ってないから連れが焦ってるかもしれないし」

「え？　何も知らせずにここに……？」

他国で半日行方《ゆくえ》不明になるって、かなり心配されてるんじゃないだろうか。もしかしてタイチは結構いい加減な性格かもしれない。

ちなみにタイチが産まれる前にサブローは亡くなっていたが、サブローの子供が産まれた時の名前リストが残っていたので日本的な名前がつけられたらしい。

サブローの子孫は基本的にそのリストから名前が付けられるが、なんとタイチでネタ切れになったので最後の和風な名前だと言っていた。

和風な名前から解放されたら賢者の子孫というプレッシャーからも解放されるんじゃないかな。

皆でタイチを見送り、食堂で夕食を摂る事にした。

お土産《みやげ》の新鮮なお魚は料理長の手により美しい刺身の盛り合わせとなって夕食に並び、ガブリエルもラファエルも喜んでくれた。

ラファエルは今朝まで少し様子がおかしかったが、タイチと語り合った事で何やら吹っ切れたらしくスッキリした顔をしている。


夕食後に明日は仕切り直して酒屋巡りをする事になり、ガブリエルが仕事を休めないからとグズり出した。

「今日は有意義な時間だったけどね？　だけど一緒に買い物した時間はほんの数時間だったじゃないか、私は王都に来てから結構忙しく頑張ったと思うんだよ。だからもう少し休みを取ってもいいと思わないかい？」

「ねぇ、もしかしてその休んだ分滞在が延長する事になるんじゃないの？　まだまだかかるなら私達は先にウルスカに戻って、ガブリエルは王都の冒険者に護衛してもらって帰って来るっていうのもアリだ」「あーっ、そういえば！　君達に話が聞きたいって呼び出しがあった事を言ってなかったね！」

私の言葉を遮り、わざとらしくガブリエルがパチンと手を打った。

「何でもあの犬の性能というか、動きについて調べたいらしくてね。実際に戦った君達から直接話を聞きたいんだって。だから君達もまだ王都にいてもらわなきゃいけないんだよ、ごめんねぇ」

ラファエル以外が全員ガブリエルにジト目を向けている。わざとらしい話し方といい、何かありそう。

そう思っていたらエリアスが口を開いた。

「ねぇ、まさか本当はもっと前から呼び出しがあったのに、僕達の滞在を延ばすための理由にしようと今まで隠してた……なんて事はないよね？」

「えっ⁉　いや、そ、そんな訳ないじゃないか……いやだなぁ。えーと、明後日に来て欲しいって言ってたから……その、よろしくね！」

「はぁ………わかった」

あからさまに動揺して目を逸らしながら答えるガブリエルに、リカルドは諦《あきら》めたようにため息を吐《つ》いて了承し、リーダーの決定なので明後日は王立研究所へ行く事になった。

その日の夜は一人でゆったりとお風呂《ふろ》に入ったが、ビビアナがいないから少し寂しい。

昼間に泣いたせいか自分でも少し感情が昂《たかぶ》ってる自覚はある、今夜は寝付けない気がする。

就寝時間になってもビビアナは帰って来ないので、どうやらデートは順調なようだ。

私は男性陣がお風呂に入ってる間に家令のおじ様に熱燗《あつかん》をおねだりして用意してもらい、独り酒をリビングで飲むのだ。

ふふふふ、日本酒が手に入ったのだからお風呂上がりに一献《いっこん》、やはり日本酒には魚が合うと思うの。

モリルトで入手したカワハギの煮つけをストレージから出し、ほろほろの白身をほぐして肝も一緒に口に入れる。肝のとろりととろけるような食感に独特の香り、それが口の中に残っている間に熱燗をお猪口《ちょこ》でぐびりと飲むと……鼻呼吸するだけで幸せが通り抜ける。

「くぅ～！　これこれ！　やっぱり冬はこれだよね！　もう日本！　ここは日本の冬です！」

空《から》になったお猪口を掲げ、ぷるぷると喜びに打ち震える。


「お、珍しいじゃねぇか、アイルが寝る前に飲んでるなんて」

「ほんとだね、食事や酒盛りの時以外に飲むの初めてじゃない？」

「ん～、そうかも？　なんとなく眠れない感じがするから寝酒をね……」

二本のお銚子《ちょうし》の後、ウイスキーの水割りに突入したところでお風呂から出たホセとエリアスが来て一緒に飲む事になり、家令のおじ様が二人と、恐らく一緒に飲むと言うであろうガブリエル達の分のお酒を準備しに行った。

「ところでアイル、お前それ何杯目だ？」

「えーと、これは二杯目～。だからまだ酔っ払いじゃないよ」

にひひと笑って答える。お銚子一本を一杯と計算したとして、まだ呂律《ろれつ》も大丈夫だし一杯くらい余分に飲んでも大丈夫だよね。

家令のおじ様《証人》はお酒を取りに行ってこの場にいないのをいい事に完全犯罪だ。

お酒の用意ができる頃には他の三人も来て一緒に飲む事になった。

「「「「「乾杯」」」」」

いつも呂律が怪しくなって酔っ払い判定されるからほとんど話さずに四杯目に突入、私の目論見は成功した。

いつもなら抱き締めてくれるビビアナがいないので、痴漢の如《ごと》くホセの尻尾《しっぽ》をサワサワと撫《な》でながら大人しく四杯目を飲み干す。

「ほしぇ、ねよぉ（ホセ、寝よう）」

「あ？」

ここしばらくホセをモフってない、今日はモフらせてもらうんだ。

ワサワサと手を動かすが硬い筋肉の感触しかしない、一緒に寝る時は獣化してモフらせてくれる約束したのに納得がいかない。

呆れたような声や怒ってるような声が遠くに聞こえて、身体がフワフワしたと思ったらモフッとしたホセの感触。

ベッドに運ばれたようだけど、眠くて目が開かないから感触を頼りにホセの身体をまさぐるようにモフり、腹毛に顔を埋めてグリグリと擦《こす》り付ける。

ビビアナの胸とはまた違う幸せな感触。閉じていた目を開けた、どうやら仰向けになったホセの腹毛に埋もれて一瞬寝ていたようだ。

私のフィンガーテクのせいか、先っちょが見えてますよホセさん、うふふふ。

そんな事を思った気がしなくもない。断片的な記憶しかなく、そこから記憶が無いから寝てしまったと思いたかった……が。

朝起きたらホセがいなくて、目を合わせてくれないのに何でもないとしか答えてくれない。

私は一体何をやらかしたんだろうか、頑《かたく》なに目を合わせようとしないホセに段々焦りが募り始めた。

「ごめぇん！　何やったかわからないけど、何かやらかしたんでしょう⁉　ごめんなさい、許してぇ」

そして私は今、朝食前にホセに縋《すが》り付き、半泣きで謝っている。

酔っ払って迷惑かけたのは状況的にわかっているが、何をしたのか覚えてないのでひたすら謝る事しかできない。

「二人とも、廊下で何やってるの？　メイドさん達が遠巻きに心配してるよ？」

通りかかったエリアスが呆れた視線を向けてきたが、それよりホセに許してもらう方が大事だ。

仲良しのホセにシカトされるなんて耐えられない。

「昨夜本当は三杯目なのに二杯目って嘘ついてごめんなさい！　酔っ払ってごめんなさい‼」

「あっ、テメェやっぱりそうだったのか！　いつもより酔うのが早《はえ》ぇと思ったら！」

首根っこ掴《つか》まれて引《ひ》き剥《は》がされ、ジロリと睨《にら》まれる。

港町でのお説教と同じく凄《すご》く恐い顔で睨まれると、身体が勝手にプルプルと震え出し、自然と正座で座り込む。

あの時みたいに気の済むまでお説教したら許してくれるだろうかという下心もありつつ、怒られる姿勢をとった。

「はぁ……、もういいよ」

投げやりな言い方に見限られたと思い、涙がこみ上げ視界が歪《ゆが》む。こんなに呆れさせるなんて何をしたんだ昨夜の私！

「うぅ……、ご、ごめ……なさ……」

「あ～、違う違う、許してやるって言ってんだよ！　その代わりもう酒は飲むなよ」

ホセは目に涙を溜《た》めた私を見て、ひらひらと手を振った。

「…………………………はい」

「あはは、今の返事だと間違いなく飲むね」

私達の遣り取りを見ていたエリアスが茶々を入れてきたのでそんな事ないと否定しようとしたが、私は本当に皆が美味《お》しそうにお酒を飲んでるのを見ても完全に禁酒できるのだろうか。

私の事だから全員が酔った頃合いを見計らって飲んでいいか聞いて飲みそう、そう思ったら目が泳いだ。

「あぁん？　そうなのか？　オイ」

ここは一旦《いったん》素直に飲まないと宣言するべきか、嘘《うそ》をつかずに少しだけと交渉すべきか……。

「え～と……、自室で一人で飲むならいい？　誰にも迷惑かけないようにするから……」

ほらね、と言わんばかりのエリアスのニヤついた視線とジトリとしたホセの視線が痛い。

そしていつの間にかリカルドも何事かと見守っていた。

「ウルスカの家の自室だけだぞ……。あと、少しでも酒を飲んでたら獣化はしてやんねぇからな」

「はいっ」

ぐしぐしと手の甲で涙を拭《ぬぐ》うと、リカルドが頭を撫でてきた。

「袖《そで》で乱暴に拭《ふ》いたら目が腫《は》れるぞ、ハンカチを持ってるだろう?」

「うん……」

「あ～……、リカルド、すまねぇが先にアイルを食堂へ連れてって少し落ち着かせてやってくれ」

「わかった。ほら行くぞアイル」

「はい……」

食堂に行くと既《すで》にラファエルがいて、昨夜ホセに寝ようと言った事について獣化するという前提を知らないラファエルは、顔を赤くしながらふしだらだと説教を始めた。

◇　◇　◇

［ホセ、エリアス Side］

「で、昨夜何があったの?　アイルが泣く程ホセが怒るなんて」

リカルドに連れられて行ったアイルを見送ると、エリアスがホセに問うた。

「アイルが悪い訳じゃ……、いや、アイルが悪いのか……。いつもみたいに撫でられて気持ち良く寝そうになってたらよ……、いきなり触ってきたんだよ」

「ん？　撫でられてたんでしょ？　ずっと触られてたんじゃないの？」

意味がわからずエリアスは首を傾《かし》げる。

「だから……っ、獣化して無防備な……ナニを撫でてきたんだよ！　しかも腹に顔を埋《うず》めてたから当然顔もすぐ横にある状態でだぞ。思わず固まったってぇの」

「……ッ！　ぶはっ」

仕事をしているメイドが廊下を通るので、声を潜めて怒鳴るという器用な事をしつつホセはエリアスに訴え、その状況を想像してエリアスは思わず噴き出した。

「笑い事じゃねぇぞ」

憮然《ぶぜん》としながらジロリとエリアスを睨む。

「ふくく、それで？　それもやっぱり覚えてなかったの？」

「驚いて飛び退《の》いた時にはもう寝てたから覚えてねぇだろ。その事より……ハァ……」

片手で目元を覆い、項垂《うなだ》れてため息を吐くホセに、エリアスはわくわくした顔で続きを促す。

「え？　何々⁉　もっと面白い事あるの⁉」

「面白くねぇよ！　…………最近何もシてねぇからだろうけど……………撫でられたせいかちょっと勃《た》ってた…………………」

「…………ッ‼」

手の甲で口元を押さえつつ、プルプルしながら笑いを堪《こら》えるエリアス。他人事《ひとごと》なので全力で面白がっているのが見てわかる。

「アイルは当然気付いてねぇけど気まずいだろう⁉　ガキだと思ってた相手にちょっと触られたくらいで……っ、男としての沽券《こけん》に関わるだろうが！」

「いや〜、むしろ股間《こかん》に関わる？　なんてねっ、あははぃたッ」

ホセは苦虫を噛《か》み潰《つぶ》したような顔でエリアスの頭にズビシッと手刀を叩《たた》き込《こ》んだ。

別にアイルがやらかした事に関してはそんなに怒ってはいないが、気に入ってるとはいえ女としては見てない相手に少しでも反応してしまった自分が情けなくて気まずかっただけだった。

だがその気まずさのせいで孤児院の子供のように泣かれては心苦しいので、努めて気にしない事にした。

食堂へ行くと、まだ心配そうにチラチラとアイルがホセの顔色を窺《うかが》っている。

苦笑いしつつもう怒ってないと頭を撫でると、アイルはやっと安心したように笑った。

その後アイルの態度があまりにもいつも通りになったので本当に反省したのか疑わしかったが、ガブリエルにもう自分にお酒を出さないでと言っていたのでホセは一応信用する事にした。

ちなみにその後、朝食が終わった頃に帰ってきたビビアナにエリアスが一連の出来事をバラした事が発覚し、無手の手合わせと称した報復を受けるエリアスの姿が目撃された。

第五章　秘密厳守

正座謝罪事件の翌日、私達は王立研究所の一室に通されていた。

「それで連携するような動きはあったのかね」

「連携というより……狼や野犬の群れと同じように襲ってくるタイミングが同じという程度だった」

「では回避行動は？　攻撃を気にせず突っ込んで来たり、動きが強化されていたりは？」

「いや、普通に訓練されて命令を受けた犬と同じなんだと思う。瞬発力も個体によって違ったしな」

凄い、リカルドってばよく見てたんだなぁ、そんな次々に細かい事聞かれたら私はスラスラ答えられないよ。

質疑応答の間、私は置物と化していた。だって障壁でガードしてましたなんて言えないし。

「ふむ……、質問は以上だ。ご苦労だったな」

結局一時間程で話は終わって、私は来なくても良かったんじゃないかと思う。

でもパーティメンバー全員でっていう条件で呼び出されたらしいんだよね。

話が終わって立ち上がろうとしたら、質問していた副所長だという偉そうなおじさんが手を上げて引き留めてきた。

本来話を聞くべきであろうここの所長は陰で長老と呼ばれる女性らしく、高齢でもうほとんど表には出てこないらしい。実際夜会にも出てなかったみたいだし。

夜会で聞こえて来た話によると、ガブリエルを嵌《は》めて所長の座を奪った女性であり、一部ではガブリエルにアプローチしたのに相手にされなかった腹いせじゃないかと噂《うわさ》されているとか。

「アイル……といったかな、君はガブリエルと共に王都でこのまま暮らす気はないか？　あの変わり者が女性をエスコートして来たのは初めてでな。そろそろ王都に戻って研究をしてもらいたいんだが……君がねだってその気にさせて欲しい。ガブリエルと結婚したら貴族にもなれるんだ、君にとってもいい話だろう？」

「へぁ？」

思わず間抜けな声が出てしまった。

今朝来た時はあからさまにパーティーの時と同一人物か疑ってたよね？

確かに特殊メイクレベルで大人っぽくしてもらってたから気持ちはわからなくも無いけど、ガッカリされたのは私とガブリエルを結婚させて王都に縛り付ける腹積もりだったのに未成年に見えたからなのか。

「貴族でない事を気にしているなら私が養女にしてやってもいいぞ」

ダメだこの人の話聞いてると、凄くイラッとする。

「申し訳ありませんが、私とガブリエルはあくまで友人であって恋人でも婚約者でもありません。それに冒険者を辞めるつもりも無いのでご期待には沿えません」

「何故《なぜ》だ⁉　ガブリエルと結婚したら貴族になれるんだぞ⁉　身分も金も手に入るというのに！」

「王子様方から求婚された時にも言いましたが、私は自由を愛する冒険者ですので」

「は⁉　王子様方だと……⁉」

「そういう事なのでウチの大事なパーティメンバーを引き抜こうとするのは控えていただこう、では失礼する」

副所長が混乱している間にリカルドが話を終わらせてサッサと部屋から脱出した。

身分や権力という意味では王太子殿下と結婚して息子を産むというのが最強だからね、しかも王太子殿下だけじゃないとなったら信じられなくて混乱もするだろう。


私達はガブリエルの家の馬車で先に送ってもらい、馬車は再び王立研究所に引き返して行った。

帰る時に声をかけたガブリエルが縋るような目で見てきたけど、諦《あきら》めの悪そうなあの副所長に引き留められる前に帰りたかったのだ。

屋敷に戻るとサロンでラファエルとタイチがお茶をしていた、本当に仲良くなったらしい。

そしてその隣には初めて見る女性が座っていた。もしかしてタイチが心配かけたであろう連れだろうか。

挨拶《あいさつ》をするためにサロンに顔を出したら、その女性が私を見て凄く驚いていた。

やはり髪と目の色のせいらしく、タイチと私を見比べている。

「タイチ、いつの間に隠し子なんて……⁉」

「だから違ったんだって！　さすがに十歳で子供はつくれないだろう？」

「は？　え？　十歳って……この子十五歳⁉」

もう飽きたよこの遣り取り……、いっそシークレットブーツでも作ってもらって履こうかな……。

げんなりした私の顔を見て女性は慌てて謝った。

「ご、ごめんなさい……、気を悪くさせちゃったわよね……」

「ははは、俺も最初見た時十年前にできた子供かと思って間違えたけど、許してくれたから大丈夫だよ、な？　アイル」

お前が言うなと言いたいところだけど、こんなにションボリした女性を更に怒るなんてする気は無い、なので素直に頷《うなず》いておいた。

「タイチ、そちらの女性は？」

エリアスが話が途切れた瞬間にさりげなく聞いた、さすがエリアス。

「ああ、昨日言ってた連れで俺の婚約者のアデラだ。商売人だからこっちと《バルテナ》あっち《コルバド》を行ったり来たりしてるんだ、見かけたらよろしく頼むな」

は⁉　てことは婚約者がいるのに子供がいたと喜んでた訳⁉

ダメだこの人！　アデラさん、こんな適当な人と結婚していい訳⁉

「こんなしっかりしてそうな人、タイチには勿体《もったい》無いんじゃ……。結婚してから後悔しないのかな」

「おいおい、それは酷《ひど》いんじゃないの？　アデラだって国を跨《また》いで商売したいがために俺と結婚するようなものなんだからな？　半分政略結婚みたいなものだし」

つるっと思った事が口から出てしまい、苦笑いしつつタイチが答えた。

話を聞くと職人であり商人だったサブローの子孫達は、他国でも商品生産してるくらい手広く商売をしており、一方小さな商店の娘であるアデラはいつか大きな商売をしたいと野心を抱いていた。

逆に店を任される立場のタイチはやる気が無く、友人だったお互いの両親が利害の一致で結婚話をまとめたそうだ。

「あ、政略結婚って言ってもタイチの顔は好みだし、私もタイチも合意のもとで婚約してるから安心してね！」

女傑、アデラを見てそんな言葉が脳裏に浮かんだ。

ひと通りお互い自己紹介が済むと、アデラの提案でタイチとラファエルを残してお店に行く事になった。

何故なら輸入商品についてはアデラの方が詳しいとの事で、昨日の買い物が途中だったという話から案内を買って出てくれたのだ。

若草色のふんわりした長い髪を後ろでまとめ、明るい琥珀色《こはくいろ》の瞳の愛嬌《あいきょう》のある美人さん、ビビアナのように注目される程では無いので商人には向いていると思う。

人懐っこくて移動の馬車の中で『希望《エスペランサ》』の一員かと思うくらい馴染《なじ》んでいる。

店に到着してからは貴族のガブリエルがいないせいか、店主が出て来なかったので案内から商品説明までアデラがしてくれた。

麺類《めんるい》は二つの国の間にあるセゴニアを通過する途中で全て売り切れてしまうため、この国の王都《パルテナ》近くの小麦を作っている村で生産しているらしい。

「あれ？　こ、この麺……！」

「あ、それね。波麺は生産している村で試行錯誤して作られたんだけど、ひやむぎみたいに乾燥させるとダメになっちゃうのよ。だけど食感が面白いからって結構人気があって村の近くだけで売ってるの」

コレ絶対中華麺でしょ‼

試行錯誤してくれた村人さんありがとう‼

波麺とうどんは茹《ゆ》でる前の状態で売っていた、うどんは細い乾麺もあったけど。

「ふっ、ふふふ……これでラーメンと焼きそばが食べられる……‼」

海外で生まれて日本で育った皆が大好きな国民食、ラーメンが‼

焼きそばはウスターソースを賢者アドルフが伝えてくれてたからいつでも食べられるし。

やはり私が一番好きな豚骨醤油《しょうゆ》のスープから研究……、いや、鶏ガラであっさり塩というのも捨て難い……、ああ、考えるだけで涎《よだれ》が出ちゃう。

「ジュル……」

「おい、それで美味《うま》いモンができるのか？　醤油や米見つけた時と同じ顔してるぞ」

「ふふふ、ホセも絶対気に入ると思うよ。だけど先にスープの研究しないといけないからウルスカに帰ってからしばらくかかると思うんだ、とりあえずここにあるだけ買っていくよ。ラーメンはスープが無いからすぐには無理だけど、焼きそばなら簡単に作れるもんね。あとはひやむぎと味醂《みりん》も忘れず買っていかなきゃ。うふふふふふ」

アデラに聞こえないようにヒソヒソとホセと話す。初めて聞く焼きそばという名前に、ホセの尻尾《しっぽ》が揺れている。

王都民には申し訳ないが、店内にあった麺類を全て買い占めさせてもらった。

店員さんが腐る前に消費できるか心配していたが、私は鞄《かばん》経由でストレージにポイポイ入れていく。

「あら？　その魔法鞄《マジックバッグ》変わってるのね、普通は開くと空間が歪《ゆが》んで見えるのに普通の鞄にしか見えないわ」

アデラの言葉にギクリとした、商人だけあって目端が利くようだ。

「そ、そう？　所変われば品変わるって言うじゃない？　コレは祖母の遺品だからこの辺りで作られてる物と少し違ってるのかもね～」

「へぇ？　凄《すご》く大事に使ってるのね、まるで最近作られた鞄みたい」

「あはは……、お婆ちゃん子だったから大切な形見なの」

あばばばば、このまま問答してたらボロが出ちゃう気がする。こういう時は……助けてエリえもーん！

目が泳ぎそうになったが、バレないように目を細めて愛想笑いしつつエリアスを探す。可愛《かわい》い店員さんに声かけてる場合じゃないよ⁉

エリアスは商品が気になったのか、可愛い店員さんに声をかける切っかけが欲しかったのかわからないけど、話に夢中で全然こっちに気付いてくれない。

なんかアデラに凄く観察されてる気がする、掌《てのひら》にジワリと嫌な汗が滲《にじ》んだ。

「アイル、欲しいものは全部買ったか？　今日は他の酒屋も回るんだろう？」

「あっ、うん！　そうだね、多分買い忘れは無いと思うから次の店に行こうか」

リカルドがタイミングよく声をかけてくれて助かった。リカルドに駆け寄り、ホッとして額から噴き出た汗をこっそり拭《ぬぐ》った。

悪意は感じられないけどアデラには気をつけよう。

酒屋巡りはまたホセに試飲のお酒を減らされるという一悶着《ひともんちゃく》があったが、ウォッカを見つけた。

セゴニアからの輸入品を扱っている店では熟成させるお酒が人気らしく、ウィスキーと紹興酒らしきお酒も手に入れる事ができた。

ウルスカでもウィスキーは手に入るけど、さすが王都なだけあって種類が豊富だ。

ホクホクしながら酒瓶を収納していたらホセが肩を掴《つか》んできた。

「約束、忘れてねぇよな？」

既に三軒の酒屋を回ったせいか試飲でちょっとフワフワし始めた私の頭が、ホセの鋭い視線でピャッと正気に戻った。

しかしコクコクと小刻みに頷いたら頭がシェイクされたので、そろそろ屋敷に戻った方が良さそうだ。

「アイルはお酒が好きなの？」

馬車へ戻る途中でアデラが話しかけて来た。

「凄く好きって訳じゃないけどね、皆で楽しく飲むのは好きかな。…………でも……もう皆で飲めないけど……」

「え？　どうして？」

「…………酒癖が良くないみたいで……、凄く怒られて人前で飲まない約束したから…………」

「じゃあ私と飲みましょうよ！　酔っ払いには慣れてるから多少酒癖が悪くても大丈夫だし」

アデラの誘いにグラリと心の天秤《てんびん》が傾きかけた。だけど聡《さと》いアデラと飲んでる時に酔ってポロっと私の秘密を漏らす危険がある。

ホセとも約束したしなぁ、だけどこれからずっと寂しく独り酒というのは悲し過ぎる！

「う……、でも……、う～ん……ぅひゃぁっ」

その時背後から頭を掴まれた、この手の感触はホセだ。

疚《やま》しい遣り取りとまではいかないけど、約束を破る事になるであろう話をしていたので思わずリアクションが大きくなってしまった。

「アイル」

「はい」

静かに名前を呼ばれただけなのに声が重いというか、ズシリと圧《の》しかかられた気がする。

まだ約束を破ってないけど、醸し出す雰囲気にホセの目が見られない。というか、頭を掴まれているのもあって振り向けない。

「…………はぁぁ〜〜〜……、自室で飲めとは言ったが一人じゃなきゃダメだとは言ってねぇ。獣化はしてやんねぇけどな」

凄く大きく重いため息の後に諦めたようにホセが言った。

「え⁉　一緒に飲んでくれるの⁉」

「その場合、お前は三杯までだからな」

「うん‼」

嬉《うれ》しくて抱きつこうとしたら避《よ》けられたけど、私の気分はとても上昇した。

アデラの誘いは有耶無耶《うやむや》になったが、その時一瞬獲物を逃したと言わんばかりの悔しそうな顔を見た気がした。


屋敷に戻ると、買い物や酒屋巡りで試飲や試食をして来た私達の事を考えて、昼食の代わりにサンドイッチなどの軽食が準備されていた。

ちょっとフワフワしてるし、しっかり食べるのはキツイかなぁと思っていたのでとてもありがたい。

「おかえり、いい買い物はできたかな?」

「アデラが教えてくれたおかげで色々買えたよ、ウルスカに帰ったら色々研究するんだ〜」

タイチが屋敷の住人の如《ごと》くリラックスしながら迎えてくれた。ラファエルと一緒に昼食は済ませたようで、今は食後のお茶を飲んでいたところらしい。

しかし何故《なぜ》かラファエルの落ち着きが無い気がする、首を傾《かし》げていたらアデラに話しかけられた。

「私はアイルの持ってる魔法鞄《マジックバッグ》の研究したいけどな……、容量とかどのくらいなの？　形見だから売ってもらう訳にはいかないよね？」

「えっ⁉　そ、そうだね、形見はもうコレしかないから……」

まさかまだ気にしてるとは思わなかった、思わずショルダーストラップをギュッと握る。

「商人なのに研究するの？　アデラは商品開発もしてるのかい？」

「そうよ、魔導具作製できる人材はタイチの家を頼れば何とか見つかるからね。新商品を出してお客さんに飽きられないようにしないといけないし」

今度こそエリアスが助け舟を出してくれた。いい感じに鞄から話を逸らしてくれたので、こっそり安堵《あんど》の息を吐《つ》く。

「アイル、サンドイッチ美味《おい》しいわよ。早く食べないと無くなっても知らないんだから」

ちゃっかり先にテーブルに着いて食べ始めていたビビアナに呼ばれて私も席に着く。

ふた口で食べられる小さなサンドイッチを頬張《ほおば》りながら上手《じょうず》に話題を変えてくれたエリアスに感謝しつつ、ビビアナ達とさっき手に入れた波麺での新メニューの話をした。

「それにしてもまさかアイルが御先祖様と同郷だなんてねぇ」

「……ぅグッ、ゲホゲホゲホッ、ケホケホッ…………な、何を……ゴホッ」

アデラ達と話していたはずのタイチがいきなりブッ込んで来た。驚きのあまり飲みかけの紅茶が気管に入って咽《む》せる。

ニコニコしているタイチとは対照的に、ラファエルは気まずそうに目を逸らしている。お前か‼

「な、何を言ってるのよ、タイチったら」

「ははは、君達も知ってるんだろう？　ラファエルから聞いたんだ。この部屋にいた人は皆聞いちゃったよ？　それにしてもそれだけ動揺するなんてやっぱり本当なんだね、今やっと確信したよ」

ビビアナが咄嗟《とっさ》に誤魔化そうとしてくれたが、無駄なようだ。

「す、済まない……。食事の話をしていたんだが……気が付いた時には流れでポロッと……」

こ……っ、このクソエルフその二‼

アデラと『希望《エスペランサ》』の皆はあまりの事に言葉を失って固まっている。特にラファエルにバレた時にいなかった三人が。

部屋に控えていた執事とメイドも心なしかソワソワと落ち着きが無い。

「……コホン、それが周りに知られるのは本意じゃないから秘密にしてね。情報漏洩《ろうえい》を防ぐために王都を焼け野原になんてしたくないし」

喉《のど》に引っかかっていた紅茶を咳払《せきばら》いで取ると、動揺を抑えつつ余裕気にニッコリ微笑《ほほえ》んで警告した。

内心今すぐ頭を抱えて床を転げ回りたいくらいだけどね！

タイチの仕事したくないというスタイルは油断させるための罠《わな》だったんだろうか。

「じゃあ……本当なの⁉　て事は新しい商品のアイデアを他にも知ってるとか⁉　タイチってば普段は役に立たないクセにたまにこうやっていい仕事してくれるのよね！　わかってると思うけど絶

対他に漏らしちゃダメよ⁉」

アデラが興奮しつつにじり寄って来たかと思ったら、タイチにビシッと指を突き付けて口止めした。

「一応執事やメイド達にも口止めはしておいたから……」

申し訳なさそうに私の顔色を窺《うかが》いながらラファエルが呟《つぶや》くように言った。

あの時、馬車で私がうっかり口を滑らせなかったらラファエルも知らないままだったのに、ある意味この状況も私の自業自得か……。

「……………タイチ達も含めて勝手にバラしたら私から報復を受けると思ってね」

幸いというか何というか、賢者サブローの恩恵でタイチ達は裕福だからお金のために私の秘密を売ったりしないだろう。

執事やメイドも安定した伯爵家の仕事を捨ててお金のために私に狙われる事は避けるだろうし。

それにしてもジワジワと私の秘密を知る人が増えてきちゃってる‼

いつか権力者にバレたらどうしよう、ガブリエルが「陛下を味方につけておいた方がいいと思って」とか言ってバラしそうで怖い！

ハッ、ダメダメ、こんな事考えたらフラグになりかねない。

両手で顔を覆って俯《うつむ》いていたら横から威圧というか、なにやら圧がかかったので顔を上げると、満面の笑みのアデラが真横に立っていた。

「な、何……？」

「うふふふ、新商品のために賢者アイルの知恵を拝借したくって……。コレが口止め料だと思ってくれていいわ。むしろ噂《うわさ》が流れたりした場合、撹乱《かくらん》して真実を隠すお手伝いをするからね！」

あ、情報独り占めというか、他所《よそ》に私の存在を知られたら自分達が損をするって考えてるのが手に取るようにわかる。

まぁ、ある意味わかりやすくて助かるんだけど……。新商品のための知恵と言われても、何を助言すればいいのやら。

他の人に聞かれるのを警戒してかサロンのテラス席に連れ出され、紙とペンを準備したアデラが張り付くようにスタンバっている。

「えーと、食品関係の物の方がいいんだよね？」

「売れそうな物ならとりあえず何でも教えてもらえると嬉しいわ！　醤油《しょうゆ》とかの消耗品だと美味しければ利益は確実ね」

せっかくだからこっちの世界に無くてガッカリしたものを研究してもらおうかな。作り方は知らないけどたれみそとかのノウハウがあれば完成するのも早いかもしれない。

「欲しい調味料があるんだよね、たれみそとはちょっと違って白だしって言うんだけど……」

バレてしまったのなら利用させてもらおうと、相互利益の関係を築くべく欲しい物の名前と概要をいくつかアデラに説明する。

説明する合間に聞いたところ、やはり照り焼きは知らないとの事。せっかくなのでサブローが知らなかったであろう醤油や味噌《みそ》の使用法も教えておいた。

シチューの隠し味に味噌を入れるとコクが出ると言ったら変な反応をされ、首を傾げる私に話を聞いていたエリアスが「アイルが言ってるのはホワイトシチューでしょ、あれも僕達初めて食べた料理だからね」と教えられて驚いた。

そうか、この世界で一般的なシチューってビーフシチューの事なのか、もしかしてホワイトシチューもとろみのあるカレーみたいに日本で作られたのかも。和食の肉じゃがだってビーフシチューを真似《まね》しようと思ってできた料理って有名だもんね。

話は波麺に及び、話の流れで夕食に焼きそばを作る事になった。タイチとアデラの参加許可と、作るのはガブリエルが帰ってからという事になったので、それまでの間エリアスにアドバイスをもらいながら色々と話す。

ついでにモリルト近くの集落で塩とにがりの分離方法について話してきて、しょっぱくない豆腐が作れるようになるかもしれない事を教えた。予想通り、すぐににがりの取り引き契約に行くと意気込んでいた。

色々話して結果的に利益の一部を私に渡す代わりに今後もアイデア提供するという事で、私とアデラは固く手を握り合ったのだった。


「ええっ⁉　ラファエルが秘密をバラしちゃったのかい⁉　もしこの事が世間に知られたらアイルが本当に王太子妃にされてしまうじゃないか！」

今日の夕食はタイチとアデラを招待する事になったので、私の秘密を知ってしまった者だけ部屋に残してガブリエルに一連の出来事を話したら、思ったより動揺していた。

そして王子様達からのプロポーズ云々《うんぬん》を当然知らなかったタイチとアデラは口をあんぐりと開けて固まってしまった。

「そうなったら最悪国外逃亡するから」

これは本心だ。庶民として生まれ庶民として育ち庶民として生きてきた私は、呼吸するように本音と建前を使い分けたりできないし、正直この屋敷で自室以外常に使用人が張り付いている生活ですら気疲れしているというのに、王族なんかになったらきっと自室ですら侍女とか護衛が張り付くんでしょ⁉

そんなの私には無理、想像しただけでも気疲れから胃に穴とか空きそうだとわかる。

「たまに帰ってこれるなら国外で活動するのもありよね」

「Aランクになってしまえばどこの国に行っても歓迎されるだろうしな、俺の母国の王都は冒険者には暮らしやすいからそっちに行ってみるのもいいな」

「そうなったら家は売って新天地で買い直そうか」

「どうせなら数年は放浪しながら過ごしてみてぇな、色んな大陸に行ってみるのも面白いんじゃねえ？」

『希望《エスペランサ》』の皆が暗に一緒に国外逃亡してくれると言ってくれている。嬉しくて泣ける……！

「やだっ！　アイルったら顔が大変な事になってるわよ！　バカねぇ、あなたはもうあたし達の大切な仲間なんだから一人でなんか行かせないわよ」

隣に座っていたビビアナがハンカチを取り出して涙と鼻水に塗《まみ》れていた私の顔を優しく拭《ふ》いてくれた、汚れたハンカチは自分で洗浄魔法かけるようにと手渡されたけど。

「ズルいっ、それなら私も爵位返上して冒険者になってついて行くよ!? その時は君達のパーティに入れてもらうからね！」

「兄さん!?」

ガブリエルの言葉にラファエルがギョッとして立ち上がる。使用人達も目を見開いている。

「そんな訳だから皆ちゃんと秘密厳守してね！ タイチ達も今後の儲《もう》けのためにも絶対だよ？」

普段と違うキリッとした顔でガブリエルが言うと、アデラは胸を張って立ち上がった。

「ふっ、もちろんよ！ むしろ今後を考えたらお金を積まれようが絶対話さないわ！ 万が一、四人目の賢者の噂が流れるような事があっても絶対アイルに辿《たど》り着《つ》かないように撹乱するから安心してちょうだい！ 当然アイルもバレない努力をしてね」

アデラにカッと見開いた目を向けられ、その迫力に思わずコクコクと頷《うなず》く。

「ははは、アデラは情報操作も得意だから安心していいよ。俺と婚約するかどうかって時に名乗りを上げた他の候補の女の子達が次々と評判を落としていったしね～」

「「「「……………」」」」

タイチが緩い雰囲気のまま凄《すご》い事を言った。この二人とはビジネスだけの関係にして友人としては関わらない方がいい、きっと全員そう思ったと思う。

「さて、それじゃあ焼きそば作ってこようかな。本当は鉄板があるといいんだけどねぇ」

「え？　どういう事⁉」

そういえば夕食を焼きそばにするという話をする前にガブリエルが騒いだせいで、まだ話してなかったっけ。

ザッと焼きそばがどんな食べ物か簡単な作り方を説明すると、ガブリエルが昔庭でステーキを焼いた時の鉄板があるとの事。そんな訳で急遽《きゆうきよ》庭で焼きそばを作る事になった。

道具がしまってある倉庫に向かうのは家令のおじ様と私、そして『希望《エスペランサ》』の男性陣。

案内された倉庫の扉を開けると、そこには色んなガラクタ……じゃなくて道具が置いてあった。

「申し訳ありません、ここは滅多に出入りしないので少々埃《ほこり》っぽくて……」

申し訳なさそうに倉庫の中に入っていく家令のおじ様。スッキリと整理されてはいるけれど、長い間使われてないのか、確かに埃っぽい。

「じゃあせっかくだから綺麗《きれい》にするね、『洗浄《ウオッシュ》』」

「ッ⁉」

もうバレてるからいいやと思って十畳程の倉庫全体に洗浄魔法をかけたが、ちょっと驚かせてしまったようだ。

「ありがとうございます。ガブリエル様が魔法を使うところを何度か見た事はありますが、やはり驚いてしまいますね。あっ、ありました、この辺りの物が全部そうです」

「じゃあ俺達で運んでしまおう。エリアス、ホセ」

「リカルド、僕達必要ないみたい」

エリアスが苦笑いしながら私を指差した。ごめんね、リカルドがエリアスとホセに声かけた時点でストレージに全部入れちゃったんだ。

「楽だからいいんじゃねぇ？　ちょっと中覗《のぞ》きてぇけど、今は焼きそば優先だしな」

鉄板焼き会場の予定地に戻ると、お客さんであるタイチとアデラ、そしてビビアナが優雅にお茶してた。

うん、こういうとこビビアナは要領がいいよね。

ストレージから出した魔導具のコンロや鉄板をセットしていたら、ガブリエルとラファエルが材料を持った料理人達とやってきた。

「料理長にアイルが言ってた材料を切っておいてもらったよ、これですぐに作れるでしょ？」

「わぁ！　それは凄く嬉《うれ》しい！　ありがとうガブリエル、料理長！　それじゃあ説明しながら作るね」

きっとガブリエルから話を聞いた料理長が下拵《したごしら》えを申し出てくれたんだろうなぁ、おかげですぐに調理に取りかかれるからありがたい。

豚バラ肉と人参《にんじん》、玉葱《たまねぎ》、もやし農家はこの世界にいないけど、サブローから栽培方法を聞いていた先代の料理長が今の料理長に引き継いでくれてたからあるんだって。

順番に鉄板の上で塩胡椒《しおこしょう》で炒《いた》めて、その横で先に蒸しておいた波麺に焼き色が付くまで焼いて合体。ソースをかけて味付け、全体にソースが馴染《なじ》んだら麺に絡みやすいように太めの千切りキャベツを投入。

個人的にキャベツは生の食感が好きだからこれでいいのだ。

ソースが焼ける香りに皆は深呼吸したり、ゴクリと唾《つば》を飲み込んだりしている。

「完成！　麺以外の材料は結構変えて大丈夫だし、味付けも塩だったり、さっきアデラに話した白だしでも美味《おい》しいんだよね。あと」「いいから早く食おうぜ！」

待ち切れないホセが私の説明を遮って催促した。

料理人達も待ち切れなかったのか、手分けして手際よくお皿によそって皆に配った。そして味見用に自分達の分もしっかり確保している。

「んん！　これは美味しい！　味噌汁に入れるよりソースとの相性の方が断然いいじゃないか！」

「本当ね！　これは売れるわ。アイル、このレシピを販売促進用に私達に売ってちょうだい。もちろん利益は分配するから！」

アデラはすっかり商人モードになってしまった。

「ソースの味が濃いけど、キャベツがさっぱりさせてくれて好きかも」

「味噌汁や野菜炒めにもやしを入れてたけど、こんなに麺にも合うんだねぇ」

ラファエルとガブリエルも気に入ってくれたようだ。

「これエール飲みながら食っても美味《うま》そうじゃねぇ？」

「わかる！　味が濃いから合いそうだよねぇ」

ホセとエリアスも気に入ったようだ。

「エールよりビールのが合うんだけどね、賢者アドルフがいたからあると思ったんだけどなぁ」

「ビールか……、この国《パルテナ》には無いな」

リカルドが複雑そうに微笑《ほほえ》んだ、行くのが難しい国にでもあるんだろうか。

「アイル、おかわりちょうだい！」

「あっ、オレも！」

「僕も食べる！」

無言で食べていたビビアナが真っ先におかわりを要求し、ホセとエリアスも続く。

余った分はストレージに入れて持ち帰ろうとしたのに、結局作った分が全部食べられて肩を落したのは内緒だ。

食事が終わると、アデラ達は後日通信用の魔導具を届けると言って帰って行った。

二人を見送ってリビングに戻ると、皆ぐったりとソファに身体《からだ》を預ける。

何だかんだで気を張っていたというか、警戒していたせいだろう。

「ガブリエル、ウルスカにはいつ帰れる？」

少し苛立《いらだ》った空気を纏《まと》ったリカルドが聞いた、そういえばまだ日にちがかかるなら先に帰るって話してたもんね。

また身内と離れて一人になるラファエルには申し訳ないけど、もう早く帰りたい。

「あっ、うん、大丈夫大丈夫！　来週には帰れるっていうか帰るから！　あの魔導具関連の事は済んでるんだけど、他の研究で行き詰まってる人達が相談に乗って欲しいからって引き留められてるだけだし」

「「「はぁ⁉」」」

ホセ、ビビアナ、エリアスが凄い顔でガブリエルを睨《にら》んだ。

他の人の研究を助けるのも仕事の内なら仕方ないと思うけど、三人共基本的に自分の事は自分でするタイプだからなぁ。

「まさかとは思うけどよ、その相談されてる研究の手伝いとやらをやったらガブリエルの功績にちゃんとなるんだろうな？　手伝いだけさせられて手柄は全部そいつらが持って行く、な〜んて事はねぇよな？」

「え、さ、さぁ……？」

「さぁ？　って……。そんなだから教育係やってる間に王立研究所の所長の座も奪われちゃったんじゃない？　ガブリエルにとって何の得にもならない事のために僕達は足止めくらってるの？」

「う……」

「そうよ、手伝ったんならちゃんと功績として残るように手を回すか、手柄にならないんなら全部断っちゃいなさいよ！」

「はい……」

三人から口撃されて撃沈したガブリエルはガックリと項垂《うなだ》れた。

いいように搾取されるのはどうかと思う。出世欲が無いせいで今まで何とも思わなかったんだろうなぁ。

「あっ、そういえば！　アイルに明日陛下からの褒美が届くはずだよ。本来なら王宮で謁見して賜るところだけど、事件そのものを隠蔽《いんぺい》するからって事で内密に渡す事になって済まないって言ってたよ」

おお、これで免罪符を手に入れたようなものだね！　万が一、異世界人《賢者》だと発覚してもこの国にいる限り逃亡しなくても大丈夫になるって訳だ。

なにせ王族にも有効だし！

翌日、無事に許可証を受け取り、ガブリエルも研究を連名にしない物は断ったので三日後には仕事が終わるらしい。

出発の日まで私は料理人達と一緒に帰りの食事を大量に作って過ごした。

◇　◇　◇

余談だが、この日の夕食の席で王子達の襲撃事件の真相がガブリエルから齎《もたら》された。

王女しか産んでいない側室が第三王子を産んだ側室に侮辱されたのを根に持ち、仕返しにその側室が第三王子を王太子にするために兄王子二人の暗殺を計画したように見せかけたとか。

第三王子とその母親を排除するつもりが、結局暗殺組織との連絡の痕跡から真相がバレて、娘の王女共々生涯幽閉の身となったらしい。

親の因果が子に報いって言うけど、王子達と王女からしたら完全にとばっちりだよ。

第六章　王都出発

「兄さん、道中気をつけて。アイル達も……また来てね」

「「「「いってらっしゃいませ」」」」

ラファエルと使用人の皆さんに総出で見送られ、馬に乗って屋敷を出発した。

今日でやっと王都を出発してウルスカに向かうので、寂しそうにしていたラファエルには申し訳ないけど皆内心ウキウキしてる。

それにしてもラファエルは最初の警戒していた頃に比べて随分と打ち解けてくれたなぁ。

門前広場に向かうとタイチとアデラが見送りに来ていた。既《すで》に通信用の魔導具は受け取ったので、月イチで定期連絡を取る約束をしている。

二人に見送られながら門を潜《くぐ》って街道へ出ると、誰からともなく皆が息を吐いた。

「やっと帰れるぜ～、また帰るのに一ヶ月近くかかるけどよ」

「あっ、ねぇねぇ、来る時に要塞都市《エスポナ》で酒屋巡りし損ねたから回っていい？」

「あら、要塞都市《エスポナ》だったら王都と品揃《ぞろ》え変わらないいんじゃない？」

「もしかしたら隣国《セゴニア》の直営店とかあるかもしれないし、そしたらその店でしか買えない目玉商品があるかもしれないでしょ⁉」

「あ、直営店ならあるはずだよ。確か逆に要塞都市《エスポナ》と隣接してるセゴニアの国内にも王家御用達《ごようたし》の店が出店してるはずだから。何十年も前からなんだけど、戦争してもお互い店には手を出さないって取り決めした時は揉《も》めて揉めて大変だったんだよね～」

「……ッし！」

直営店があるとのガブリエルの言葉に私は思わずガッツポーズした。お酒を買う事に関しては皆賛成なので何も言わない。

でもきっと試飲の時はまた量を減らされるんだろうな。

「アイルは弱《よえ》ぇクセに酒が好きだよな」

「僕からしたら逆に安上がりで羨《うらや》ましいけどね」

「確かにすぐに酔えるというのは羨ましいな。俺達だとアイルの三倍飲んでやっとほろ酔い程度くらいか？」

「そうねぇ、あたしもそれくらいかしら」

「いや、ビビアナは最低十倍だろ。『希望《エスペランサ》』一の酒豪が何言ってやがる」

「私はどれだけ飲んでも酔うという感覚がよくわからないんだよね、酔うより先にお腹がタプタプになってしまうから」

く……っ、酒豪共め……、ガブリエルに至ってはザルを超えてワクというやつだ。

確かにお酒の席で赤い顔を見た事無かったもんね。

「そういえば酒豪の多い地域出身の先輩に『吐いて吐いて強くなるんだよ』って笑顔で言われた事

あったなぁ。次の飲み会から言われなくなったけど」

「お前……、絶対ソレ酔っ払って何かやらかしてるだろ。次の飲み会から逆に飲むの止められたりしてねぇか？」

「…………………」

「ハン、やっぱりな」

ホセに鼻で笑われてしまった、でも言い返せないくらい心当たりがあり過ぎる。先輩方ごめんなさい、私の愚行をお許しください。

もう二度と会う事は無い先輩達に心の中で謝った、だって食事に誘われる事はあっても合コンとか飲み会の誘いがほとんど無くなったもん。後輩達からも飲み会の誘いは無かったから先輩達から聞いたんだと思う。

でももう時効ってやつだよね！

自室で飲む分には解禁だから、買《か》い溜《だ》めしておいて損は無いと思うの。

ウォッカもあるし、これでカクテルだって作れちゃうもんね。よく飲んでたやつしかレシピ知らないけど。

「ふんだ、そういう意地悪言うホセにはカクテル作っても飲ませてあげないんだからね！」

「んぁ？　何だそれ、酒なのか？」

「ふっふっふ、複数のお酒とか、お酒と果汁を混ぜて作る美味しいお酒の事だよ！　あっ」

ドヤァァと胸を反らしたのでホセの胸元にポスンと頭がぶつかり、そのせいでバランスを崩したが、咄嗟《とっさ》にホセがお腹《なか》に腕を回して支えてくれた。

「ふふん、じゃあ落馬を阻止した恩人のオレには当然ご馳走《ちそう》してくれるんだよな？」

顔を見なくてもニヤニヤしながら言っているのがわかる、悔しくて鼻に皺《しわ》を寄せていたらバランスを崩した私を支えようとしてくれたのか、いつの間にか横に来ていたリカルドが噴き出した。

「ぶふっ、アイルが凄《すご》い顔になってるぞ」

「酷《ひど》ッ⁉　お年頃の女の子に何て事を！」

「ははは、本当にお年頃の女の子だと言うのならそんな顔はしない事だな。少なくともそんな顔をした女性は見た事無いぞ」

「お前……一体どんな顔したんだ？　ほれ、見せてみろ」

「もうしないよ、お年頃の女の子だからねッ！　んむっ、やむぇてよ～」

「はは っ、変な顔」

ホセが背後から片手で頬をつぶすように顔を捕まえ、無理矢理上を向かせてきた。

頬《ほお》の肉が持ち上がってほとんど目を開けられないが、薄《うっす》らとニヤつくホセの顔が見える。

乙女の顔をオモチャにするなんて酷い。

「いい加減にしなさい！」

「ギャンッ」

どうやらビビアナがホセの尻尾《しっぽ》をギュッと握ったようだ、前にうっかりホセの尻尾を踏んだ時と同じような声を上げげたし。

「全く、遊ぶならせめて馬に乗ってない時にしなさいよ。アイルが暴れて落馬したらどうするの！」

「ちぇ、わかったよ……」

ビビアナ……そこはアイルを虐《いじ》めるなって言うとこだと思うの。

どうやらビビアナの中では私も一緒になって遊んでいた事になっているらしい。

そうこうしているとお昼になり、休憩場所で食事となった。

お昼ご飯は皆が大好きな唐揚げだ、ガブリエルの屋敷で料理人達に手伝ってもらって大量に作ってある。

そして食事が終わりかけた時、最後のひとつにホセが手を伸ばしかけたところを掻《か》っ攫《さら》い、パクリと自分の口に放り込んでドヤ顔する事により馬上での仕返しを完遂した。

そのドヤ顔を見たリカルドにまた笑われちゃったけどね！


王都を出発してから二日目、行き道で氷漬けにした盗賊を引き渡した町に、夕陽が傾きかけた頃到着した。

目を凝らすと遠くに街道の崖《がけ》がうっすらと烟《けぶ》って見える。

「先に行って宿を取っておいてくれ、部屋を確保したらゆっくりしてていいからな。俺は行きに引き渡した盗賊の報奨金を受け取ってくる」

引き渡した盗賊達は余罪の確認をして、その凶悪度によって報奨金が決まるので、人数が多いとすぐに確認できないため、帰りに受け取ると言ってあったのだ。

町の入り口でリカルドと別れて私達は先に宿へと向かった。この町に厩舎《きゅうしゃ》のある宿は多くないので、馬を見ればどこの宿にいるのかすぐわかる。

「はぁ、今日は何だか疲れたから早く休みたいわ」

いつも元気なビビアナが王都を出てから時々ため息を吐《つ》いていて、段々元気が無くなってきた気がする。

「ビビアナ、具合悪いの？　熱は無い？」

そんなに大きくない町なので下馬して歩いていたため、近付いてそっと額に触れたが熱は無い。

「ふふ、大丈夫よ、ありがとう。ちょっと……、うん、ちょっと疲れただけ」

明らかに疲れただけとは思えなかったけど、ビビアナはそれ以上何も言わなかった。

エリアスは何か知ってそうだったけど、それとなく聞き出そうとしたら微笑《ほほえ》んで誤魔化されたし。

宿の部屋は半分埋まっていたので二人部屋二つと一人部屋を取り、獣化したホセが私と一緒のベッドで寝る事になった。

ガブリエルがゴネるというお約束展開にはなったけど、部屋が無いんだから仕方ない。

他に空いてる部屋は四人部屋と一人部屋なのでどちらにしてもガブリエルは一人部屋になるのだ。

リカルドも合流した後、夕食を済ませて各自が部屋に戻り寝支度を済ませる。

私はコッソリとホセにある計画を持ちかけた。ビビアナを酔わせて悩みを聞き出そう作戦だ。

計画はこうだ、ホセには先に寝たふりをしてもらい、王都で手に入れたウォッカを飲ませて口を滑らかにさせるというもの。

ビビアナがトイレに行った隙に計画を持ちかけると、ホセはあまり気乗りしない様子だったが協力してくれる事になった。

「一応協力はしてやるけどよ、どうなっても知らねぇぞ？」

「ん？　ビビアナの酒癖は悪くないよね？」

「まぁな。はぁ……くだらねぇ話なのによ（ボソ）」

「何か言った？」

「いぃや、何でもねぇよ」

そう言うとポイポイと服を脱ぎ出したので慌てて反対を向く、するとすぐにゴソゴソとベッドに潜り込む気配がした。

そして王都の屋台で仕入れた搾りたてオレンジジュースを取り出し、魔法で出した氷を入れたコップにウォッカと半々にして混ぜる。普通の人は決して真似《まね》してはいけないやつだ。

私の手元にはただのオレンジジュース、準備ができたところでビビアナが戻って来た。

部屋に入ってきたビビアナにコップを差し出すと、不思議そうに首を傾《かし》げる。

「どうしたの？　オレンジジュース？」

「ううん、これはねカクテル。スクリュードライバーっていう美味《おい》しいお酒なんだよ。あ、私のはジュースだから安心してね」

「ああ！　昨日ホセと言い合ってたやつね。ホセは……もう寝ちゃったの？　せっかくアイルがお酒作ってくれたのに」

「うん、だからたまには女だけで飲も？」

「ふふ、それもいいわね」

ビビアナはコップを受け取ると自分のベッドに腰かけてひと口飲んだ。

「ん……っ⁉　結構強いのね、でもすごく口当たりが良くて飲みやすいわ」

「だろうねぇ、女殺し《レディーキラー》の代表格と言っても過言じゃないもん」

「あらヤダ、そんな怖いお酒なの？」

「うん、今回はビビアナに合わせて強めに作ったけど、本当はもっと弱いの。だけど飲みやすくて気付いた時にはフラフラになってたりするから女性を口説く時の定番らしいよ。他にもコーヒー牛乳味のものとか、ざくろ《グレナデン》のシロップを使った夜明けの空みたいに綺麗《きれい》なのとか色々あるけどね」

懐かしいなぁ、チーママというあだ名の友人がカクテル作って飲ませてくれたのを思い出す。私に飲むのは三杯までと言った子だ。

あ、ショートカクテル作るならカクテルグラスとシェーカーが欲しいな。そういや王都の酒屋の隅っこに調理器具っぽいのがあったけど、もしかしてカクテル用の道具もあったりして。

懐かしい事を思い出している間にビビアナは一杯目を飲み干した。珍しく既《すで》に頬がほんのり染まっている。

さっきより少しウォッカの量を減らしておかわりを作って渡すと、一杯目より飲むスピードが上がった。

「うふふ～、あたしコレ気に入ったわ。他の種類もあるなら飲みたいな～」

「じゃあジュースをグレープフルーツに変えようか。ブルドッグっていうんだけど、私はグラスの縁にレモン塗って塩を飾ったソルティードッグの方が好きかなぁ、見た目からスノースタイルとも言われるやつなの。やっぱりカクテルグラス探そう、うん」

三杯目を作りながら思考が口から漏れる。ジュース多めのロングカクテルもいいけど、シェーカーでキンキンに冷やしたキツめのショートカクテルも好きだ。

「ぷはぁ、ほんのり苦味があってコレはコレで美味しいわね。んふふ、アイルありがと～」

ビビアナはコップをサイドテーブルに置いたかと思ったら、私を抱き締めてチュッチュと頭や頬にキスを落とす、いい感じに酔っ払ったようだ。

「ビビアナ、王都出てから変だけど何かあったの？」

「王都…………、う、セシリオ……っ」

クシャリとビビアナの綺麗な顔が歪《ゆが》んだ、そういえば王都ではセシリオとデートしてたのに離ればなれになっちゃったもんね。

「そっか、セシリオとはこれからも連絡取ってお付き合いするの？」

よしよしと背中を撫《な》でながら聞く。

「ううん……、『次にいつ会えるかわからない私の事は忘れていいから、素敵な人がいたら逃がしちゃダメよ、幸せになってね。だけど再会した時に特別な人がいなかったらまたデートしてくれる？』って言ってきた……」

うわー、私が男だったら男気スイッチ入っちゃうセリフ、ますます好きになるやつだよ。

「セシリオは……何て？」

「宿の部屋だったから……黙ったままキスされて……三回戦に突入したわ……」

三回戦なんかーい！

思い出したのかうっとりとした顔をするビビアナを見ながら心の中でツッコんだが、潤み始めた目に動揺する。

「うぅ……っ、次に会った時にすっごく手慣れてたらどうしよう、戸惑いながら言われるがまま頑張るセシリオが可愛《かわい》かったのに……！」

「………………」

どうやら私が心配してた事とは違うベクトルの心配事だったようだ。そうか、離れて寂しいとか悲しいって訳じゃなかったのか。

グズグズ言うビビアナを寝かしつけていたら私を抱き締めたまま寝てしまい、オレンジジュースを飲んだせいか危うく漏らしそうになったのは秘密だ。


翌日、ホセもビビアナが落ち込んでいた原因を知っていたのに教えてくれなかった事が発覚し、いつものように馬上で言い争っていたら、ガブリエルがジトリとした目を向ける。

「また喧嘩《けんか》してるのかい？　喧嘩する程仲がいいって言うけど、仲良しだねぇ。私も気軽に喧嘩できるくらい仲良くなりたいと思ってるんだけどなぁ。アイル、私と馬に乗ってもいいんだよ？　ホセより私の方が小柄だからゆったり乗れるし」

ちょっと迷ってホセの顔を見たら、無表情で私を見下ろしていた。

口を開こうとしたら先にホセがガブリエルに答える。

「ダメだ、一応ガブリエルは依頼人だからな。依頼人に手間かけさせる訳にはいかねぇだろ」

それもそうか、雇用関係なんだから最低限の線引きは必要だもんね。

素直に前を向いて元の体勢に戻ると、後方からガブリエルのブーイングが聞こえたが放置した。

崖の街道の手前でお昼休憩に入る、でないと崖の間を抜けるまで休憩ポイントが無いからお昼ご飯がお預けになってしまう。

探索魔法で周りに人がいない事を確認して、ストレージから馬達の水桶《みずおけ》や自分達のシートやローテーブルを出して食事の準備をする。

障壁で風を防いでも気温はどうにもならない。ウルスカ程じゃないにしても今は冬なので結構寒い。という訳でガブリエルの屋敷で作ってきたポトフを出そう。

「はぁ……普段でも美味しいけど、寒い時に食べると更に美味しく感じるわねぇ」

「んむ……、アイルのお陰ででき立てアツアツなのが嬉《うれ》しいよね。このメンチカツだっけ？　衣がザクッとしてるのに中はジューシィで僕の好物になったよ」

「んふふ、ガブリエルの屋敷で料理人の皆に手伝ってもらったからいつもよりグレードアップしてると思うよ。プロは手際が違うから面白いくらいにどんどんでき上がっていくんだもん、凄いよねぇ」

私が教えたレシピの練習を兼ねて大量に作ってもらえたので、帰りの食事も安泰だ。

ウルスカに帰ってから道中より質が落ちたとか思われたらどうしよう、宿の厨房《ちゅうぼう》を借りて少しずつ私一人で作った料理を紛れさせていくべきか。

「食事はエルフの娯楽の定番だからねぇ。初代の料理長は私好みの料理を作る者を、行きつけの店から引き抜いたんだよ。それからは料理長が下の者を育ててくれたんだ」

三大欲求のひとつはほとんど無いんだもんね。寝る事はともかく、食べる事にこだわるのは必然かもしれない。

食後しばらく食休みを挟んで出発した。前回通ってからひと月近く経《た》ってるから新たな盗賊が現れてないかと心配したが、今回は何事も無く崖の街道を通過した。

「あ、エスポナが見えてきた！」

要塞《ようさい》都市の名に相応《ふさわ》しい外壁が視界に入る、まだ陽が高いから酒屋巡りする時間はありそうだ。

ガブリエルの身分証でサクッと街中に入り、行きに利用した宿で部屋を取った。

「じゃ、行ってくるね！」

皆にそう告げて部屋を出ようとしたらホセに首根っこを掴《つか》まれた。

「待て、お前酒屋巡りするって言ってただろ？　まさか一人で行って試飲しまくるつもりじゃねぇよなぁ？」

チィッ、バレたか。

でもほとんど王都と品揃《ぞろ》えは変わらないだろうから試飲する種類は少ないはず。

という事は量も回数も少ないからきっと酔う程飲まない計算だったのだ。

「だ、大丈夫だよ、手持ちに無い物しか試飲しないもん。ほとんど王都と品揃え変わらないんでしょ？　だったら問題無いよね？」

ジトリとしたホセの視線に何も疚《やま》しくないはずなのに勝手に視線が逸れてしまった。

「オレも一緒に行くからな」

「皆で飲むお酒を買うんだから皆で買いに行きましょ、ね？」

「はい……」

結局全員で酒屋巡りする事になり、やはり試飲の量を減らされた。

個人資産で高《い》いお酒買ってウルスカの自室で一人で飲んでやる！

◇　◇　◇

「はぁ……やっとトレラーガが見えて来たよ、ここまで来るとホームに近付いたって気がするよね」

「そうね、それと気温も王都に比べたらグッと下がってるから冬って感じが戻ってきたわ」

後方でエリアスとビビアナが話しているのを聞いて同意しながら頷《うなず》く。途中雪が降って足止めをくらいつつも、王都を出発して二十日《はつか》でトレラーガまで戻って来た。

ちょうど冒険者達が戻って来る時間帯に重なったので、冒険者専用の入り口には一般に比べて短いながらも列ができていた。それを横目に私達はガブリエルの身分証のお陰で短い列へと並ぶ。

あと一組で順番が回ってくるという時に後方が騒がしくなった。背後にホセがいるので身を乗り出すようにしないと私には後方が見えない。

「何か騒がしいね、喧嘩かな？」

「あ、あ～……、大物の素材持って来て騒いでるだけみたいだから気にすんな」

ホセは後方を見ようと横を向いていた私の頭を片手で掴んで前を向かせたが、大物って何だろうと思い、隙をついてホセの服を掴んでヒョイと後ろを覗《のぞ》いた。

「あっ、馬鹿」

そこにはバラバラになったヤツ《G》の素材を嬉しそうに運んでいる冒険者達の姿が。

「～～～ッ‼」

「だから気にするなって言ったのによ」

声にならない悲鳴を上げる私に呆《あき》れた視線を向けるホセ。

幸い確実に私達の方が早く街に入れるから、何とか悲鳴を呑《の》み込んで前を向いた。

「アレって大物なの⁉　一般的には手に入れると嬉しい素材な訳⁉」

あの騎士達に譲った時はとにかく触りたくなくて素材の価値なんて気にしなかったけど、あんなに嬉しそうに運んでいるという事は価値があるのだろう。

何より恐ろしいのはそれが店頭に並んでるという事だ、知らずに触ってたらどうしよう。

「まぁ……、防水防火の耐性がある素材だからな」

「私……トレラーガの防具屋には絶対行かない……」

そんな事を話している間に順番が来て門を通過した、早く宿に行って寛《くつろ》ぎたい。

スライムシートがあるとはいえ、自重《じじゅう》をずっと支えていたのでお尻も凝っている。日本にいたらマッサージに行くレベルだ。

マッサージをやり合いっこするならビビアナとかな、他のメンバーにするのはいいけど、してもらうのはちょっと恥ずかしい。

というか、こっちの世界にマッサージってないのかな？

按摩《あんま》は結構昔からあるイメージだから可能性はある。

「ねぇねぇホセ、按摩って知ってる？」

「あんま？　何だそれ」

「私は知ってるよ！　サブローがやってたやつだよね、コルバドの一部地域には按摩文化が根付いたみたいだけど、他の場所には無いはずだから皆は知らないと思うよ」

「そっかぁ……この辺には無いかぁ……」

「アイルがそんなにガッカリするって事は美味《うめ》ぇ物なのか？」

「違うよ！　何で食べ物限定なの⁉　マッサージはわかる？」

「そりゃ……疲れた時とかに揉《も》んだり摩《さす》ったりするやつだろ？」

「く……っ、マッサージはあるのか……！　えっとね、マッサージが優しく全体的にするものだとしたら……按摩はマッサージに加えてピンポイントでツボっていうところも刺激する指圧ってやつもする……感じ？」

エステなんかのマッサージもいいけど、個人的に痛気持ちいいツボ押しが好きなのだ。

二十代後半に入ってからは浮腫《むくみ》防止にツボ押しもしてくれるフットマッサージに通ったりしてたもんね。

専門知識は無いけど冒険者達に需要があるかもしれない、でも冒険者ってブーツ率高いから水虫とか多そう。

「へぇ……？」

恐らくツボが何かわかっていないのだろう、明らかに理解していない返事が返って来た。

ツボ押しは後で実践して教えてあげよう、幸いこの若い身体は肩凝りとは無縁だけど、ホセはずっと手綱を握っていたし結構疲れてると思う。

「あとでしっかり教えてあげる、実際に体験すればわかると思うよ」

祖母に頼まれて腕を上げた私のゴールドフィンガーは、犬猫をモフる時以外にも輝くという事を教えてあげよう。

私達一行は当然のように月夜の雫《しずく》亭へと向かった。

「わぁ、戻られたんですね！　いらっしゃいませ！」

受付のお姉さんがいい笑顔で迎えてくれた。幸い四人部屋も空いていたので、不満そうな顔をしているガブリエルをスルーして部屋へと向かう。

部屋に入ると全員に洗浄魔法をかけ、ベッドへダイブした。

「つあ～～疲れたぁ……っ、門前で余計な気力も使ったから余計だよ……」

「せっかくオレが前を向かせてやったのにわざわざ振り返るからだろ。それよりあんまって言うマッサージ教えてくれるんだろ？」

ホセは私の横にゴロリと転がってうつ伏せになった。楽しみにしているのか、尻尾《しっぽ》がワサワサと振られている。

私も疲れてはいるけど、道中ずっと私を乗せてくれていたお礼も兼ねてマッサージする事にした。尻尾を潰《つぶ》さないようにホセの腰に跨《また》がり指圧していく、親指を滑らせるとゴリゴリとしたツボの上を通過するので戻って三秒押し。

「ッッ！　あぁ……っ、う……、ん……っ、何だコレ……っ、ちょっと痛いけどスゲェ気持ちいいな！」

「そうでしょうそうでしょう、ふふふ……」

絶妙な力加減で解《ほぐ》してあげているとホセはウトウトと寝そうになっていた。そんな無防備な姿を見たら悪戯《いたずら》心がムクムクと……。

背中と脇の下の境目を上に押し込むようにすると、と、とても効くツボがある。

「うぁッ、痛《い》ってぇ！」

「ホッホッホ、お客さん凝ってますねぇ～、同じ姿勢でいたせいですかなぁ」

「ほっほう、そんならアイルもきっと凝ってるよなぁ？　オレがマッサージしてやるよ、ほれ寝転べ」

「あ、いや、下手《へた》な人にされると逆に悪化するらしいし……！　あっ、ヤダッ」

「てめっ、諦《あきら》めて大人しくしろ！」

呆れる三人の視線を受けつつベッドの上でドタバタしていたらドアがノックされ、受付のお姉さんが言った。

「アイルさん、エドガルドさんがいらっしゃってます」

今回もエドに到着した事がバッチリ報告されたらしい。

「はぁい」

受付のお姉さんの呼びかけに返事をしたらすぐにドアが開き、エドがお姉さんを押し退《の》けるように部屋に入って来た。

ちょっと待って欲しかった、今の私の体勢はホセにベッドの上で押さえ付けられている訳で……。

「アイル……⁉」

私達の体勢に驚いたのかエドは固まってしまい、お姉さんは気を利かせて（？）そっとドアを閉めていなくなった。

ホセもすぐに退《ど》いてくれたらいいのに驚いて動きが止まっている。

「それは私も一緒にと誘っているのかね？　どうせなら初めては二人だけの方が」「何言ってんの⁉　マッサージの途中でジャレてただけだから‼　周り見てよ、仲間達もいるでしょう⁉」

本当に何を言い出すの⁉　周りに人がいるのにベッドの上イコールでその発想って……どれだけ爛《ただ》れた生活していたんだ。

勘違いされた恥ずかしさと、思わず想像しそうになった内容のせいで頬に熱が集まる。

「そうか、少々残念な気もするが……マッサージなら私がしようか？　こう見えて得意なんだよ、アイルにだったらいつでも喜んでしてあげるが？」

「え⁉　本当⁉」

「うわっ」

エドの登場で戸惑っていたホセをペイッと撥《は》ね除《の》けて起き上がる。

バランスを崩したホセは隣のリカルドのベッドに避難した。皆もいるからエドも妙な事はしないだろうと、私はベッドにいそいそとうつ伏せになった。

「ふふふ、極上の時間をアイルにプレゼントしてあげよう」

エドはスーツのジャケットを脱ぐと脚からマッサージを始めた、絶妙な力加減で最高に気持ちいい。

「ふわぁ……、エド、すっごく上手《じょうず》……、気持ちいい……」

「本当に気持ち良さそうね、あたしもしてもらいたいわ」

「悪いがアイル以外にしてやるつもりは無い」

ふにゃふにゃになってる私を見てビビアナが言ったがエドはピシャリと断った。

「ビビアナには後で私がしてあげるよ～、脚のマッサージは人にした事なかったからエドのは勉強になるなぁ」

お尻にも手が伸びて一瞬ビクッとなったが、私が必要としたマッサージは正にコレ、痛いけど『凝りを解してます！』という感じが好き。

「いててて……」

「はは、長いこと馬に乗っていたせいか可愛《かわい》いお尻が凝ってるね、ちゃんと解してあげるよ」

セクハラ？　コレはセクハラ発言なの？

背中や肩に手が移動し、エドが筋肉質で体温が高いせいか、温かい手でマッサージされて眠気に襲われ思考が鈍る。

このまま眠ってしまいそう。何とか会話しているけど、何を話したか覚えてないかも。

「あったかいてがきもちいい……、ほんとじょうず……」

「それは良かった、人体の構造には結構詳しくてね、以前からマッサージは得意なんだ」

「あぁ……、あんさつしゃしてたなら、じんたいこうぞうくわしくないとだめだもんね……」

「ッ⁉　アイル、何故《なぜ》それを……⁉」

もう寝そう、というところでいきなりエドの身体が強張《こわば》った。

同時に仲間達が厳戒態勢に入ったのが感じられた。

「んん……？　どうしたの？」

「アイル、何故私の過去を知っているんだい？」

声色は優しいまま、手は肩や首をゆっくり解しているが、しかし空気がピリついているのを感じる。

お陰で寝惚《ねぼ》けてた頭がハッキリしてきた。

「え？　エドが裏社会出身なのって公然の秘密じゃないの？　裏社会って言ったら暗殺組織、それに騎士からの呼び出しがあった時の身のこなしからして実行役だろうし。それを知った上で身を任せてるんだけど？」

首を動かし、肩越しにエドに微笑《ほほえ》みかけた。

まぁ、側《そば》に仲間がいるっていうのも大きいんだけど、それは言わなくてもいいだろう。

二人きりの時にこのマッサージを受けるかどうかと言われたら断っていたと思う。むしろ命より貞操の危機だろうから。

◇　◇　◇

［Side　エドガルド］

アイルと出会ってから私の人生は一変した。

人は恐怖で縛るのが一番手っ取り早く、力でねじ伏せるのが簡単だ……そう思っていた。

しかしアイルは力にも恐怖にも大した事は無いと言わんばかりに対抗し、逆に私をねじ伏せた。

今まで感じた事のない感情が生まれ、アイルの意に沿うように行動した結果、多少忙しくはなったもののこれまでの人望とは比べ物にならないくらいに人心を掌握できた。

そして護衛依頼で王都へ行っている間に妙な輩《やから》に目をつけられないか心配で、あれだけ可愛かったアルトゥロにさえ呆れた眼差しを向けられる程に心が乱れた。

そして待ち望んでいたアイル帰還の連絡を受けて宿泊している宿へと急いだ。宿の者がドアの前で声をかけると愛らしい声で返事が聞こえ、我慢できずに宿の者を押し退けるようにドアを開けると信じられない光景が目に飛び込んで来た。

パーティ仲間の獣人に組み敷かれているアイル、その状態で対応するという事は三人で楽しい時間を過ごそうと……⁉

思わずあらぬところが元気になりかけたが、アイルに否定されてしまった。

やはり初めての時は二人きりがいいという事だな、うん。

マッサージをしていたというので自ら買って出た。暗殺者になるために人体構造を学んでいたし、ターゲットに取り入るためにマッサージの訓練も受けていたから得意だ。

何よりこの手でアイルに触れる絶好のチャンスだしな、ふふふ。

さっき宿に着いたばかりでアイルの小さな身体は疲労が溜《た》まっているようで、優しく解していくと手放しで褒めてくれた。

そして可愛らしいお尻に触れると、馬に乗って移動していたからか軽く押しただけで痛みを訴える程に疲れている。

本来指先を触れるだけで良かったが、役得として掌《てのひら》全体で形のいいお尻を包み込む。

一瞬だけ身体に力が入ったが、すぐにまた力が抜け、私に身を任せてくれているのだという事に歓喜で心が震えた。

気持ちよくて眠くなったのか、話し方もゆっくりになってきた事に思わず笑みが浮かぶ。

しかしアイルの口から私が過去に暗殺者をしていた事が語られて動揺した。何とか心を落ち着かせて何故知っているのか問いかける、さりげなくいつでも押さえ付けられるように首元へと手を動かしながら。

こんな会話でなければアイルの赤児《あかご》のような肌理《きめ》の細かいしっとりとした肌をじっくり堪能するのに。

その瞬間、アイルのパーティ仲間も私の動きを警戒しているのがわかった。しかしアイルはあっさりと公然の秘密となっている噂から推測し、そして元暗殺者だとわかっていて私に身を任せているると言ってくれた。

アイルという人物を知れば知る程心が惹《ひ》かれる。今すぐ連れて帰ってこの身と心を捧《ささ》げて尽くしたいと思ったが、アイルはそれを望まないだろう。

マッサージを終えるとお礼兼お土産《みやげ》だと言って氷で冷やされた新鮮な魚の切り身を手渡され、その魚を使った夕食を共にする約束をとりつけて一旦《いったん》仕事に戻る事にした。

屋敷に戻ると途中で放り出した仕事と共に、無言で不機嫌さを撒《ま》き散《ち》らすアルトゥロが待ち構えていたが。

◇　◇　◇

「アイル、一人で大丈夫なのか？」

「大丈夫だよ、……多分。お酒は飲まないようにするし」

心配そうにしているリカルドを宥《なだ》めつつお迎えの馬車が来たと言うので部屋を出た。

宿を出ると「愛想？　それって美味《おい》しい？」と言わんばかりに無表情のアルトゥロが待っていた。

「アイル様、お迎えにあがりました」

「私に丁寧なアルトゥロだなんて背中がゾワッとする！　普通でいいよ⁉」

貴族を相手にしているかのように頭を下げるアルトゥロに対し、思わず思った事が正直に口から出てしまった。

「…………………今夜のアイル様はエドガルド様の正式なお客様ですので」

なるほど、前回拉致《らち》られた時はアルトゥロ達と同じエドの愛人候補くらいにしか思ってなかったから雑な対応でも許されたけど、今回は大事なお客様というカテゴリーって訳か。

内心では私の事を罵倒《ばとう》してそうだけど、実害が無いからよしとしよう。

馬車に乗り込む時に手を差し出されたりと、どこぞの令嬢のような扱いにソワソワしつつもエドの屋敷へと移動した。

移動中に馬車の窓から外を眺めていて、貧民街《スラム》の様子が以前と違う事に気付いた。

虚《うつ》ろな目で座り込んでいる人が見当たらない、スキットル片手のお爺《じい》さんの姿も。

「何か……雰囲気が変わったね……？」

「それはそうでしょう、エドガルド様が治安を良くするために奔走しておられるのですから。私財を投じてごろつき達を雇って警備に回し、年寄り達には仕事中は酒を飲まない事を条件に孤児達に持っている技術を教えさせたりと………。僕が子供の時にそうしてくれていたら……」

「アルトゥロ……」

最後には遠い目をして呟《つぶや》いたアルトゥロに何と声をかけたらいいのかわからず言葉が続かなかった。

「あ、いえ、何でもありません。エドガルド様が直接話した者以外にはあなたの言葉が切っかけというのは知られていないので、エドガルド様が尽力されてとても安全で過ごしやすくなったと町での評判は素晴らしいものになってます。衛兵が動かない小さな揉《も》め事《ごと》にも店が登録料を払っていれば手助けする仕組みになっているので、以前より商人ギルドを掌握できてますし」

それってみかじめ料とかいうやつなのでは……⁉

でもまぁ、クマノミとイソギンチャクよろしく助け合いになってるならアリかな。

屋敷に到着すると見覚えのある厳《いか》つい人達が門番をしていた。

「お待ちしておりました」

「⁉」

馬車を降りた途端に見た目に似つかわしくない言葉をかけられ、思わず固まってしまった。

「いやぁ、お嬢さんの発案だったんだろ？　ここの治安良くするっての。今まで遠巻きにされてた俺達がよ、皆に感謝されてお礼言われるなんて昔じゃ考えられなかったからな。だからずっとお礼が言いたかったんだ、お嬢さんに感謝してんのは俺達だけじゃねえから代表して言わせてもらうぜ、ありがとよ」

一人が照れ臭そうにスキンヘッドの頭をポリポリ掻《か》きながら言った。

「私は提案しただけで何もしてないよ、頑張ったのはあなた達なんだから胸を張っていいと思う」

「ははっ、そうか……」

鼻の下を人差し指で擦《こす》りながら目尻《めじり》に光るものが見えた。鬼の目にも涙……見た目で思わずそう思った私は悪くないと思う。

食堂へと通されるとエドが着飾って待っていた。防具は外しているものの、冒険者スタイルで来てしまって申し訳無いレベルだ。

本当は街中を歩く用のワンピースを着てこようかと思ったけど、仲間達に反対されてしまったのだから仕方ない。

結局何かあった場合にいつでも俊敏に動けるようにとこの格好になったのだ。その事からわかるように皆からのエドの信用はほとんど無い。

私個人としては王都へ向かう時に私の変化に気付いてくれたので、エドの株は爆上がりしている。これで良識を持って変態じゃ無ければ、仕事もできるし今のところ一途《いちず》で誠実だからかなりいい男だと言えるだろう。

「ようこそアイル。お腹《なか》は空《す》かせて来てくれたかな？　アイルがくれたお土産で料理人が張り切っていたから楽しみにしてくれていいよ」

「うん、お腹空いたから早く食べたいな」

三十畳程ありそうな食堂にしてはこぢんまりとしたテーブルが置かれている、床に残る跡を見る限りテーブルを入れ替えたようだ。

大きいテーブルだと距離があるから会話しやすいように……なんだろうか。

誘惑を撥《は》ね除《の》け食前酒を断り果実水にしてもらった、アルコールの匂いさせて帰ったらホセに絶対バレるし。

運ばれて来る料理は全て絶品だった。そして魚料理とソルベの後に出てきたメインディッシュに刺身……、うん、刺身には違い無いが魚では無く肉が運ばれて来た。

「これは……馬刺し？」

個人的にはニンニク醤油《じょうゆ》や生姜《しょうが》醤油よりユッケやわさび醤油にネギで食べるのが好きだ。もにゅもにゅとした食感を楽しみながら味わう。

「ほぅ……、アイルは食べた事があったんだね。馬肉は貴重だから珍しいかと思って出したんだが……食べ方も綺麗《きれい》だしアイルは貴族なのかい？」

この世界で馬は貴重な労働力なので、その辺の馬でも家一軒くらいの値段はする。不慮の事故に遭ってもポーションで回復させるため、食肉になる事は滅多にない。なので私が食べたのは日本でだけだったりする。九州へ旅行に行った時のお土産や、取り扱ってる居酒屋で食べたくらいかな。

「違うよ、貴族の養女にならないかと誘われた事はあったけどね」

「それは……断ったと判断していいのかな？」

「もちろん、私は冒険者を続けたいし」

「良かった、貴族になってしまったらまともに話もできなくなってしまうからね。その原因を潰《つぶ》さなくてはならないところだったよ」

ニコニコしているが言っている事はかなり物騒だ、やはりエドには良識やら常識が欠けている気がする。

「あはは……。あ、そういえばエドからもらったドレスがあって助かったんだ、ありがとね」

「え……⁉　アレを着てくれたのかい⁉　だったら今夜着て来てもらえば良かったな。私もアイルが着たところを見たかったよ、いつ着るような場面が？」

「ガブリエル……王立研究所員のエルフの彼ね、そのガブリエルが夜会に出なきゃいけなくて、その時パートナーとして出席したの。暗器も扱いやすいデザインだったから助かったよ」

「⁉　暗器が必要になるような危険がアイルの身に？」

エドの身体から殺気が漏れ出す、その空気を感じ取ったのかアルトゥロや控えていた給仕が息を呑《の》んだ。

「違う違う、同席していたお……っとぉ、コレは秘密にしなきゃいけない事だから内緒。危なかった、ポロッと国家機密をバラしちゃうところだったよ、あはは……。ふぅ、このデザートのケーキも美味しいね」

違う意味でアルトゥロ達は再び固まってしまったけど、エドは国家機密に触れるなんてさすがアイルだ、なんて笑っていた。

帰りはエドと何故《なぜ》か更に対応が丁寧になったアルトゥロに馬車で送ってもらい、エドは翌日必ず見送りに来ると言い残して帰って行き、私はホセに匂いチェックされた。

「なんだよ、まだ怒ってんのか？」

寝支度を済ませて各自ベッドに入る頃、私はひとりむくれていた。

ちゃんと約束通りお酒は飲んでないって言ったのにホセにチェックされたので、信用してくれなかった事に対して不満を顔に出しているのだ。

「ったく……、ほれ、モフっていいから機嫌直せよ」

モフっていいとの言葉にチラリと視線を向けると、ホセが服を脱いでいたので慌てて反対を向く。

ベッドが軋《きし》む小さな音と衣擦《きぬず》れの音がしたかと思ったら、頬をペロリと舐《な》められた。

しかもお座りしてコテンと首を傾《かし》げるというあざとい仕草で私の心を鷲掴《わしづか》みに……！

「もう……っ、誤魔化されてあげるのは今回だけなんだからね！」

ガバッと襲いかかるように獣化したホセを抱き締めてベッドに寝転び、向かい合う状態で私の身体の上にホセを乗せて下から顎《あご》から頬にかけて挟むようにわしゃわしゃと毛並みを堪能する。

ちょっと重いけど、この重さがまたいいんだよね、友人の一人が寝返り打つのも大変なくらい重いかけ布団が好きって言ってたけどこんな感じかな、いや、ちょっと違うか……。

飼い犬と違って首輪をしていないので、首筋に頬擦りしても柔らかな毛の感触しかしないから思わず頬擦りの速度も速くなるというものだ。

「何と言うか、相変わらずアイルは獣化しているホセの事をホセと思ってない扱いをするな……」

「だよね、人型のホセには絶対にしないような事をしまくりだし」

「ふふっ、ホセも何だかんだ喜んでいるんだからいいんじゃないかしら、尻尾《しっぽ》は正直よね」

確かに人型のホセに同じような事をしたらただの痴女だが、獣化したホセの前にいる私は一人の犬好きだもんね。

最初はホセも仕方なくモフらせてくれてる感が強かったが、今では私のフィンガーテクに籠絡《ろうらく》されたのかモフらせてやると言いながら尻尾が揺れているのだ。

しかも時々今回のように犬っぽい仕草でまるで誘い受け……ゲフンゲフン、私が手を出さずにはいられないように仕向けて来る。

一頻《ひとしき》りモフると、ホセの体温とモフモフで幸せを感じながらウトウトしてくる。

空《そら》は室外犬だったから一緒の布団で寝るなんて許されなかったなぁ、一緒に寝たら枕に噛《か》み付いたまま振り回してめちゃくちゃにしたかもしれない。

散歩中にうっかりリードを離した時に持つ所を咥《くわ》えて逃げるような子だったけど、マーキングに勤《いそ》しんでいる間にあっさり捕まるおバカさんなのが可愛《かわい》かった。

「そら……」

◇　◇　◇

［Side　ホセ］
さっきまでワサワサと動いていた手が止まり、目を瞑《つぶ》ったアイルが以前飼っていたという犬の名

前を呟いた。

呼吸音からしてどうやら眠ったらしい。

ふぅ、と息を吐いてアイルの身体の上に突っ伏した、…………何だか顔に当たる感触が前と違う気がする。

「ふふっ、ホセはまだ飼い犬に勝てないようね」

うるせぇ、過ごした時間が違うせいだろ。そう言いたかったがアイルがオレを抱き締めたままなせいで動けず人型に戻れないため、ビビアナをジロリと睨《にら》むだけにした。

「だけどその犬ってもう死んでるんでしょ？　なのに未《いま》だにこうやって名前が出てくるなんて凄《すご》いよね」

「ああ、それだけ大切な存在だったんだろう。俺達もアイルにとってそんな存在になれるといいな」

リカルドが微笑《ほほえ》みを浮かべてアイルの寝顔を眺める、既《すで》に妹みたいに可愛がってるもんな。

不意にアイルが寝返りを打ってペイッとオレを放り出した。

眠ってしばらくすると大抵こうやって投げ捨てるように放される、同時に被《かぶ》っている布団も蹴《け》り飛ばす事も多いから暑かったんだろう。

この宿は安宿と違って空調の魔導具が使われているため、何もかけず寝ても風邪を引かない程度には暖かい。

シーツを咥えて被せてやると、また寝返りを打って寝言を言い出した。

「ホセ……それはもぅ味見じゃなくて摘《つま》み食《ぐ》いだよぅ……」

「「ぶはっ」」

それはいやにハッキリした寝言で、聞いた瞬間三人が噴き出した。

「くっ、くくくっ、ホセはアイルの夢の中でも摘み食いしてるんだね」

「常習犯だから仕方ないんじゃないかしら？　ふふふっ」

「ははは、ソラに負けずに夢に出て来たんだからいいじゃないか」

チッ、何でオレが笑われなきゃなんねぇんだよ、こうなったらアイルに意趣返ししてやりてぇな。

朝起きた時にオレが人型だったら前みたいに固まるかもしれねぇ、あの時は内心笑っちまうくらい動揺してたみたいだしな。

だけど裸のままだとアイルがビビアナに泣きついて仕返ししようとするかもしれねぇし、とりあえず服だけは着ておくか。

考えが纏《まと》まったところで人型になって身体を起こした。

「あれ？　どうしたんだい、ホセ」

「今夜は人型のまま寝ようと思っただけだ」

「あんたが人型で寝たらベッドが狭いでしょ、何でわざわざ？」

「多少狭くてもアイルが小せぇから寝られなくはねぇよ。アイルに対してはちょっとした嫌がらせだな」

朝起きた時に驚くアイルを想像してニヤリと笑う、アワアワするアイルは見ていて面白いからな。

狭い分腕枕してアイルを背後から抱き締めると、柔らかな身体とオレより低い体温が獣化してる時よりわかりやすくて心地よく、あっさりと睡魔に襲われた。


朝、腕の中でアイルが身動《みじろ》ぎ……、いや、何かプルプルしてる？

起きなきゃならないが、アイルの柔らかな身体が心地よくてあえて抱き竦《すく》めた、ん？

手を動かすとムニムニと掌《てのひら》の中に柔らかいモノが……。

ヤバい、手を放した瞬間叫ばれそうだ。今は混乱して固まってるみたいだけどダメなやつだろ。

そっと先に口を塞《ふさ》いでから胸を触っていた手を離す。

「悪《わり》ぃ、寝惚《ねぼ》けた」

「んぐぅッ⁉」

他のヤツらはまだ寝てるからと、耳元で囁《ささや》いたら抗議の声が上がった。ヤバい、かなり怒ってんな、コレ。

何か喜びそうな事で気を逸らさねぇと、…………あ。

「アイル、お前胸大きくなったな？」

◇　◇　◇

私は混乱した、目が覚めたらホセが人型になって私を抱き締めて寝ているわ、しかも片手が私の胸を掴《つか》んで……揉《も》んだッ⁉

思わず大きな声を出しそうになった瞬間口を塞がれ、耳元で寝起きの少し掠《かす》れた低い声で「悪《わり》ぃ、寝惚けた」と囁かれた。

「んぐぅッ⁉」

イケメンだからって、そんなセクスィーヴォイスで謝ったくらいで赦《ゆる》されると思ったら大間違いだからな⁉

口を押さえられているから振り向けないけど、私が怒っているのはわかったらしい。

少しわざとらしいくらい明るめの言い方でホセから出た言葉は……。

「アイル、お前胸大きくなったな？」

「…………………ッッ‼」

機嫌取り⁉　まさか機嫌取りで言ったの⁉

もしこれが触ったからわかったというなら以前にも触ったという事、私はホセに触られた記憶は無い……という事は……。

「ふぐふがッがごごッ‼《いっさわったのょ》」

暴れて抗議したいが抱き竦められているので暴れる事もできない、口を押さえられているからフスーッフスーッと自分でも興奮しているのがわかる鼻息が漏れる。

「あ、いや、わざとじゃねぇんだ。とりあえず何言ってるかわかんねぇし、ちゃんと謝るから……手ぇ放すけど叫ぶなよ？」

承諾しなかったら手を放してもらえないだろうと、渋々コクリと頷《うなず》いた。

ソロリと解放されたので身体を起こしてホセの胸倉を両手で掴み、朝日は昇ってるけど他の皆はまだ寝てるので声を抑えてホセを締め上げる。

「大きくなったと言うのなら前にも触ったって事だよね？　いつ？　いつどこで触った訳⁉」

「違ッ、違うって、昨夜みたいにオレを上に乗せる時顔を伏せたら当たるだろ？　昨夜は今までと当たる感触が違ったような気がしたから言っただけだって」

私の怒りを感じ取ってか、ホセはタジタジになりながら答えた。

「ホセ……っ、今まで私がモフってる間に胸の谷間の感触を堪能してた訳⁉」

ホセの言葉に思わず私はバッと胸を隠すように押さえた、そうだったらドン引きである。

「バ……ッ、そんな訳ねぇだろ！　大体堪能する程の谷間なんてねぇだろうが‼　……あっ、悪《わり》ぃ」

売り言葉に買い言葉だったかもしれないが、自分の失言に気付いたホセは自分の口を手で押さえた。だけどハッキリ聞こえたからね⁉

「もぉ～、朝っぱらから何喧嘩《けんか》してんの？」

「ホセがアイルの胸を触った触ってないの話で谷間なんて無いだろ、なーんて酷《ひど》い事言ったんだよ。元から絶壁って訳でもないのにねぇ？」

「あっ、エリアスてめぇ！」

目を擦《こす》りながら身体を起こすビビアナに、いつから聞いていたのかエリアスがザックリ説明した。

そしてさりげなく私に対してフォローを入れたので、ホセに裏切り者を見る目を向けられている。

「うわぁぁん、ビビアナ！　ホセが酷いよぅ」

私はビビアナを味方にすべく、ウソ泣きしながらビビアナに抱きついた。

「よしよし、そんな酷い事言うホセなんてもげちゃえばいいのにねぇ……」

「何だ……？　またホセがアイルを泣かせてるのか？　ちゃんと謝らないとダメだぞ」

この騒ぎで最後にリカルドの目が覚めたようだ。野営の時は眠りが浅いリカルドだが、安全な宿や家では何気に一番寝ているかもしれない。

「もう謝ったんだよ、赦してくれねぇだけで……」

「アイルだったら可愛く謝ったら赦されるかもしれないけど、ホセは可愛くないもんね。あはは」

「可愛く…………あ」

ムッツリと答えるホセに、完全に面白がってるエリアスが言うと、ホセがポンと拳《こぶし》で掌を打ったようだ。

私はビビアナにしがみついたまま背を向けているので見えなかったが、誰かが近付く気配がした。

「キュウ……」

哀しげな犬の声が聞こえて振り向くと、耳をペタンと寝かせて私の隣に伏せる獣化したホセの姿。尻尾《しっぽ》も最大限に垂れてベッドに落ちている、時々私をチラッと見ながらキューンキュゥンやクゥンと哀しげに鳴くという卑劣な行動に出た。

「く……っ、卑怯《ひきょう》な……ッ」

もうひと押しと思ったのだろうか、ホセはコロンとお腹《なか》を見せて寝転がった。

私の弱点を的確に突いた精神攻撃に思わず赦しそうになる、だけどさっきの屈辱はこの程度で赦

しちゃいけないと思うの！

何かホセにペナルティを、と考えていたらいい事を思い付いた。

「ホセ……本当に反省してるなら今日一日ずぅっと獣化のまま過ごしてね！　もう一人で馬にだって乗れるからホセを前に乗せて移動すれば大丈夫でしょ？　そしたら全部赦してあげる」

ククク……、そうすれば女の子に馬に乗せてもらうという男にとっては耐え難い屈辱（らしい）と、私の傷付いた心もモフモフで癒せるという一石二鳥の名案!!

一瞬ホセは固まったが、諦《あきら》めたように頷いた。

朝食の時に獣化したままのホセにガブリエルがどうしたのか聞いて来たが、経緯は説明せずに今日は私が馬の手綱を握るからとだけ伝えた。

ホセは獣化したままなので私の膝《ひざ》の上で食事をさせ、食後は宿を引き払ってデスティーノ商会へ顔を出し、ミゲルに王都で流行最先端の雑貨をお土産《みやげ》として渡してきた。

そして門前広場へ向かうと当然のようにエドが待っていて、今度はゆっくりできるように来ると約束させられ、中々手を放さないエドと別れた。

門を出てからホセはピョイと飛び乗ったが、私はリカルドに抱き上げられて馬に乗る。

ホセの後ろ姿は空に似ているから嬉《うれ》しくなってしまう、時々頭や耳に頬擦《ほおず》りしつつ馬を走らせ、休憩では獣化して手が使えないので朝と同じく私が食べさせた。

「何か……、思いっきりアイルにお世話されてるから罰っていうよりご褒美になってない？」

そんなエリアスの声が聞こえたが、私が癒されているから問題は無いのだ。

第七章　新人兄妹《きょうだい》

「あぁ～、帰って来たねぇ」

ウルスカ近くのいつも探索する森が見えて来た時点でエリアスが噛《か》み締《し》めるように言った。

今の私は出発時と同じようにホセの前に乗っている。あの一日獣化キープの刑の時にホセはあえて犬っぽく振る舞ってくれた。

空《そら》が死んでから一年経《た》ってないし、思い出しただけで秒で泣けるけど、かなり私の心は潤った。

なので私の胸を触った事や心無い言葉を投げつけた事は赦《ゆる》した、ただあれからホセと寝るのを躊躇《ためら》うようにはなってしまったけど。

護衛の仕事中だからか、ほぼ娼館《しょうかん》に行けてなかっただろうし、ホセも寝惚けていたみたいだけど、だからといってアレ以上手を出されたら赦せなくなると思う。

冬だし人肌が恋しくなる気持ちはわからなくもないけどさぁ。

「はぁ、やっぱ寒い……王都の暖かさが恋しいね」

「はは、あとひと月もすればコートも要らなくなるさ」

粉雪がチラつくのを手で受け止めながら言うと、リカルドが教えてくれた。

暦も季節もほぼ日本と変わらないようで、感覚が狂わなくて助かる。

そっかぁ……、あとひと月で春なのか、今は二月半ばだからそんなもんか。

「今年で私、十六歳になるのかぁ。まだまだ成長しちゃうねぇ」

この身体は女神様が創ってくれたものだからもしかしたら転生した日が誕生日になるのかもしれないけど、あの日が何日かなんて覚えてないから仕方ない。

「毎日見てるせいかあたし達にはわからないけど、エドは成長してる的な事言ってたものね。成人してから成長するなんて珍しいんだけど、まぁアイルだし」

「ああ、見た目もそうだが成長の早さも違うのかもしれないな」

「サブローはこっちに来た時点でオジサンだったから、成長じゃなくて老化しかしなかったけどね。あはは」

「あ、それ文献で見た事あるかも、それでも実年齢より若く見えたらしいね」

「私達エルフには及ばないけど、確かにサブローの年齢知らない人が聞いた時は皆驚いてたね」

「向こう《異世界》でも私達は民族的に若く見られてたからね。海外旅行したら自分の子供くらいの子にナンパされたとか聞いた事あるし」

「スゲェな、でもアイルの一年後とか二十年後の想像しても、今と大して変わらない気がするな。むしろ老けたアイルが想像できねぇ」

「ちゃんと大人に見えるくらいには成長するから安心してよ、結婚だって申し込んで来た男の一人や二人や三人いたんだからね！」

全部破談にはなったけど。心の中でそう続けたが、とりあえず見栄を張るためにも胸を反らしておいた。

…………あれ？　皆のリアクションが無い。

どうしたのかと振り向くと皆が目を見開いて固まっていた、そこまで信じられないワケ⁉

「嘘《うそ》なんてついてないからね⁉」

「あ、いや、そうじゃなくて……アイルの国はエドガルドみたいな趣味の人が多いのかなぁ……って」

エリアスが苦笑いしつつ言った。

「前の私が二十七歳って事忘れてない？　とっくに成人してたんだから結婚だってしていてもおかしくないんだよ⁉　それにあっちは二十歳《はたち》の若さで結婚する人なんて少数派なくらいだし」

「へぇ、二十歳でも結婚しない人多いのね」

ビビアナが話に食い付いた、こっちの女性は二十歳までに結婚してる人がほとんどだもんね。

既《すで》に二十二歳のビビアナは行き遅れと言われる年齢に片足を突っ込んでいるのだ。

「そうだよ。三十代で結婚する人も珍しくないし、むしろ一人が気楽過ぎて恋人は欲しいけど結婚はしたくないって人もいたからねぇ」

「わかるわぁ～、結婚したら恋人より縛りがきつくなるものね。私はいつまでも恋多き女でいたいわ」

「ふふっ、船乗りで港ごとに現地妻がいる人っていうのは聞いた事あるけど、ビビアナは将来街ごとに恋人がいたりして」

「あら、それいいわね！」

「え⁉」

ほんの冗談のつもりだったのに本当に実行しそうな勢いだ。

「ビビアナなら本当にやるかもしれねぇな、ははは」

「ははは って……、止めなくていいの？」

「ビビアナだからな、上手《うま》くやるんじゃねぇ？」

「相手も了承してるならいいけど……騙《だま》して付き合うのは…………やだなぁ」

乗り気のビビアナに水を差したくなくて、ポソポソとホセにだけ聞こえるように呟《つぶや》いた。

「それなら大丈夫だろ、あいつは騙してまで付き合おうとはしないだろうしな。どっちかってぇとセシリオみたいに一定期間だけってのが多いんじゃねぇ？　ビビアナが誰かにずっと固執してるのって見た事ねぇし」

「そっか……、そうだよね」

長い付き合いのホセが言うなら間違い無いだろう、私はホッと胸を撫《な》で下《お》ろした。

「もうウルスカが見えてきてしまったね、楽しかった旅も終わりかぁ……。また魔導期時代の魔導具を君達が発見してくれるの待つしか無いね」

「そうそう発見できる物では無いと思うんだが……」

「あはは、それなら発見できそうな所に出向くしか無いんじゃない？」

「発見できそうな所なんてあるの？」

「海辺は結構発見率が高いんだよ？　トレラーガを王都とは別方向に進むと海があるんだけど、海の交易路なだけあって昔難破した船から海流に乗って流れついたり、海賊が根城にしてた洞窟《どうくつ》から見つかったりね」

　私の疑問にエリアスが答えてくれた、本当に物知りだよね。

「へぇ、そっちの海にも港町があるなら行ってみたいかも」

「あるよ、他国へ船で行くための港だからモリルトの漁港程海鮮が揃《そろ》ってる訳じゃないけどね。でもトレラーガに運ぶ品が到着する港な分、珍しい物は多いかも」

「そうなんだぁ、その内行ってみたいな」

「そうだな。今回の依頼で結構稼いだし、一度行ってみるのもいいかもしれない……な」

「やったぁ！」

　ウルスカの門前の列に視線を向けていた私は、リカルドが複雑そうな顔をしているのに気付かなかった。

◇　◇　◇

「こちらが今回の依頼料となります。そして『希望《エスペランサ》』の皆さんはAランクに昇格しますので、冒険者証をお預かりします」

　ギルド長室のテーブルの上に受付嬢のバネッサが金貨を十枚並べたトレーを置いて、全員の冒険者証を受け取ると部屋から出て行った。

割のいい仕事だと聞いてたけど、三ヶ月で約一千万円はかなりの好条件だ。

「で、こっちがAランクパーティ昇格の書類だ、おめでとう」

ギルド長のディエゴが差し出した書類を受け取り、リカルドが破顔する。

「ははっ、これで目標に届いた……」

「良かったね。出会った時から目標だったもんね、Aランク」

リカルドと一番付き合いの長いエリアスが軽く肘《ひじ》で突《つつ》いた。何でSランクじゃなくAランクなんだろう？

「そういやパーティ組んだ時に言ってたな。とりあえず目標達成おめでとさん」

「これで他の国にも行きやすくなったわね」

何やら私の知らない情報が出てきた。登録時に高ランクについては追々説明してくれるという話だったけど、結局聞いてなかったし。

「えーと、リカルドは何でAランクが目標だったの？　あと他の国に行きやすくなるのはどうして？」

私の質問に皆「知らないの？」と言わんばかりに瞬《まばた》きをした。

「Aランク以上になるとな、どこの国に行っても王侯貴族ですら勝手に冒険者を辞めさせたりできなくなるんだよ。凄腕《すごうで》の冒険者を勝手に辞めさせられるとギルドとしても困るから、そういう協定を結んでいるんだ。指名依頼も基本的に断れねぇが、Aランク以上は緊急依頼以外は自由に選べるしな。じゃなきゃ自勢力に取り込みたいっていうお貴族様からのくだらねぇ依頼がわんさか来ちまうからよ」

ギルド長なだけあってディエゴがわかりやすく説明してくれた。自由が保障されるっていうのは嬉《うれ》しいかも、だからリカルドも目標にしてたのかな。

「俺は冒険者を続けるために横槍《よこやり》が入らないようにしたかったんだ。これで誰にも邪魔される事なくどこでも冒険者を続けられるからな」

リカルドは書類を宝物を手に入れた子供のようにニコニコしながら眺めている。いつもどっしり構えているイメージの強いリカルドの珍しい姿に周りは目を細めて見守った。

しかし、誰にも邪魔される事なく、という事は家族にでも反対されてたんだろうか。

そういえばホセとビビアナはマザーのいる孤児院出身なのは知ってるけど、リカルドとエリアスについては何も知らないという事に今更ながら気付いた。

「あ、そうそう。お前らが王都に行ってる間にも新人が増えてるから気を付けろよ……アイル。新人にしちゃあ腕が立つ奴《やつ》に限って性格が碌《ろく》でもねぇってのが多いからな。ま、冒険者同士のいざこざにゃギルドは不介入だ、お前さんに躾《しつけ》られたら大人しくなるかもしれねぇな」

明らかに面白がってニヤニヤしている。

「それは……私みたいに弱そうに見える人に絡むようなクズの新人がいるからガツンとやって大人しくさせて欲しい、という事？」

「いやいや、さっきも言ったがギルドは不介入だ。ただ……アイルが一人でいたら間違い無く絡んで来そうではあるな」

ディエゴはニヤリと人の悪い笑みを見せた、それって結局肯定してるよね？

そんなに期待されてるならしばらくはギルドに出入りする時には身体強化かけておきましょう、ふふふふ。

「さて、これで話は終わりだ。長旅ご苦労さん！　しばらくは休養するんだろ？」

「そうだな、三日くらいはゆっくりするか……」

「とりあえずアイル、お前先に下のフロアに行っとけよ。そろそろ報告に新人達も戻って来る時間だろうし」

一緒に行けばいいのにホセが尻尾《しっぽ》を振りながら言ってきた、つまり新人の躾をしろと。

「帰る前に冒険者証を忘れずに受け取って帰れよ。ちゃんと順番待ちして、な？」

「………じゃあ先に行ってカウンターに並んでおくよ。皆はゆ〜っくり来てもいいからね」

ホセとディエゴのニヤニヤした笑みを見つつ、私は先にギルド長室を出て下のフロアへと向かった。身体強化をかけるのを忘れずに。

夕方のため、カウンターの前は依頼報告の列ができていた。

久しぶりに見るホセより大きな身体をした厳《いか》つい男の後ろに並ぶと、気配に気付いたのか振り返ったが、キョロキョロを辺りを見回した後、下《私》を見てニカッと笑った。

「おう、嬢ちゃん久しぶりだな。元気だったか？」

「うん、馬の移動のお陰で素敵なくびれもできて満足してるよ」

「わははは！　そりゃあ良かったな！」

「でしょ？　ところで元気な新人が増えたって聞いたけど……まだいないみたいだね」

「ん？　そうだな、そろそろ来るんじゃねぇか？　…………ん？　ハッハ～ン、そういう事か。お、来たぜ、クククッ」

私の言葉の意図がわかったのだろう。新人とやらが来たのに気付いて、大男は忍び笑いを漏らしつつ前を向いた。

あえて振り向かずに列に並んでいたら、予想通り数人の足音がこちらに向かって来た。

「おいおい、何でここにこんなガキがいるんだぁ？」

「本当だ、ちっせぇな、迷子じゃねぇのか？」

「お嬢ちゃーん、依頼出すならアッチのカウンターだぜぇ？」

イキった若者、そんな言葉がぴったりのテンプレな絡みに思わず噴き出しそうになり、グッと笑いを堪《こら》えるために俯《うつむ》く。

そして酒場フロアではこれから起こるであろう騒ぎを見物すべく、エールを注文する声が飛び交っている。

「おいおい、ビビって泣いちゃったんじゃねぇの？」

「お嬢ちゃ～ん？　大丈夫でちゅか～？」

「ギャハハハ、オメェの赤ちゃん言葉なんて気色悪いっての！」

「俺も自分で言ってて気持ち悪かった、なんてな！　わははは」

笑いを堪えて俯いていたら、震える肩を見て勘違いした新人達が更に調子に乗り始めた。

ニヤついている周りには気付いてないようだ。受付嬢ですら憐《あわ》れんだような微笑《ほほえ》みを浮かべているというのに。

「ほれほれ、さっさと家に帰って母ちゃんに甘えてこいよ。お前の順番は俺達が代わってやるぜ」

私の肩を掴《つか》もうとした手を、パンといい音が鳴るように払い除《の》ける。

「全く……、女が三人集まると姦《かしま》しいとは言うけど、男三人でも十分姦しいんだね？　自分が母親にまだ甘えたいからって私まで同じだと思わないでくれる？　相手の実力もわからない坊やはお呼びじゃないの」

腕を組んで思い切り見下し、ハンッと鼻で笑ってやった。

酒場からヒューヒューと囃《はや》し立てる声や口笛が聞こえて来て、呆然《ぼうぜん》としていた新人達はその声に正気に戻りいきり立った。

「てめぇ！　優しく言ってりゃ調子に乗りやがって‼」

いつ優しく言ったんだ、赤ちゃん言葉の事じゃないよね？

心の中でツッコみながら掴みかかって来たので逆に懐に入り込むと、胸倉を掴んで足元を横に蹴り払った。

掴んだ胸倉を支点に弧を描くように華麗に宙を舞う男、ちょっと力を入れ過ぎたかもしれない。

よくて打撲、もしかしたら骨にヒビくらい入ったかもしれないが、絡んで来た勉強代だと思ってもらおう。

宙を舞っている最中に手を離したので蹴られたオレンジ色の髪の男は横向きに床に落ちた。

それを見て青髪の男が殴り掛かって来たのでヒョイと避《よ》けると、勢い余って私の前に並んでいた大男の背中に拳《こぶし》がめり込ん……、いや、逞《たくま》しい筋肉の鎧《よろい》に当たった。

「おいおい、この俺に喧嘩《けんか》を売るたぁいい度胸だなぁ？」

凶悪な笑みを浮かべてゆっくり振り返る大男に、新人達は顔面蒼白《そうはく》になる。

大男……バレリオはもうすぐBランクと言われているCランク冒険者で、それなりに名前の売れているベテランだ、当然新人達もよく知っていた。

「あ、あの……、す、すまねぇ……、このガキが避けたせいなんで……」

「あぁん⁉　誰にモノ言ってんだ？　嬢ちゃん、先に受け付けしていいぜ。俺ぁコイツらにちぃーっとばかしお説教してくるからよ」

「わかった、ありがとう！　今度何かお礼するね」

「期待してるぜ」

ニカッと笑ったバレリオは左に一人、右に二人纏《まと》めてヘッドロック状態で引きずって行く。

次が順番だったのに新人の躾まで請け負ってくれたのだ、何か差し入れせねば。

「次の方……アイルさん、Aランク昇格おめでとうございます！　冒険者証は皆さんの分もお渡ししても？」

「うん、皆もすぐ来るからもらうね」

そんな私達の会話を耳にした新人達は、目玉が零《こぼ》れ落ちそうな程目を見開いたまま外へと連れ出されて行ったと、列の最後に並んでいた人が教えてくれた。

「ははっ、バレリオに美味《おい》しいとこ持っていかれたのか？」

頭に手が置かれ、振り向くとホセをはじめ仲間達が揃っていた。

「美味しいとこって……、私は弱い者いじ……じゃない、躾するのを楽しむタイプじゃないからね？　面倒事を引き受けてくれたからお礼するつもりだもん……と、それより皆の冒険者証ね！」

Aランクになって艶《つや》消《け》し加工の魔銀《ミスリル》製のタグに変わった冒険者証を皆に手渡した、ちなみにSランクは金色になる。

各自、首にかけると嬉しそうに眺め、満足すると家に向かった。


「あの子達はちゃんと仕事してくれてたみたいね」

家に入って辺りを見回してビビアナが言った。あの子達というのは家の管理を任せていた孤児院の子供達の事だ。

もうすぐ孤児院を出る大きい子達なので掃除もバッチリしてくれている。

ふ、ふふふふ、やっと帰ってきた。これでオーブンも調理器具も思う存分使って料理ができる！

別に料理が好きな訳じゃないけど、移動中に料理してると「家だとコレ作ってる間にもう一品作れるスペースあるのにな」とか「オーブンあったら同時進行で作れるのに」とか小さなストレスが溜《た》まっていたのだ。

安定した調理台がこんなに恋しくなるとは思わなかった。

そんな訳で思う存分調理台に活躍してもらうためにも、今夜はピザを作りたいと思います！

疲れてはいるけど、このストレスを先に解消しないと安眠できない気がするし。

ホームベーカリーが無いから二百回くらい生地を叩《たた》きつける方式で生地を捏《こ》ね、発酵させてる間に照り焼きチキンと港町で手に入れたタラコを解《ほぐ》して、更にマヨネーズを作る。

生地ができたら日本でも密《ひそ》かに練習していた空中でクルクル回転させながら生地を大きく……っと、危ない‼

台の上に落ちたからセーフ‼

やはり素人《しろうと》には難しいから大人しく麺棒《めんぼう》で広げよう……。

伸ばした生地にフォークで穴をあけたら具材を載せて三種のチーズを載せる、予熱したオーブンにぶち込めば後は待つだけ。

やっぱりマルゲリータも食べたいからトマトも切ろう。

ピザの焼ける匂いに皆もお腹《なか》が空《す》いてきたらしく、ソワソワとキッチンを覗《のぞ》きに来たけど、他の料理みたいに味見なんてできないもんね。

大人しく焼けるのを待ってもらってドンドン焼いていく、第一陣が焼けたので食事を開始。

皆はお酒を飲んでるけど、私は約束通り我慢我慢……！

いいもん、焼き立ての美味しさはお酒を飲まない方が繊細な味までわかるもんね。

私がせっせとピザを運んでいる間にも、冷めない内にと熱々のピザを頬張《ほおば》っている。

「やっぱりあたしはマルゲリータが一番好きだわ～、冷たいトマトもいいけど、熱いトマトのジューシーさってたまらないわよねぇ。モッツァレラチーズとの相性が抜群なのは言うまでもないし」

ビビアナはモッツァレラチーズをこれでもかと伸ばし、伸びたチーズをパクパクと食べていく。

リカルドは迷わず照り焼きチキンのピザを手にして齧《かじ》り付き、取り皿にも一切れキープしている。

「サンドイッチの時はチーズが無くてもいいが、やはりピザだとチーズと一緒の方が美味《うま》いな。心なしか前より味に深みが出ていると思うのは王都で手に入れた味醂《みりん》のお陰か？」

「リカルドってば凄《すご》いね、僕は全然気付かなかったよ。美味しいのは同じだしね！」

エリアスは全種類のピザを一切れずつ食べているようだ。

ホセはハフハフと熱そうにしながらもたらこマヨチーズを頬張っている、私も食べようっと。

たらこマヨチーズという罪な美味しさを誇るピザに思い切り齧り付き、上顎に張り付いたチーズで火傷《やけど》した。

「あがががが！」

行儀は悪いが、そんな事にかまってられなくて指を口に突っ込んで張り付いたチーズを剥《は》がす。

勿体《もったい》ないからちゃんと口の端で咀嚼《そしゃく》して飲み込んだ。

冷たいお水をすぐ飲んだけど、上顎の皮がベロッとめくれて熱いピザを食べるのが困難になってしまった。

「口の中を火傷して熱々が食べられないよぅ」

そう嘆く私に、リカルドは首を傾《かし》げながら言った。

「治癒魔法かければいいじゃないか」

「あ……っ」

過去タコ焼きで同じ目に何度もあったけど、治るまで我慢するしかなかったから治癒魔法という考えが抜け落ちていた。

お陰ですぐに治して美味しくピザを食べた。そして久々に思う、ファンタジー万歳！

◇　◇　◇

新人冒険者はあの三人組だけじゃ無かったようだ。三日の休養日を挟んでギルドに来たら、見た事の無い男女がいた。

兄妹《きょうだい》なのかよく似た二人でなんというか……明らかに貴族ですよね？

まずお揃《そろ》いのキラキラ輝くハニーブロンドにサファイアのように美しい蒼《あお》い瞳、無駄にピカピカして綺麗《きれい》な上、女性の方はまるで姫騎士のような装備。なにより立ち姿がシュッとしていて明らかに気品がある。

男性は二十歳《はたち》くらいで、リカルドを見た時も正統派イケメンで王子様っぽいとは思ったけど、傅《かしず》かれ慣れた者の雰囲気がプラスされていて余計に王子様っぽい。

女性は成人したてだろうか、私と年齢が変わらなそうだ。

家事なんてやった事ありませんと言わんばかりの細く白い指、これまで日焼けをした事すら無さそうなくすみの無い肌、ひと言で言って美少女。

観察していたらパチリと目が合い、女性は一緒にいた男性に話しかけた。

「お兄様見て下さい、わたくしより小さな子も冒険者のようでしてよ。あんな子供でもなれるんですもの、わたくし達の名が知られるようになるのもすぐですわ、ほほほほ」

貴族‼　この人達間違いなく貴族だよ！

むしろ貴族である事を隠すどころか誇示するかのような言葉遣い、周りからも関わらないでおこうという雰囲気が伝わってくる。

「油断するなフェリス、市井《しせい》には幼くとも強《したた》かな者も多いのだぞ」

「はいっ、お兄様！」

ほら、市井とか言っちゃってるし。

世間知らず感が溢《あふ》れ出てますよ～って、誰か教えてあげなよ。二人は周りが見えてないかのようにお喋《しゃべ》りを続けた。

リカルドは我関せずと言わんばかりに、既《すで》に依頼掲示板《クエストボード》の前で依頼を吟味している。

ウチのリーダーが関わらないと決めたようなのでアレは視界に入れないでおこう。

ビビアナとホセが「凄い新人が現れたな」「確かにある意味凄いわね」とポソポソ話しているから気にはなってるみたいだけど。

「なぁ……、コレ……」

依頼掲示板《クエストボード》を見ていたリカルドが皆に声をかけてきた。なにやら依頼札《クエストカード》を指差して困惑している様子。

その指の先にある依頼札《クエストカード》を覗き込むと、こう書かれていた。
『要人警護　Aランク以上
対象　若い男女二人
条件　本人達に気付かれず、できるだけ怪我《けが》をさせないように見守る
期間　できれば二人が満足するまで（応相談）
報酬　一日大銀貨一枚　　　　　　　』
「要人警護って……」
エリアスがさっきの兄妹をチラリと見る。
「若い男女二人……」
ホセが苦虫を噛《か》み潰《つぶ》したような顔で振り向く。
「本人達に気付かれず……」
ビビアナが顳顬《こめかみ》を人差し指でグリグリしながら目を瞑《つぶ》った。
「絶対あの二人だよね……」
私の呟《つぶや》きに、全員が大きなため息を吐《つ》いた。
「よし、あの二人は見ない関わらないという事で」
リカルドの言葉に全員が頷《うなず》く、そして討伐系採取の依頼札《クエストカード》に手を伸ばそうとした瞬間、無骨でシワの多い大きな手がリカルドの肩を掴《つか》んだ。
「おお、数日前に立派に要人警護を成し遂げたAランクパーティの『希望《エスペランサ》』じゃないか。いやぁ、

昨夜遅く新たにやんごとない方からの依頼があってな？　その手をもう少し上にズラしてみないか？　ん？」

「ギルマス………、俺達はその要人警護の大変さを味わったばかりでな、しばらくは気楽な討伐系を受けようと思ってたところなんだ」

リカルドは一瞬ジトリとした目をディエゴに向けたが、すぐに作った爽《さわ》やかな笑顔で拒否した。

「わかってんだろ〜？　お前達ばかりに色々押し付けちまって悪《わり》ぃとは思ってるけどよ、ここで活動してるAランクなんて実力はあるけど粗野な奴《やつ》らばっかなのは知ってんだろ⁉　お前らだけなんだよ、あの二人が相手でも大丈夫そうなのはよ〜」

「…………………」

「報酬か⁉　報酬を上げる交渉してもいいからよ！　この通りだ、頼む‼」

周りに聞こえないように懇願するディエゴ。断り文句を考えているのか、黙ってしまったリカルドの肩を揺らして何とか受けさせようとしている。

「だが……、本人達に気付かれないように、なんだろう？　だったら粗野だろうが何だろうが関係ないんじゃないのか？」

「そいつぁ警護だと気付かれなきゃいいらしい。できれば偶然を装って同行して、少しだけ冒険者ゴッコに付き合って欲しいそうだ。どうせ過酷さにすぐに音を上げるだろうと言っていたからな。冒険者の厳しい現実を知ればさっさと引き上げるだろうよ」

「退《ど》いてちょうだい」

ディエゴがリカルドを説得していたらお喋りが終わったのか、新人兄妹が背後に立っていた。

普段なら喧嘩《けんか》になっているところなのに、依頼掲示板《クエストボード》の前にいた他の冒険者も関わり合いたくないのか何も言わずにそそくさと退いた。

「ふっ、冒険者にもわきまえた者がいるのですね」

男性にフェリスと呼ばれた女性はひと通り依頼掲示板《クエストボード》を眺めると、依頼札《クエストカード》をひとつ手に取り男性に見せる。

「お兄様、わたくし達の初依頼としてこちらなどいかが？」

男性が札を受け取り確かめると首を横に振った。

「フェリス、よく見なさい、ここにランクが書いてあるだろう。私達はGランクなのだからFランクまでしか受けられないのだよ。それに大蜘蛛《ビッグスパイダー》は錯乱の状態異常を引き起こす魔物のはずだ、もしフェリスがあられもない姿になってしまったら……く……っ」

男性は片手で顔を覆って俯《うつむ》いてしまった。ツッコみたい、もの凄く色々とツッコみたいが、関わり合いたくないから我慢だ私！

そんな兄の姿を見たフェリスはショボンと肩を落とす。

「わかりましたわ……、この札は戻してきます。そのかわり一緒に選びましょう？」

顔を覆う兄の手にそっと触れ、上目遣いで小首を傾げて甘えるように言うと、兄はその辺の女性を纏《まと》めて虜《とりこ》にしそうな笑顔を見せて頷いた。

「な？　あんなの放置できねぇだろ？　あんなのでも何かあったら戦争の火種になるかもしれねぇ

んだ、頼むよ……」

追い討ちをかけるようなディエゴの言葉に、リカルドは項垂《うなだ》れるように頷いた。

上機嫌になったディエゴは受付嬢に新人兄妹を引き留める指示を出し、私達をギルド長室に呼び出した。

「とりあえず必要事項だけ伝えておく。気付いてるとは思うがあの二人は貴族だ、それも他国のな。海の向こうの国タリファスの公爵家の三男と次女だとよ、見聞を広めるためとか言って飛び出して来た世間知らずのお貴族様そのまんまさ。ある程度裁量を任されていた護衛に二人だけでやっていくから帰れと言ったらしい。だから護衛を付けられていると知ったら臍《へそ》を曲げるのは目に見えてるから、諦《あきら》めるように冒険者の厳しい現実を教えてやって欲しいそうだ」

「タリファスか……、ところでその護衛は今どこに？」

リカルドが強張《こわば》った顔で呟いた、もしかして他国の貴族相手では王様に出してもらった許可証が使えないからだろうか。

「今は帰ったフリして違う宿に泊まっているらしい。ギルド経由で依頼の受注者とも連絡はできるようにしたいとさ」

「わかった、魔物と遭遇して危険そうなら手助けしよう。俺達は討伐系の採取依頼を受けているという事にすれば出会っても不自然じゃないだろうし」

「お前らが戻って来てくれて本っ当〜に助かったぜ！　他の奴らだとあのお嬢様に手ぇ出そうとして大問題になるのが目に見えるからな」

話がつくとホッとしたのか、ディエゴは額に浮かんだ汗を拭《ぬぐ》った。

階下に降りると受付嬢がリカルドとアイコンタクトをとって頷き、私達に聞こえるように新人兄妹《きょうだい》が受けた依頼を読み上げる。

「では薬草五束と角兎《ホーンラビット》三匹の採取依頼受理しました。お気をつけて」

「うむ」

新人兄は依頼札《クエストカード》を受け取るとギルドを出ていった。

それを見届けると受付嬢の一人がリカルドにダミー用の依頼札《クエストカード》を手渡し、護衛の依頼札《クエストカード》はギルドで管理すると告げた。

「さて、俺達も行こうか」

不自然ではない距離を取りつつ二人の後を追うと、門前の広場で馬車に乗ろうとしていた。

「おいおい、アイツら馬車で森に向かうつもりかよ？　依頼料吹っ飛ぶんじゃねぇ？」

「お金はあるからランク上げるための功績があればいいって考えかもね。馬車で森に行くなんて僕らみたいな一般の冒険者じゃ考えもしないよ」

「先に行かれても見失わなきゃいいよね、えっと……『追跡《トラッキング》』。これで離れても探索魔法で二人の居場所はいつでもわかるよ」

「やっぱり魔法は便利だわ。これで近くに魔物がいなきゃ、離れて護衛しても問題無いって訳ね！」

「よし、じゃあ俺達は先に徒歩で森に向かおう」

新人兄妹はホセの耳が拾った話によると、辻《つじ》馬車の御者に門の外へ行くように言って揉《も》め、結局危険手当の分を上乗せして森の近くまで行くように交渉していたらしい。

すぐに追い抜かれると思ったが交渉が上手《うま》く纏まらなかったのか、馬車屋が値段を吊《つ》り上《あ》げようとしたのか森まで半分の距離でやっと追い抜いて行った。

「ふっ、きっと揺れるだの狭いだの煩《うるさ》く言っているんだろうな」

馬車を見送りながら珍しく皮肉げに口の端を持ち上げてリカルドが言った。

「リカルドは貴族に嫌な目に遭わされた事でもあるの？　何だかあの二人に対していつものリカルドじゃないみたい」

隣を歩きながら顔を覗《のぞ》き込むと驚いたように目を見開き、苦笑いしつつ頭を撫《な》でてきた。

「はは、エリアス以外には言った事が無かったが……タリファスは俺の母国だ。向こうの貴族で嫌な思い出があるのは確かだな」

「そっか……、そういえばリカルドとエリアスの家族とか出身とか聞いた事無かったね。話して大丈夫ならその内教えて欲しいな、リカルドはお兄ちゃんっぽいから下に兄弟がいそうだなぁ。エリアスはお姉さんがいそう」

「お、鋭いな。妹が二人いるぞ、冒険者になって以来もうずっと会ってないけどな」

「僕は兄と姉がいるよ、あと五歳下に妹。僕も家を飛び出して以来会ってないのは同じだよ」

「飛び出して……って事は冒険者になるの反対されたとか？　やっぱり世間的には反対される職業なの？」

「そりゃあ……、一攫千金《いっかくせんきん》の夢はあるけど危険だし、ならず者と紙一重みたいな奴も多いし、手足を失ったらその後の人生は苦労するからね。大抵は訳ありゃ後が無い人で、ほんの一部に自分に自信のある人……かな」

「そっかぁ、エリアスは自分に自信がある一部の人なんだね」

「そうそう……って違うよ⁉　自分がどこまでやれるか試したいと……あれ？　コレってやっぱり自信があるからって事？」

「ぶはっ、自信があるから試そうと思ったんならそうなんじゃゃねぇ？　へぇぇ、エリアスはそういう考えで冒険者になったのか」

「あれ？　ホセも知らなかったの？」

「冒険者にゃ訳ありが多いからよ、深入りしねぇのが暗黙の了解だからな」

「そっかぁ、じゃあ私も聞かない方がいい？」

リカルドとエリアスに視線を向けると肩を竦《すく》めた。

「僕は家を飛び出して冒険者になったってだけで、特に隠す事も無いから平気だよ？」

「俺は……、まぁエリアスと似たようなものだ。知りたければその内話してやろう」

ふむ……、どうやらエリアスと違ってリカルドは訳ありの部類らしい。

そんな話をしていたら森に到着し、探索魔法を使うと新人兄妹はもうすぐ角兎《ホーンラビット》とエンカウントしそうだった。

角兎《ホーンラビット》程度なら多少剣が使えるなら問題無いだろうけど、一応いつでも助けられるようにと先を急いだ。

「おい、あれ……ヤバくねぇか？」

「そのようだな、アイル、行くか？」

「了解！」

急いだお陰で角兎《ホーンラビット》と新人兄妹がエンカウントする前に二人を視界に捉《とら》えて様子見をしていた私達。

実況中継するとこんな感じだった。


角兎《ホーンラビット》が二体現れた！

角兎《ホーンラビット》Aはいきり立って攻撃してきた！

痛恨の一撃、妹は怯《おび》えている。

兄は混乱している、兄の攻撃、ミス！

角兎《ホーンラビット》Bの攻撃、ミス！　兄は転んだ。


と、まぁこんな感じで角兎《ホーンラビット》は無傷で、妹の方は角で攻撃されて流血もしている。とはいえポーションで治る程度の傷だから問題無いだろうけど。

兄は何とか妹を庇《かば》う位置に移動して剣を構えているが、思い切りへっぴり腰だし。

「手助けは要る？　二体共討伐しちゃっていい？」

「たっ、助けてくれ！」

「はぁいッ」

二体同時に兄に飛び掛かろうとジャンプした瞬間、私の投擲《とうてき》した二本の棒手裏剣が角兎《ホーンラビット》達の頭を貫通し、二体は力なく地面に落ちた。

新人兄妹は二人共ギュッと目を瞑《つぶ》って衝撃に備えているようだ。

「終わったよ？　早く手当てしたら？」

木に刺さった棒手裏剣を引き抜きながら言うと、死んでいる角兎《ホーンラビット》を見て呆然《ぼうぜん》としていた。

角兎《ホーンラビット》二体をショルダーバッグ経由でストレージに収納し、それでもボーッとしている二人の前でパンッと手を打ち鳴らす。

「ハ……ッ、そ、そなた、名は何と言う？」

新人兄がいきなり名前を聞いてきた。

「は？　アイルだけど……」

「アイルか、覚えておこう」

「…………………それだけ？」

私がそう言うと、不思議そうに首を傾《かし》げる。

ダメだ、本気でわかってない。

「あのねぇ、助けてもらったらありがとうでしょう⁉　『ありがとう』と『ごめんなさい』が言えない人は碌《ろく》な大人にならないんだからね⁉　しかも人に名前を聞いておいて自分は名乗らないってどうなの⁉　どんな躾《しつけ》受けて来たワケ⁉」

私が憤慨していたら、追い付いてきたエリアスが肩をトントンと叩《たた》いた。

「アイル、アイル、説教より先に彼女の手当てさせてあげようよ」

「あっ、すまないフェリス！　すぐに治してやるからな」

その言葉にハッとして新人兄は妹にリュックから出したポーションをかけようとした。

「ちょっと待った！　先に水で傷口を洗いなさいよ！　女の子の身体に傷跡残ったらどうするの！」

今正に傷口にかけようとした手をビビアナが掴《つか》んで止める。手入れされた剣での手合わせならそのままポーションをかけてもいいが、薄汚れた魔物につけられた傷は汚れを巻き込んだままポーションを使うと古傷として残る場合がある。

新人兄はビビアナの剣幕に面食らっていたが、言われるままに水袋を出して傷口を洗ってからポーションを使った。

「お兄様、ありがとう」

「ああ」

微笑《ほほえ》み合う二人、しかし私は色々……色々と言いたい事がある。

「落ち着けアイル。高位貴族は相手の名前を覚える事が褒美になるからアイルの名前を覚えておくと言ったんだ。まぁ……、その家と繋《つな》がりを持ちたい貴族や商人じゃなきゃ褒美にならないんだがな。つまりこの二人は信じられないくらいの世間知らずって事だ」

リカルドは拳《こぶし》を握ったまま新人妹の治療を待っていた私の頭を撫でながらポソポソと説明してくれた、名前を覚えてやるのが褒美だと思い込んでるのか。

「それにしても……、角兎《ホーンラビット》がここまで手強《てごわ》いとは……！　そうだ、アイル、倒した角兎《ホーンラビット》を出せ」

「は？　何で？」

「何で……？　私に必要だからに決まっているだろう」

もらえるのが当然、むしろ断られる訳が無いと確信しているのか、私の言葉に不思議そうに首を傾げた。

お説教したい、むしろ一度殴ったら正常に再起動するんじゃなかろうか。

そんな私の気持ちを察したのか、リカルドが私の頭を優しくポムポムと叩いて宥《なだ》めた。

この人達は中身が幼児並みなのよ、深呼吸、深呼吸をしよう、吸って……吐いて……。

「す～……、はぁ～……。襲われていたあなた達は私に助けを求めたよね？」

「あ、ああ……」

何故《なぜ》私がそんな事を言い出したのかわからない、そんな表情のまま頷《うなず》く新人兄。

「角兎《ホーンラビット》は完全に無傷の状態で私が仕留めたよね？　その場合私のモノになるの、私が声をかけずに勝手に討伐したのなら話は別だけどね。しかも助けられて自分の名前どころかお礼の言葉ひとつ言ってないのわかってる？　これはとても失礼な事よ？」

「…………そのような事を言う者に初めて会った。今までの者は喜んで色々な物を私達に献上してきたぞ？」

「それはあなたの家と良好な関係を持つ事によって利益を得る者達だけよ、あなたがどこの誰かも知らない私達が従うと思ったとしたら、自分がもの凄《すご》～く世間知らずだと自覚した方がいいわ」

きっと今まで誰にもされた事の無いであろう呆《あき》れたジト目を向けると、ポカンとしたまま固まっている。

自分の中の常識が覆されて混乱しているのだろう。

「ちょっとあなた！　お兄様に対して無礼よ⁉」

「ちょっとあなた！　命の恩人に対して無礼よ⁉」

新人妹の言い方を真似《まね》して言ってやった。大人げない私の対応に仲間達は苦笑いしつつも見守ってくれている。

悔しそうにぐぬぬと唸《うな》る新人妹を見かねてか、エリアスがパンパンと手を叩いた。

「はいはい、そこまで。これ以上彼らに付き合っても僕達には何のメリットも無いんだから先に進もうよ。帰りに死体になった君達を見つけたら、冒険者証だけはちゃんとギルドに届けてあげるからね」

エリアスがニッコリといい《黒》笑顔を新人兄妹に向けると、二人は顔色を失った。

「ま、待て！　せめて私達の体力が回復するまでここにいろ！」

新人兄が慌てて引き留めてきたが、元々少し離れて様子を窺《うかが》う予定だったけど余りにも態度がよろしくないので皆の目は冷たい。

当然リーダーであるリカルドも。

「何故？」

「何故……とは？　私達が今魔物に襲われたらどうするのだ⁉」

「冒険者ならそれは自己責任というものだ。訓練も受けずにいきなり森に来た自分達が悪いんだろう？　お前達が死のうが魔物に喰《く》われようが、俺達には関係無いし命令される謂《いわ》れも無い。助けられて碌に礼も言えんような者をこの先も助けようと思う程俺達は善人じゃないんでな」

「う……」

リカルドもこの二人の態度に結構イラついていたんだね。声がピリピリしてるというか、棘《とげ》を感じる。自国の貴族だから余計ムカついたのかな。

踵《きびす》を返して再び立ち去ろうとするリカルドに私達もそれに倣うと、新人兄は妹の手を取り慌てて後をついてきた。

数分早足で移動しただけで新人兄妹《きょうだい》の息は上がっている。

「ついて来るな。そうやって気配すら消さずに音を立てて近くにいられると魔物に気付かれるだろう、本気で冒険者を続けるつもりならギルドに戻って初心者講習を受けて来い」

「はぁ……はぁ……、ここから二人だけでは無事に戻れないかもしれん……。せめて森の外まで共に行動してくれ」

さっきよりは少しは殊勝な態度になったものの、まだ自分達の立場を理解してなさそうだ。

「断る。どこの誰かもわからん、礼も言えん礼儀知らずに親切にしてやる義理は無い」

「礼儀……知らず……」

そんな事を言われた事など無かったのだろう、本気で戸惑っているようだ。

「目上とまでは言わないけど、例えば友人に助けてもらったりお願いする時は一体どうしてるのさ？」

　表情こそ呆れているものの、エリアスが助け船を出した。

「私は……学友に対しても同じようにしているぞ」

　明らかに新人兄は混乱していた。どうやら彼には親に言われてくっついてる取り巻きしか周りにいなかったのだろう。

「ははっ、そりゃ友人じゃなくて取り巻きってヤツじゃねぇの？　じゃなきゃそんな物言いしてりゃ喧嘩《けんか》になるだろ」

「取り巻き…………」

　ホセの口撃がクリーンヒットしたらしく、愕然《がくぜん》としながら言葉を繰り返した。

　ちなみに新人妹の方にも被弾したようで、息を整えながらも同じようにショックを受けた顔をしている。

「ヤダ、ちょっと……本気でショック受けてるわよ？　可哀想《かわいそう》に、誰も教えてくれなかったのね、もしかして本当の友人が一人もいないのかしら」

　同情しつつ言ったビビアナの言葉がトドメとなり、とうとう新人兄は膝《ひざ》から崩れ落ちた。

「お兄様……！」

　いきなり体勢を崩した兄を心配する妹も涙目になっている。本来なら軽く怒らせて森から帰るように仕向けるつもりであって、ここまで追い込む予定では無かっただけに可哀想になってきた。

「く……っ、私達は今まで目隠しをされて生きて来たのかもしれん……。改めて名乗ろう、私はタリファスから来たボルゴーニャ公爵家が三男、クラウディオ・デ・ボルゴーニャ。こっちは妹のフェリシアだ」

立ち上がって姿勢を正すとクラウディオが名乗り、フェリシアも紹介されると優雅にカーテシーをした。

って、身分まで明かすんかーい！

もし私達が悪者だったら「人質にしたらたっぷり身代金ぶん取れる価値の人間です」と自己紹介したようなものだよ？

「他国で、雇っている訳でも無い冒険者相手に身分を明かしても、何の役にも立たんぞ？　特に自身も冒険者として活動している時ならなおさらな。こっちはAランクパーティ『希望《エスペランサ》』、俺はリーダーのリカルドで仲間のエリアス、ホセ、ビビアナ、アイルだ」

「獣人もいるのね……」

余程周りが見えてなかったのかフェリシアは今気付いたらしく、驚いた顔でクラウディオの袖《そで》をギュッと掴んで呟《つぶや》いた。

まさかクラウディオにホセを仲間にしたいとおねだりでもしようと言うの⁉

「羨《うらや》ましくてもホセは私達の仲間だから、勧誘しても無駄だからね！」

咄嗟《とっさ》にホセの腕に抱きついて牽制《けんせい》した。しかし新人兄妹《きょうだい》だけじゃなく、ホセまでポカンとして私を見ている。

あれ？　もしかして違った？

「アイル……、一般的に獣人は粗野で乱暴だと言われていて好まない者が多いんだ。特にタリファスではその傾向が強い……というか、差別対象ですらある」

首を傾げた私に、リカルドが教えてくれた。

「え⁉　そうなの？　そっかぁ……確かにホセって乱暴じゃないけど、粗野っちゃあ粗野だもんね」

「「「ぶふっ」」」

一人で納得してうんうんと頷いていたらリカルド、エリアス、ビビアナが噴き出した。

「ア～イ～ル～」

気付いた時にはホセに頭を片手で掴まれ、指先に力が込もっていく。

「あっ、痛いッ！　やっぱり乱暴っていうのも合ってる‼」

「まだ言うか！」

「あぁんごめんなさい‼　にぎゃぁぁぁッ！　助けてビビアナ！」

「ホセいい加減にしなさい！」

更に指先に力が加わったのでビビアナに助けを求めると、ホセの後頭部をスパンといい音で叩いてくれて、やっと私は解放された。

「ビビアナありがと～！」

「うふふ、どういたしまして」

ムギュッとビビアナに抱きついてお礼を言うと、笑いながらズキズキと痛む頭を優しく撫《な》でてくれた。

マシュマロ乳に埋もれる私が羨ましいのか、クラウディオの視線を感じて向き直りビシッと指を差す。

「わかった⁉　助けてもらったり何かしてもらったら感謝の言葉！　悪い事をしたら謝罪の言葉！

それが人付き合いの基本よ‼」

「あ、ああ……。助けてくれて感謝する、ありがとう……？」

最後は何故か疑問形だったけど、一応感謝の言葉を言う事を覚えたようだ。

本当に世間知らずなだけで矯正の余地があると思ったのか、皆の表情も少し優しくなった気がする。

リカルドとエリアスがアイコンタクトを取り、エリアスがニッコリ微笑んで私に話しかけてきた。

「この二人は休憩が必要みたいだし、ちょっと早いけど休憩ついでに昼食にしない？」

「そうだね、わかった」

シートが敷ける程度の木々の隙間に、ローテーブルと食事を並べていく。

暖かくなって来たとはいえまだ森の中は肌寒い。今日は休養日に作っておいたカツサンドと野菜スープ、ヘルシーにおから入りハンバーグや蓮根《れんこん》ハンバーグを挟んだハンバーガーも。

「んんっ、この蓮根ハンバーガーって美味《おい》しいわ！　これでヘルシーなんて最高じゃない！」

「おから入りハンバーガーも肉だけのより美味しいかも、これでおからが入ってるのは言われなきゃわからないよ」

ビビアナとエリアスが各自好きなハンバーガーを頬張《ほおば》りながら絶賛してくれた。

「オレは肉食ってる感じがするからカツサンドが一番だな」

「全部美味《うま》いから甲乙付け難いな」

ホセは歯応えのあるカツサンドを集中して食べるので、今回も多めに作ってきて正解だったようだ。

リカルドは大抵全種類食べる、そして凄《すご》く気に入った物があればリピートするタイプ。

いつも皆は基本的にガッツリ食べるので、ヘルシー系ハンバーグを使った物を出すのは今回が初めて。

だけど好評なようで良かった。蓮根ハンバーガーの食感が楽しい、あえて粗いミンチ状にして正解だった。

そんな事を考えていたら背後でゴクリと唾《つば》を飲み込む音が聞こえた。

「あなた達も自分の食料くらい持って来てるんでしょ？　そんな物欲しそうに眺めてないで食べればいいじゃない」

「物欲しそうなど……！」

暗に私達の食料は分けないとビビアナが言うと、新人兄妹《きょうだい》はカッと顔を真っ赤に染めた。

「だったらどうしてさっきからこっちを見てるのさ？　探索中の水や食料はお金に替えられない価値があるってくらいの常識は知ってるよね？」

エリアスはわかっていながら正論を二人に突き付ける。

「く……っ。安心しろフェリス、魔法鞄《マジックバッグ》に携帯食を持って来ている、食べるか？」

「いえ、お兄様。わたくしはまだ空腹ではありませんし、結構ですわ」

きっと強がってるんだろうな、こんなホカホカの美味しい食事をしている横で干し肉や保存用の硬いパンとか食べたら虚《むな》しいもんね。

あえて振り向かず食事を続けていたらクゥ～と可愛《かわい》いお腹《なか》の虫の鳴き声が聞こえた。

振り向くとそこには顔を真っ赤にして、お腹を両腕で抱えるように押さえているフェリシアの姿。

そんな様子を見て、森への移動中に立てた次の作戦に移る事にした。リカルドとアイコンタクトを取り二人に話しかける。

「しょうがないなぁ、食事は譲れないけど材料なら売ってあげるよ？　どうする？」

本当はこんな場所で調理するのは危険だけど、今は私達がいるから問題無い。

実際今も野菜スープのいい香りを撒《ま》き散《ち》らしているものの、弱い魔物は私達の実力を感じ取って近付いて来ないし。

「わかった、買い取ろう。それで何か作ってくれ」

クラウディオは頷《うなず》いてお金の入った革袋を取り出した。

「は？　何で私が作らなきゃならないの？　自分達で作れないのなら材料売る話も無しね。知識も無い、実力も無い、準備も甘いし料理もできないで冒険者だなんて名乗らないで欲しいんだけど。そんなお遊び感覚じゃすぐに死ぬよ？」

わざと呆《あき》れたように言うとフェリシアがキッと睨《にら》んできた。

「お遊びなんかじゃ無いわ！　お兄様はわたくしのために……っ」

フェリシアは言葉に詰まって大粒の涙をポロポロと零《こぼ》した。

どうやらただのお貴族様の思い付きでは無く、何か事情がありそうだ。

クラウディオはフェリシアを抱き寄せると優しく頭を撫でる。

「私が不甲斐《ふがい》ないばかりにすまない……」

「いいえ、お兄様のせいじゃありませんもの。家から連れ出して下さっただけでも感謝しております」

クラウディオはギュッと眉間《みけん》に皺《しわ》を寄せて口を開いた。

「妹は政略結婚を強いられて一人で家を出ようとしていて……、それで見かねて他の国で冒険者として自由に生きようとここまでやって来たのだ」

素なのか同情を引こうとしているのかわからないが、クラウディオはフェリシアを固く抱き締め、フェリシアはクラウディオの胸に縋《すが》りついて泣いている。

実際ビビアナとホセはしんみりとしてるし。

「甘いッ！　領民の税金で綺麗《きれい》なドレス、美味しい食べ物、十分な教育を享受しておいて、その責任を全うする時に逃げ出すなんて言語道断！　……と、言いたいところだけど、同じ年頃の女性として気持ちはわかるわ。私は賢者に縁《ゆかり》があるんだけれど……、お嬢さんに賢者の知恵を授けてあげてもいいよ？」

そう言いながら指で自分の黒髪をクルクルと弄《いじ》っていると、クラウディオはハッとして呟いた。

「黒髪……、そうか！　賢者サブローの子孫⁉」

「いいえ、私は子孫なんて言ってないわ。あくまで縁《ゆかり》の者、三賢者を直接知ってるエルフとも知り合いだから世間に出回ってない知識も持ってるってだけよ」

「わたくしの政略結婚を回避するお知恵があるのですか⁉」

新人兄妹《きょうだい》は縋るような目で私を見た。

「政略結婚自体は避けられないでしょうけど、あなたも納得できる政略結婚にならできるよ。教える代わりに大人しく家に帰るって約束できる？　あなた達がこの森で死体になるのをわかっていて放置はさすがに心苦しいから」

「フェリスが幸せになれるのなら……」

「納得できるというのが本当でしたら」

「それじゃあ依頼は違約金を払ってキャンセルね、森を出てからゆっくり説明してあげる。その前に……」

二人が頷くのを見て安堵《あんど》した私は、食事を再開しようとした。

ところがテーブルの上には自分の食べかけの蓮根バーガー以外にはカツサンドが三つしか残っておらず、背後から再び聞こえたお腹の音に、下唇を噛《か》み締《し》めながら新人兄妹にカツサンドをひとつずつ分けてあげた。

当然先に食べ終わるのは新人兄妹で、期待の眼差しが背中に突き刺さるのを感じながらも気付かないフリして平らげた。

視線を感じて食べにくそうにしている私をエリアスとホセがニヤニヤしながら見てきたけど。

「アイルなら分けると思ったんだよな、だからアイルも食べられるように二つじゃなく三つ残しておいたんだぜ？　オレって優しいな～」

森の外への移動中にホセが話しかけて来た、普段ならもう少し残る計算だったのに絶対わざと多めに食べてる。

私が自分のお腹を満たすために独り占めするか、二人に分けてあげるか面白がって試したのだろう。

そして森を抜けると新人兄妹はキョロキョロし出した。

「どうしたんだ？」

「あ……いや、馬車がいないな……と」

「当たり前だろう、待機を指示したのか？　こんな魔物が出るかもしれない場所で待機してくれる訳が無いとは思うが……」

「いや、指示はしていない」

「じゃあ馬車が待っている訳無いだろう」

リカルドとクラウディオの会話に力が抜ける、異世界人の私でもわかるやつだよ。

気を取り直して歩きながら計画のために情報を収集する事にした。

「えーと、まず聞きたいんだけど、政略結婚の相手の家ってここじゃなきゃダメって決まってるの？　それともいくつかの候補があるの？」

「できればここがいいという家はあるが、候補の家はいくつかあるな」

「ふむふむ、それならかなり成功する確率は上がるね。賢者の知識その一、結婚相手は匂いで選べ！」

「「「「匂い？」」」」

あ、皆も聞いていたんだね。

ホセだけは納得してる感じだけど、他の人はキョトンとしている。

「女性は優秀な子孫を残すために、無意識レベルで本能的に相性のいい人を嗅《か》ぎ分けてるらしいの。だから候補の人達に香水を使ってない状態で、着ていたシャツとか本人の匂いを嗅がせてもらうといいよ。何となくでいいから好きな匂いの人を選んで候補を絞るの、好みの匂いの人は何故《なぜ》か見た目も大抵好みらしいわ」

「そんな……、そのような事をしては、はしたないと思われてしまいませんか？」

「そこはホラ、賢者の叡智《えいち》で優秀な子供が産まれる確率を上げる方法と言えば、周りは納得しないかな？　そうすれば結婚したくない相手には匂いが嫌いだと言って断れるじゃない？　名付けてプリフィクス作戦‼」

「何だそれ？」

調子に乗って作戦名を付けたらホセに首を傾《かし》げられてしまった。

「プリフィクスはコース料理で前菜は二つのどちらか、とかデザートはいくつかある中から選べるっていうのがあるでしょ？　準備されていない物からは選べないけど、準備された物の中からなら選べるって事よ。後は好みの相手と仲を深めればいいじゃない？」

「なるほど……、賢者に縁のある者に優秀な子孫を残す叡智を授けてもらったと言えば、両親も無視できない……、という事か」

　クラウディオが真剣な顔で呟《つぶや》いた。

「事前に帰る事と、その匂いの件を報《しら》せてお膳《ぜん》立《だ》てを手紙で頼んでおけばいいんじゃない？　帰ってから説明してたら結婚話が進められちゃってる、なんて事になってたらどうしようも無いし」

　私の話を聞いてエリアスが提案した、こういうフォローはエリアスが一番上手《じょうず》で色々気付いてくれるからありがたい。

　頷くクラウディオを見ていたら、いきなり反対側から両手をガシッと掴《つか》まれた。

「アイル……、いえ、アイル様！　これからわたくしの事はフェリスとお呼び下さいませ！　あなたはわたくしの恩人ですわ‼」

「そうだな、私の事もクロードと呼んでくれて構わない」

「えぇ⁉　わ、わかった……、けど私の事もアイルって普通に呼んでね」

「わかりましたわ」

　キラキラとした目力に押されて頷いてしまった。どうせ二人がウルスカを出て行けば二度と関わる事もないから問題無いよね。

　小中高と「テレビばっかり観てないで外で遊んでくれれば」と親に言われてたけど、テレビで得た知識がこうやって役に立つんだからボッチは悪い事だけじゃなかったよね、うん。

「ところでアイル、賢者の知識その一って言ってたけどよ、その二、その三ってあるのか？」

「あ、あるよ!?　あるけど今回は必要無いから披露しないだけだよ！」

凄《すご》くニヤニヤしながら言って来たので、完全に私の事を揶揄《からか》う気だ。そういえば皆の前で料理以外の知識ってあんまり言ってないもんね。

だって、ドヤ顔で披露して「あ、それ三賢者でもう広まってる」なんて言われかねないので、下《へ》手《た》な事は言えないのだ。

でも三人目がこの世界に来たのが五十年以上前っぽいから、その頃だと遺伝子に関係する事は一般的に知られてないと思う。テレビはあってもネットは無いはずだし。

ウルスカに到着して、新人兄妹《きょうだい》を冒険者ギルドへ連れて行って依頼キャンセルをさせた。ついでに二人が冒険者を辞めると聞いた途端にギルド員の一人が飛び出して行ったようだ、恐らく護衛に報せに行ったのだろう。

ちょうど階段からバネッサが下りて来たので、リカルドがダミーの依頼札《クエストカード》を渡して事情を説明した。

そしてあの兄妹から見えないように、依頼達成の受理をしてもらう。約半日で大銀貨か……神経は使ったけど美味《おい》しい仕事かも。

帰ろうとしたら凄《すご》い勢いで三人の男が入って来た。そしてあの兄妹の前で跪《ひざまず》くと、家に帰ってくれる事に対して感謝の言葉を並べている。

なにはともあれ一件落着、良かった良かった。早く帰れたから今日は時間のかかる煮込み料理でも作ろうかな、などと考えながら食材の買い物をしつつ家へと帰った。

第八章　公爵家の護衛

ふっふっふ、昨日は時間をかけて牛スジカレーを作ったので、今朝はいつもよりお肌の調子がいい気がする。若いから前みたいに顕著《けんちょ》じゃないけど。

大きい寸胴鍋《ずんどうなべ》で作ったから、皆で食べてもあと二食はイケる量が残ってる。よしよし。

こっちの世界じゃカレーが無かったから、スパイスカレーのレシピを必死に思い出して作るまでが大変だったけど、頑張って作った甲斐《かい》があるってものだよ。

あえてストレージには片付けずに一晩寝かせておいたから、今朝はつけパンにして朝カレーにしちゃおうかなぁ。

エプロンを着けて寸胴鍋を火にかけた。最初は強火にしていたから、ブホッブホッとカレーが爆《は》ぜる音が鍋《なべ》から聞こえたので火を弱めてかき混ぜる。

温まった分だけフワリとスパイシーな香りが厨房《ちゅうぼう》に漂う。どうしてカレーってこんなに暴力的なまでに食欲を唆《そそ》る香りなんだろう。

「もう……、むしろコレを食べないという選択は罪……‼」

時々カレーをかき混ぜつつパンの籠《かご》にクロワッサンやロールパンをこんもりと載せ、林檎《りんご》をウサギの飾り切りにしたら酸化で変色するのを防ぐためにお皿ごとストレージに入れた。

皆は夕食と朝食の連続でカレーは嫌かな？

あと玉子焼きとサラダは準備するつもりだけど、カレー以外のメニューがいいって言われたらストレージのストックから出せばいいか。

カレーがコッテリだからサラダはマヨネーズじゃなくて、あっさりめのドレッシングにしよう。

千切りキャベツとベビーリーフのグリーンサラダの準備ができたので、もう一度鍋をかき混ぜてから玉子焼き……というよりちょっと緩めのプレーンオムレツを人数分。

カレーに入れてオムカレーっぽく崩しながら食べるもよし、カレーの途中で口直しとして食べるもよし。

カレーも火が通ったみたいだし、あとは食堂に運んで皆を呼ぶだけ。

一旦《いったん》ストレージに収納して食堂のドアを開くと全員揃《そろ》っていた。

「「「「おはよう」」」」

「あれ？　おはよ、珍しくもう全員揃ってるんだね」

「だってよぉ、カレーの匂いが二階まで流れてきて腹減って来ちまって……」

「ああ、昨日食べたが今朝も食べていいんだよな？」

「僕も！　もうお腹がカレーしか受け付けなくなってるよ、アイルの作る料理は初めて食べる物でも全部美味しいんだもん」

「純粋に食べたいのもあるけど、何だかお肌の調子がいいのはカレーのせいかしら？」

「今朝はカレーライスじゃなくてパンにつけて食べるスタイルにするね。ビビアナ、お肌の調子がいいのはカレーに入ってる牛スジのおかげだよ。手間はかかるけどお肌にも美味しいカレーになるの。他のお肉使ってたらここまでにはならないからね」

「何ッ⁉　他の肉のもあるのか⁉」

「うん、豚でも鶏《とり》でも牛でもオークでも蛇《バイソン》……はどうかわかんないけど部位を変えたりして色々楽しめるよ。牛スジは手間がかかるから滅多に作らないけどね」

牛スジはアクと脂との戦いだ。生の状態でひとつずつ血の塊とか洗い流したら二回水から茹《ゆ》でてアク取り。三回目に茹でる時は、水に葱《ねぎ》の緑の部分とスライスした生姜《しょうが》とお酒を足してから一時間くらいアクを取りつつ茹でて、またひとつずつ水で洗い流してやっとカレーに使える。

この下処理をしないと、臭みが強くて脂でギトギトのカレーになってしまう。

二十代後半になってからよく作ったけど、一度手を抜いて一回茹でただけの牛スジを使ったら脂がギトギトでお腹の調子が悪くなってしまった。

コラーゲンと脂はワンセットなので下処理大事。

食事が終わり、昨日の洗濯物と食器に洗浄魔法をかけ、片付けが終わったら皆で冒険者ギルドへ向かった。

昨日出し損ねた角兎《ホーンラビット》も買い取りしてもらわないと。

冒険者ギルドに到着するとフェリシアとクラウディオが護衛と共にいた。冒険者は辞めると言っていたのにどうしたんだろう。

二人は私達を見つけると優雅に歩いて近付いて来た。

「待っていたぞ、君達に私達から指名依頼だ。依頼内容は私達を家まで護衛する事、片道二週間くらいだな。依頼料は最低でも一日大銀貨五枚、評価により上乗せありだ、悪く無いだろう？」

「ただ、道中の食事をそちらで準備して欲しいの。準備していただいたらその分の上乗せは当然しますわ。わたくし昨日いただいた食事がとても美味しかったから、あなた達が食べていた物が凄く気になって……」

ぽ、と頬を薄紅に染める姿は初対面の印象とはまるで別人のように可愛《かわい》かった。

思わず頷《うなず》きそうになったけど、依頼を受けるかどうかはリーダーのリカルドの判断による。リカルドを見ると、数秒考えてから口を開く。

「手紙はもう送ったのか？」

「ああ、今朝出した」

「それならすぐに出発してしまっては手紙と同時に到着する事になるだろう。何日か後に出発する事を勧めるが……、とりあえず依頼の返事は一日待ってもらえないだろうか」

「なるほど、そうだな。わかった、では明日のこの時間にまたここで待っているぞ」

「わかった」

リカルドがコクリと頷くと、クラウディオ達はギルドから出て行った。

「さて、相談したいんだが……討伐系の採取依頼を受けて道中話すって事でいいか？」

リカルドの言葉に従い、森へ向かう道中に依頼を受けるか相談した。

リカルドが迷った理由は行き先が母国タリファスである事、家出状態で出てきてしまったので、今ならAランクになった事で強制的に戻される心配が無いから一度家の様子を見に行きたいらしい。

しかし自分の都合で私達を付き合わせるのは申し訳ないと言う。

「何言ってんの！　むしろリカルドの家族に楽しく冒険者してるから安心して下さいって挨拶《あいさつ》する気満々なんだからね⁉　で、タリファスの名産は何⁉」

「あはは、だよねぇ。アイルの魚三昧《ざんまい》に付き合ったのにリカルドの里帰りに付き合わない、なんて事は無いよ。アイルはリカルドの家族より名産品に興味があるかもしれないけどさ」

「わははは、ちげぇねぇな！」

「そんな事ないもん！　名産品よりリカルド優先だもん‼」

エリアスとホセが並んで歩いていたので後ろから二人めがけて体当たりしたが、二人共フィジカルが強くてフラつきもしなかった、くそぅ。

「うふふ。ついでに貯めたお金かお土産《みやげ》でも持って行けば、ヘタな貴族よりいい生活だってできるって証明になるんじゃないかしら？」

悔しそうにする私を見て笑いながらビビアナが言った。確かに冒険者始めて一年経《た》ってない私でも、分配金でそれなりに豪遊しようと思えばできるくらいお金が貯まっている。

何年も冒険者しているリカルドならもっと貯まっているんだろうな。

「はは、そうだな。皆ありがとう、それじゃあ護衛依頼を受ける事にする。アイル、また大量の食事の準備しなきゃならないが頼むな」

「了解。でも皆にも手伝ってもらうからね！」

「もちろん俺達も手伝うさ。それにタリファスに行ったら、こっちには輸入されていないビールやソーセージがあるぞ。サラミやベーコンも種類が多いし、俺の地元《バルテナ》でも作られているバームクーヘンというお菓子もタリファスだけだな。そういえば……そろそろアレの時期か」

リカルドの言葉に皆が頷き、続く名産品情報に目を輝かせる。

「アレってなぁに⁉　食べ物⁉」

「ククッ、ああ、一応魔物だが……。あと半月もすれば王都の近くで手に入る高級食材があって、タリファス王都の名物なんだ」

「王都の名物になる程の高級食材……」

思わずゴクリと唾《つば》を飲み込む。

美味しい物の話をしながら依頼をこなしたせいか、帰りは皆で必要以上に食材を買い込んで帰った。

そして家に帰ったらまた地獄のＢＬＴサンド作りマラソンが待っている……。

翌朝、朝食後にリカルドだけがギルドに向かい、家に残った私達はひたすら料理をしていた。

ちなみにビビアナは千切るだけ、載せるだけ、混ぜるだけの役割で、切ったり焼いたりのお手伝いはホセとエリアスにしてもらっている。

大きなタッパーくらいの木箱にたっぷり詰めると、大体全員の小腹を満たす程度。王都行きの時に大量に買い足した丼やお皿がたっぷりあるので唐揚げやカツサンド、カツ丼に親子丼など揚げ物や卵でとじる系はすぐに食べられるように作っておく。

よそうだけの牛丼やカレーは寸胴鍋ごと収納。いつ出発するかわからないから、作れるだけ作っておかないと。

でも今は材料を漬け込んだりマヨネーズを大量に作ってる最中。作りたいものはいっぱいあるけど、どれくらい作れるかは出発の日次第なんだよね。

「うう……っ、あたしの手がこんなに臭いなんて……！」

「切るのも焼くのもまともにできねぇんだから諦《あきら》めろ。全部終わったらアイルに洗浄魔法かけてもらえばいいじゃねぇか」

「ぐ……っ、わかってるわよ！　だからやってるんじゃない」

漬けダレ用のニンニクや生姜をひたすらすり下ろしているビビアナの嘆きをホセが受け流している。ホセが言ってる事は事実なので、こういう失敗のしようが無いお手伝いを頼むしか無いのだ。

「大変な事頼んでごめんねビビアナ、だけどその代わり美味しい物作るから頑張って！」

「はぁ、実際これで美味しい物ができるんだもの、頑張るしか無いわね」

ニンニクと生姜はスタミナ系には欠かせないので、頑張ってもらうしかない。今日のお昼はコレを使って生姜焼きにでもしようかな。

そんな事を考えていたら、玄関から帰宅を告げるリカルドの声が聞こえた。

「お、やってるな。俺も手伝おう、何をすればいい？」

今日は森へ行かないので、ラフな格好のリカルドがキッチンを覗《のぞ》いて声をかけてきた。

「ん、じゃあじゃがいもの皮剥《かわむ》いてもらえる？　その前に『洗浄《ウォッシュ》』。これで良し、はいコレ」

埃《ほこり》っぽいギルド帰りなので手も服も纏《まと》めてキレイにすると、リカルド用のエプロンを差し出した。

私の趣味でリカルドとエリアスには長めの黒いギャルソンエプロンを着用してもらっている。特に今日は白いボタンシャツだからとても絵になる。

ちなみにホセとビビアナはよく手伝ってくれるので、機能性重視で汚れを防ぐために胸まで隠れるタイプだ。

デザインが同じで、色違いのお揃いを三人で着けている。

「で、出発はいつになったの？　何日か余裕ある？」

皮剥き用のナイフとじゃがいもをリカルドの前に置きながら尋ねる。

それによって作れる量が変わるので、明日とかだったら優先順位をつけて作るしかなくなってしまう。

「とりあえず手紙が先に着くようにしたいから三日後の出発になった。どうやら早馬は使わなかったらしくて船の定期便を考えたら最低二日、予備として一日空けてもらったんだ」

「良かった、それならとりあえず行きの分の食事は問題無いかな。宿や町にいる間は食堂使えるし、往復分だと一週間は欲しかったけど仕方ないね」

「行きは田舎《いなか》以外貴族御用達《ごようたし》の高級宿だろうし、従者が使うための厨房もあるかもしれないな。時間に余裕があれば作れるように材料だけでも持って行くか」

「そっか、ガブリエルより身分が高い分宿も高級になるんだね」

「そうだな、公爵家ともなると暗殺の心配もしなくてはならないから、料理人や食材も自分達で用意する事も少なくないはずだ」

「はぁ〜……、偉くなると気軽にその辺で食事もできないんだね。良かった、私庶民で」

「ククッ、アイルが四人目の賢者だってバレたら公爵家以上の扱いされるだろうけどな。三賢者はそれなりの歳だったみたいだけどよ、アイルだと見た目的に賢者だなんて思われねぇんだろうな、ははは」

「実際見た目通りの歳だったら賢者として扱われるような知識は無かっただろうね。アイルの場合こっち《異世界》に来る前は比較的若いとはいえ、それなりの歳だったみたいだし？」

「それは私の中身がオバさんだって言いたいの？」

揶揄《からか》うような視線を私に向けたエリアスをジロリと睨《にら》む。

「それは被害妄想ってやつだよ、アイルは以前二十代だったんでしょ？　僕だって今年で二十代になる訳だし……、それにしても大人っぽいアイルの想像ができないんだけど、こっちに来る前はあの夜会の時みたいな感じだったの？」

「う〜ん……。今よりは近いけど、もうちょっと顔立ちも大人っぽくなるよ」

「うふふ、だったらエドガルドもガッカリしちゃうんじゃない？　だけど成長したとしても好きだって言ってたわね、今後の反応が楽しみだわ」

「あはは、エドもねぇ……、変態じゃなきゃ好みのタイプなんだけど」

「「「「えっ⁉」」」」

「え、何でそんなに驚くの？　エドって黙ってたらカッコ良くない？　実際人気あるみたいだし。前の私からしたらそんなに歳も離れてないし、元々年上が好きだから下はともかく上に関しては年齢差はあんまり気にしないタイプなの」

「アイルの口から自発的に恋愛に関する話が出たのって初めてじゃないか？」

「だな。恋愛や結婚だのの話が出た時は怖《こえ》ぇ顔するもんな」

「え、ウソ⁉　私そんな怖い顔してた⁉」

「うわ～、無自覚だよ。アイル、君……結構ヤバいね」

「まぁまぁ、いいじゃないの。いい恋愛も悪い恋愛も終わったら次の恋のための肥やしになるんだから、でしょ？」

話をまとめたビビアナがパチンとウィンクした。何と言うか……、ビビアナが言うと説得力あるなぁ。

考えてみれば彼氏いない歴も一年以上になるし、いい加減恋愛に関しても前向きにならなきゃね。

「でも今はこうやって皆でワイワイやってる方が楽しいかな。それに普段から美形の皆を見てるから目が肥えちゃってハードル上がってる気がするなぁ、あはは」

「んもぅ、アイルったらまたそんな可愛い事言ってくれちゃって！」

ビビアナが私の顔をガシッと捕まえチュッチュッと顔にキスを落とす。

「あっ、ちょっと……ビビアナ……くさっ！　ビビアナ！　ニンニクすり下ろした手で触られたら

「……なんかピリピリするッ⁉」

ビビアナの気が済むまで顔中にキスをされたせいで顔がニンニク臭くなり、結局洗浄魔法をかけてから料理を再開した。

◇　◇　◇

「それじゃあ、この子達は港の本店に預けてくれればいいから。あんたらは大切にしてくれるからこの子達もご機嫌だな、それじゃ道中の無事を祈ってるよ」

貸し馬屋で王都行きに付き合ってくれた馬達を借りて門前広場へと向かった。本来なら私の分の馬も借りるところだが、今回は護衛も一人馬車に乗るようにと言われているので、サイズ的に私が乗り込む事になった。

公爵家の馬に乗った護衛二人に御者と従者が一人、それが公爵家御一行。

来る時は冒険者を雇ってウルスカまで来たらしい。

どうやら兄妹《きょうだい》と従者が一緒に馬車に乗るようで、合流したら既《すで》に中に乗り込んで待っていた。

「来たか！　アイル、早く乗るがいい」

「うふふ、友人と一緒に旅行なんて初めてですわ」

「は、はぁ……」

いつの間にかフェリスに友人認定されていたようだ。認定されたのってもしかして愛称で呼んでいいって言った時かな？

　という事はクラウディオ……じゃなくて、クロードも私の事を友人認定している可能性がある。年上だけど、友人になるのに年齢は関係ないか。

　フェリスがポフポフと空いている自分の隣の席を叩《たた》いて、早く座るように促してきた。

「じゃあ私は中で護衛につくね」

「ああ、頑張れ」

　無意識に縋《すが》るような目をしてしまったのか、リカルドにわしゃわしゃと頭を撫《な》でられ、覚悟を決めて馬車に乗り込んだ。

　何故《なぜ》覚悟を決める必要があるかというと、この兄妹では無く従者の存在のせいである。

　恐らく貴族なのだろう。私を見る目が明らかに見下していると言うか、蔑《さげす》んでいると言っても過言では無い。

　この先長いし下手《したて》に出ておくべきか、それとも先が長いからこそ舐《な》められないようにするべきか……。

　クロードとフェリスは全く気付いてないようで、嬉《うれ》しそうに私を歓迎してくれている。この従者は主《あるじ》の気持ちを尊重しようとか思わないのだろうか。

「はぁ……、このような下賤《げせん》の者と同乗せねばならないとは……せめてあっちの女くらい見目がよければマシだったものを」

　従者は私の向かいに座っており、窓の方を向いてボソボソと小声で悪態を吐《つ》いた。

普段なら馬車の音に紛れて聞こえなかったかもしれないが、今の私は万が一の事を考えて身体強化をかけている。つまりは聴覚も強化されているので小さな呟《つぶや》きも拾ってしまったのだ。

そしてこの従者は私の敵だと認定した。最近窮屈になってきたツルンとしたフォルムの胸当て、コイツはそれをチラ見してさっきのセリフを吐いた、理由はそれだけで十分だろう。

「それにしてもこの馬車は今まで乗った馬車に比べて格段に乗り心地がいいね。座席のクッションだけじゃないよね、いいサスペンションが使われてるのかな？」

「ああ、タリファスは賢者アドルフが定住した国だからな。他国にはあまり知られていない技術も結構あるんだ。こちらではあまり知られていないと思っていたが、よく知っていたな」

「名前だけは……構造はよく知らないんだけどね」

「ふん、賢者アドルフの伝えた知識の半分は一部の者以外には秘匿されているのだ、お前のような者が知っている訳なかろう」

「カルロ！」

クロードと話していたらカルロと呼ばれた従者が割り込んで来た。何で主人であるクロードより偉そうな訳!?

従者はクロードより年上に見えるから二十三歳くらいだろうか。よくあるパターンだと乳兄弟で、この二人に対しても礼儀が緩いというやつかもしれない。

「公爵家の馬車の質はいいのに、従者の質はイマイチみたいだね？」

「な……っ!?」

コテリと首を傾《かし》げて言うと、カルロはカッと目を見開いて私を睨みつけてきた。

「済まないアイル。カルロは乳兄弟で私達の兄同然の存在なせいか、周りの者からあまり厳しく教育されてないいんだ」

「クラウディオ様が謝った⁉　クラウディオ様、このような者にあなたが謝る必要などございません！　こんなぁうッ」

カルロが興奮しながら言い募っていると、フェリスが手にしていた扇子でカルロの頭をビシッと叩いた。

「フェリシア様何を」「アイルはわたくし達の友人なのです。友人は身分に関係なく対等なのよ、あなたが口出しする事は許しません」

「……………畏《かしこ》まりました」

言葉こそ従順ではあるが、明らかに顔が不服だと訴えている。

この二人が傲慢《ごうまん》な態度だったのはコイツが原因なんじゃなかろうか、ここはひとつ意趣返しといこう。

「クロード、道中の食事ってフェリスとクロードの二人分でいいのかな？　彼も下賤の者が作ったような食事なんて食べたくないだろうし」

「ふ、ふん、その通りだ。お前みたいな者の作った食事なんぞ食べないぞ」

カルロが大人げなくそっぽ向きながら言ったのを聞いてニヤリと笑う。そんな私を見てクロードは苦笑いをしつつ頷《うなず》いた。

「本人もこう言っているからそれでいい、カルロ以外食べたがるだろう。当然私達も」

「わかってるって！　出発を遅らせた分ちゃんと作って来たからね。野営を極力減らして夜は宿に泊まれるようにするんでしょ？」

「ああ、私はともかくフェリスが夜テントに一人だと不安で眠れないようだからな。ウルスカに向かう時に野営したら翌日の隈《くま》が酷《ひど》かったからそのつもりだ」

「もうっ、お兄様そんな事バラすなんて酷いわ！」

「ははは、大丈夫だ。フェリスは隈があっても可愛《かわい》いからな」

「お兄様ったらぁ」

カルロはさっきの言い合いを忘れたかのように、兄妹《きょうだい》の遣り取りを微笑《ほほえ》ましそうに眺めていた。

少なくとも二週間をこのメンバーで狭い馬車の中で過ごすのかと思うと、こっそりため息を吐いてしまう私だった。

◇　◇　◇

「午後にやっとトレラーガか。やはり野営無しだと余分に日数がかかるな」

トレラーガまで馬車で六時間かかる村を出発して三時間後、お昼休憩で食事しつつリカルドが言った。

「でもまぁ……夜はゆっくり休めるから僕達は楽だけどさ。…………ところで彼は頑《かたく》なだね？」

エリアスがチラリと見た先には、私達から少し離れた場所にある石を椅子代わりに座って携帯食を食べるカルロの姿があった。

「本当に強情ですわ、アイルの料理はこんなに美味《おい》しいというのに！　そう思いません？」

ロールキャベツをナイフとフォークで優雅に食べながら、フェリスが公爵家の護衛と御者に話しかけた。

「本当に、アイルが食堂開いたら絶対常連になるくらい美味いのに。カルロはよくあんな干し肉とパンで我慢できるものですね」

護衛のロレンソはフェリスとは違い、フォークだけで齧《かじ》り付いて食べている。

結局カルロ以外は私の料理を食べる事になった。ずっと干し肉とでき立て状態の日替わり料理なら、後者に飛びつくのは仕方無いだろう。

ただカルロだけは私に謝るくらいなら干し肉の方がマシだと言って食べようとはしない。食事の準備をしている時に視線で射殺さんばかりに睨み付けて来るが。

ずっと干し肉なら栄養面が心配だけど、朝と夜は宿屋の食堂で食べてるから大丈夫だろう。

たまに屋台で買った冷め切ったものを食べている時もあるし。

「でも意外ね、アイルならいいから食べなさいって食べさせてあげるかと思ったけど」

「だな、オレもそう思ったぜ。何かあったのか？」

「え～？　何かあったっていうか……ただ態度にムカついただけだよ。初対面のクロードやフェリスはただ偉そうなだけだったけど、カルロは蔑《さげす》むというか……明らかに見下してきたからね。そんな奴《やつ》に私の手料理を食べさせる気は無いだけ」

「「偉そう……」」

ビビアナとホセの言葉に笑顔で答えると、クロードとフェリスは微妙にダメージを受けたようだ。

「ああ……、確かにカルロさんは貴族とそれ以外という見方をするところありますからね……。我々のような平民の使用人の事は未《いま》だに名前すら覚えてもらえません」

四十代に見える御者が寂しそうに笑った、年齢的にきっと何年も公爵家で働いているよね？　そんな人まで邪険にしているのなら、私に対する態度が悪いのは当然だ。

今のところカルロは嫌味を言う程度で実害は無いので放置している、暴力や嫌がらせをしないところは評価できるかな。

危ないところを助けたりしたら態度も軟化するんだろうけど、今まで出てきた魔物や野盗の類いは騎乗チームが余裕で対処している。

何気に公爵家の護衛しているだけあってロレンソ達も強いし。

なのでカルロの態度は一向に変わらない。いや、むしろ悪化していると言える。

何故ならカルロが嫌味を言うとクロードとフェリスが私を庇《かば》うし、食事休憩が終わった後に二人がアレが美味しかった、コレはまた食べたい、と絶賛するせいだろう。

もしかしたら馬車内でクロードやフェリスが眠ってしまった時にストールをかけてあげたりしてたから、従者の仕事を取ったと思われてるかもしれない。

「さぁ、そろそろ出発しよう」

一行のリーダーとして動いているロレンソの号令で私達は馬車に乗り込み、護衛の皆は騎乗した。

御者が車内に声をかけて馬車を走らせる。そして話題はいつものように食べたばかりの食事の話に……。

「わたくしロールキャベツはトマト煮込みしか食べた事が無かったけれど、アイルのコンソメ味も凄《すご》く美味しかったわ！　帰ったら料理人に言って作ってもらわないと」

「えへへ、煮込み料理は伯爵家の料理長に色々コツを教えてもらったし、腕が上がったと自分でも思ってるの」

「あら？　アイルは伯爵家と繋《つな》がりがあるの？」

伯爵家と言った途端、カルロがピクリと反応して私達の会話に聞き耳を立てているのがわかった。

「前に話した三賢者を直接知ってるエルフの友人が伯爵なの。これでも私達はこの国の王様から王侯貴族であろうと意に染まぬ事は断ってもいいという許可証をいただいているんだよ？」

「な……っ、嘘だ……！」

「嘘ついてどうするの、ホラこれ」

ショルダーバッグ経由でストレージから許可証を取り出して広げて見せた。

カルロだけで無く、クロードまで目を見開いて驚いている。

「この繊細な玉璽《ぎょくじ》は本物だろう……」

「ぐ……っ」

許可証には飾り文字で国名が彫られた玉璽が押されている。デザインが凄く繊細で、複製するのは至難の業だろう。

クロードの呟きにカルロが悔しそうに顔を歪《ゆが》めた。

「凄いじゃない！　それじゃあ陛下に拝謁した事があるのかしら？」

「うん、王太子殿下も一緒にね。不敬かもしれないけど、本物の王子様よりクロードの方が物語に出て来る王子様のイメージに近いと思う」

「うふふ、アイルったら。でもお兄様は素敵ですものね、その気持ちはわかるわ」

「ははは、ありがとう二人共」

この瞬間からカルロが嫌味を言わなくなったと私が気付くのは、もう少し後の事。

◇　◇　◇

「アイル様にお客様がいらしております」

トレラーガの高級宿で夕食を食べた後、護衛のために女三人の部屋で寛《くつろ》いでいたら宿の従業員が呼びに来た。

「エドかな？　フェリス、この街の知り合いだと思うからちょっと行ってきていい？」

「ええ、就寝までには戻るようにね」

「わかった、行ってきまーす」

フェリスとビビアナに手を振って部屋を出て宿の入り口に向かうと、予想した通りエドがいた。

「あ、やっぱりエドだ」

「やぁ、アイル。今回はタリファスの公爵家の子供達を護衛してるんだって？　お陰で思ったより早くまたアイルの顔を見られたから感謝しないといけないな」

色気たっぷりに微笑みを浮かべ、サラリと口説き文句にしか聞こえない事を言われてしまった。落ち着け私、エドは変態……ただの変態じゃなく、性別問わずの小児性愛者《ペドフィリア》なのよ……うん、よし。

「私もこんなに早くまたトレラーガに来るとは思ってなかったわ。知っての通り今は護衛中だから就寝時間までしか時間が無いの」

「それならここの地下にあるバーに行こう、面白い造りになっているんだ」

「面白い造り……？」

エドに先導されて足元だけ薄灯りで見える階段を下りて行くと、段々壁がゴツゴツした岩に変わってきた。

「洞窟《どうくつ》みたい……」

「ここは魔導期に建てられた老舗《しにせ》の宿でね、土魔法で洞窟を再現したらしいんだ。冒険者にも好評だが高級宿だから妙な輩《やから》は入れないし穴場なんだよ」

「へぇ、確かに何も無いってわかっててても何だかわくわくしちゃ」「あっ、アイル」

エドに開けてもらったドアを潜《くぐ》った途端名前を呼ばれ、声の方を見ると御者も含めた男性陣全員がバーの店内にいた。

「ここは酒を出すバーだぞ？　何でアイルがここにいるんだ？」

ホセがジロリと睨《にら》んできた。

「お酒しか出さない訳じゃないでしょ？　面白い造りだからって誘ってもらっただけだもん」

そりゃまぁ……、一杯くらいならいいかなぁっていう下心が全く無かったかと言えば……怪しいけどさ。

「確かにここは内装見るだけでも楽しいかもね、盗賊のアジトをイメージしてるんだってさ」

「へぇぇ……」

エリアスの説明に店内を見回すと樽《たる》や木箱がオブジェとして置かれていて、奥の酒蔵と思われる出入り口は檻《おり》のようになっている。

話をしていたら不意にエドの手が腰に回された。

「アイル、私といるんだから今は私だけを見て欲しいんだが……？」

「あ……、ご、ごめん」

不機嫌な顔では無くむしろ色気ダダ漏れな微笑みで言われ、動揺したせいでつい謝ってしまった。

エドってば人心掌握の技というか、ジゴロ的才能があるよね。というより前に所属していた組織でそういう技術を叩《たた》き込《こ》まれたのかもしれない。

他の皆はテーブル席にいたので、私とエドは誰もいないカウンター席に座った。

私は振り向き、未《いま》だジトリとした視線を向けているホセに指を一本立てて媚《こ》びるような笑みを浮かべる。

それを見たホセがリカルドとエリアスに視線向けると、二人は肩を竦《すく》めた。

するとホセは重いため息を吐《つ》いてから指を一本立ててコクリと頷《うなず》いた、こうして一杯だけお酒を飲んでもいいという許可をもぎ取る事に成功。

「どうしたんだい？　アイル」

「ん？　私ってあまり酒癖が良くなくて……、だから人前でお酒を飲むの禁止されてるの。今のは一杯だけなら飲んでもいいって許可をもらったってワケ。今日は疲れてるし甘いお酒がいいかなぁ」

「ならばこの辺りの果実酒がいいんじゃないかな？　交易都市でしかも老舗の高級宿なだけあって珍しい酒も多いからね」

カウンターの上にあったメニューを引き寄せて指を差す。そこには果物の名前がくっついているお酒の名前が並んでいた。

「あっ、コレがいい！」

なんとライチのお酒があった、グレープフルーツのジュースがあれば楊貴妃《ようきひ》になる。

名前に惹《ひ》かれて試した時からお気に入りのひとつなので、仕入れ先を教えてもらえないだろうか。

「ストレートで？　それとも水割り？」

「ロ……ストレートで」

そうだった、こっち異世界《 》だと氷を作れる魔導具って希少なんだった。危うくロックで頼むところだったよ。

ここで魔法で氷を作る訳にもいかないし……、ロックで飲みたかったなぁ。

「君、ライチ酒をストレートで二つ、……二杯分の量で」

ストレートだと基本的に量が少なめだもんね。エドは後半はコソッと注文してくれたけど、きっとホセには聞こえただろう。

視線が背中に突き刺さっててちょっと今は振り向けないけど、合わせて二杯分だしまだセーフだよね、うん。

「お待たせ致しました」

差し出されたグラスを受け取り、掲げたグラスをカチンと合わせる。

「初めてアイルとお酒を飲める今夜に」

「ふふ、そういえば食事はした事あっても、お酒は一緒に飲んだ事無かったもんね。エドは普段も甘いお酒飲んだりするの？」

よく冷えたお酒をひと口飲み込むと、時間差で胃が熱くなる。このお酒、結構強いやつだ。でも口当たりは甘いジュースと変わらないからゴクゴク飲んじゃいそう。

「いや、アイルが好きなお酒の味を知っておこうと思ってね……うん、甘いな。アイルの唇も同じくらいに甘そうだが」

エドはそう言って艶《つや》っぽく微笑《ほほえ》みを浮かべた。言われてペロリと唇を舐《な》めると、甘いライチの味がした。

「ホントだ、唇まで甘くなってる。それじゃあひと口飲む度に唇舐めたら二度美味しい！　な～んてね、にゃはは」

大事に飲んでいたつもりが、もうグラスが空《から》になっていた。体温が上がり、熱い吐息が漏れる。

「アイル？　大丈夫かい？」

「んふふ、酔わせたのはエドのくせにぃ〜、私を酔わせてどうするつもり〜？」

思ったより強かったし、二杯分飲んだからちょっと酔っ払っちゃっただけだもん。お約束を口にしながら人差し指でエドの二の腕をグリグリと弄《いじ》った。

「お酒より私に酔ってくれてるのなら嬉《うれ》しいんだけどね？　できるなら今夜はこのまま」「悪いがそこまでだ」

私とエドの間に見慣れた褐色の手が現れた。

「ホセ？　どうしたの？」

「お前……約束破って二杯分飲んだよな？」

ジロリと怖い顔で睨まれて身が竦《すく》み、上目遣いでホセを見る。

「ごめんなさぁい……」

「いや、アイルは悪くない、二杯分だが一杯しか飲んでない事には変わりないからな」

「詭弁《きべん》だな、コイツはこれ以上飲んだらヤベェんだよ。今でギリギリくらいか……強《つえ》ぇ酒飲みやがって。ホレ、部屋まで連れてってやる」

「ん……」

確かに歩くのちょっと辛《つら》いかも、腕を広げるホセに両手を伸ばすと、子供みたいに縦抱きに抱き上げられた。

「アイル……」

「エド、ごめんねぇ、ちょっと酔っ払っちゃったみたいだからもう部屋に戻るよ。そろそろ就寝時間だし、ちょうどいいから今日はこれでお開きにしよう。帰りにも寄るからお土産《みやげ》楽しみにしてて」

酔ってふわふわしているせいか勝手に顔がニコニコしちゃう。エドに手を振るとホセが動き出したので、慌てて首にしがみつく。

いつの間にかリカルド達も部屋に戻ったようで店内にはいなかった。部屋に送り届けられた私はフェリスにお酒臭いと叱られながらそのまま眠りに落ちた。

翌朝はお酒を飲んでそのまま寝たせいか、薄暗い日の出前に目が覚めてしまった。

静かにベッドから抜け出して部屋にあるバスルームに向かう。ホテルに着いた時点で着替えはしたけど、お風呂《ふろ》に入らず寝ちゃったんだよね。

トイレを済ませてお風呂に入る事にした。私とビビアナが寝てる場所は従者用のベッドで、主人の後に従者がお風呂に入る事を想定しているのか、バスルームに防音が施されているので水音を気にせず朝風呂を堪能する。

ドライヤーの魔導具があるからそれで乾かしてもいいけど、洗髪料の違いのせいで仕上がりが日本と比べて満足できないため、結局いつも洗浄魔法を使ってしまう。だけど頭を洗うのは気持ちいいので一応洗っている。

今夜は野営所が整備されてるとはいえ、どうしても山の中で野営になるらしい。野営所はキャンプ場と呼ばれる所より広くて設備がしっかりしている。有事の際に大人数でも使えるように、トイレや水場が領地の予算で管理されているからだ。

しかし野営所で堂々と魔法が使えないため、ちょっとした細工をしておく事にした。

水の革袋にインクとペンで……っと、これでパッと見ただの革袋だけど、お湯が出せる魔導具なんですって言い張れる。

知識自体はあるからそれっぽい魔法陣を描いて区別がつくようにして、もうひとつ水専用も作っておこう。

これで野営の時身体《からだ》拭いたりするお湯を出す時にいちいち沸かさなくてもお湯が使える。

作業が終わる頃にはすっかり太陽が昇って部屋の中が明るくなってきた。


「んぅ……、アイル……？　おはよう、もう起きてたの？」

セシリオが見たら朝から襲いかかるんじゃないだろうか、と思う色気を撒《ま》き散《ち》らしながら身体を起こすビビアナ。

「おはようビビアナ、ちょっと早く目が覚めちゃった」

「ふふ、昨夜の事は覚えてる？　ホセが不機嫌そうにアイルを抱っこして連れ帰って来たけど、約束破っちゃったの？」

「覚えてるよ、ちゃんと許可もらってから一杯だけ飲んだんだもん。ちょっとエドが注文する時に多めに入れるように言ったからほろ酔いにはなっちゃったけど……」

「あら、それならアイルがお酒に弱い事がエドガルドにバレちゃった訳ね？　どうりでホセの機嫌が悪い訳だわ。今後エドガルドがアイルにお酒を飲ませようとするかもしれないから、気を付けなさいよ」

人差し指で優しく私の額をトンと突いてビビアナは着替え始めた。

一時間後には皆起きて食事を済ませると、少し食休みをとって出発した。予想通り待っていたエドに見送られて。

◇　◇　◇

［Ｓｉｄｅ　エドガルド］

ある日、半月程前にこの街に寄ったタリファスの公爵家の子女がウルスカからこちらへ向かうという情報が入った。

ウルスカといえばアイルの住む街。他国の貴族なんぞよりアイルが来てくれればいいのに、と思いながらも報告書を読み進めて私は思わず拳《こぶし》を握った。

ふふふ、そうか、護衛がアイル達なんだな……。それまで興味がなかった公爵家の子女に感謝しつつ積まれた書類を片付ける。

アイルに会うために仕事を放り出すとアルトゥロが煩《うるさ》いからな。アイルと共に過ごす時間のために、仕事を前倒しでやってしまおう。

まだアイルとは数回しか会ってないが、反応を見る限りラフな格好よりカッチリしたスーツ姿の方が好きなのだろう。

アイルに会う時はスーツで、そして紳士的に振る舞う方が好まれると学習した。お陰で前回はマッサージを口実に触れる事もできたしな。

普段なら一週間で到着するのにもう十日目だ。今日も来ないのかと焦《じ》れつつ、アルトゥロに給仕をしてもらいながら夕食を食べていたら、トレラーガで最高級の宿に入ったと報《しら》せが来た。

さすがに他国の公爵家の人間がいるところへ押しかける訳にもいかず、夕食が終わるであろう時間まで待って会いに行く。

宿の従業員にアイルに会いに来た事を伝えてエントランスで待っていると、いつもの愛らしい笑顔でアイルが現れた。

「あ、やっぱりエドだ」

どうしてアイルに対してここまで心が震えるのだろう、アイルに対しては踏み付けにされたい気持ちと護《まも》りたい気持ちと蹂躙《じゅうりん》したい気持ちが同時に湧き起こる。

公爵家の護衛をしているのであまり時間は無いと言うアイルに、宿の地下にあるバーに行く事を提案した。

盗賊のアジトをモチーフに洞窟《どうくつ》を再現してあって物珍しさから人気がある。きっとアイルも気に入ると思って誘うと、提案に乗ってくれた。

喜びながらバーに向かうと、残念ながらアイルのパーティ仲間と初めて見る数人がいた。酒を出す店だからとアイルと何やら揉《も》めているようだ。

そういえば前に食事をした時も食前酒すら断っていたが、もしや苦手なのだろうか。

せっかく二人で来たのだからと店内の説明をしながら、パーティ仲間と離れたカウンターへと誘導する。キョロキョロと興味深そうに店内を見回すアイルが小動物のように可愛《かわい》らしくて、思わず揶揄《からか》いたくなってしまった。

できるだけ下心がバレないように心を落ち着け、腰に手を回して微笑みを浮かべる。

「アイル、私といるんだから今は私だけを見て欲しいんだが……？」

「あ……、ご、ごめん」

紳士的に振る舞うとやはりアイルは反発しないようだ。少し照れたように素直に謝罪の言葉を口にするアイルは、このまま連れて帰りたくなる程愛らしい。

そんな邪《よこしま》な考えを見透かされてはいけないと心を落ち着かせていると、隣でアイルが仲間達となにやら遣り取りをしていた。

「どうしたんだい？　アイル」

「ん？　私ってあまり酒癖が良くなくて……、だから人前でお酒を飲むの禁止されてるの。今のは一杯だけなら飲んでもいいって許可をもらったってワケ。今日は疲れてるし甘いお酒がいいかなぁ」

いい事を聞いた、酒が嫌いな訳じゃないらしい。カウンターに置いてあるメニューを見せ、甘くて飲みやすいが強めの酒の名前が並んでいる辺りを指差して勧めると、南国で作られた強い酒を選んだ。

嬉しそうに選ぶ姿を見る限り酒自体は好きなのだろう、しかし仲間からは一杯だけだと決められているようだ。

店員に二杯分の量を入れるように指示したが、アイルが何も言って来ないところを見るとやはり酒は好きなようだ。

グラスを合わせて会話を楽しんでいたら、段々アイルの目がとろりとしていつもは感じさせない色気が出て来た。

そのせいか、つい昔の仕事で培われた口説き文句が口を衝《つ》いて出てしまった。

「アイルが好きなお酒の味を知っておこうと思ってね……うん、甘いな。アイルの唇も同じくらいに甘そうだが」

そう言うとアイルが妖艶《ようえん》な仕草でペロリと唇を舐めた。

「ホントだ、唇まで甘くなってる。それじゃあひと口飲む度に唇舐めたら二度美味しい！　な～んてね、にゃはは」

さっきのアイルは幻だったのかと思う程色気が吹き飛んだが、これはこれでイイ。

グラスが空《から》になる頃にはアイルの呼吸が浅くなり、頬に朱がさして瞳が潤んでいた。

「アイル？　大丈夫かい？」

「んふふ、酔わせたのはエドのくせにぃ～、私を酔わせてどうするつもり～？」

声をかけるとまさかの答えが返って来た、落ち着け私。これはアイルから誘ってくれたと考えていいんだろうか……、いいよな⁉

「お酒より私に酔ってくれてるのなら嬉しいんだけどね？　できるなら今夜はこのまま」「悪いがそこまでだ」

私の家で飲み直してあわよくば……と思っていたのに、邪魔が入った。

何やらアイルに説教をし始め、アイルも素直に謝っている。ああっ、そんなに愛らしい上目遣いをしたら、この獣人が邪《よこしま》な事を考えてしまうだろう⁉

アイルは獣人に言われるがまま抱き上げられてしまった。完全に信頼しているとわかる素直さで。

私はまだそこまで信用されていない、ある程度心を許してくれているのは感じるが、内側までは入れてもらっていないのはわかる。今夜も側《そば》に仲間がいなければ酒を飲んだりしなかったのだろう。

「アイル……」

思わず縋《すが》るように名前を呼ぶと、獣人に抱き上げられたままニコニコと嬉《うれ》しそうにもう部屋に戻ると言われてしまった。

獣人が言ったギリギリというのは正気を保っていられるという意味だろうか、初対面の時に睡眠薬を仕込んだが、もっと有効な手段がわかっただけ今日は収穫があったと言える。

またお土産をくれると言っていたし、今後もチャンスはあるだろう。

完全に信用してもらえるまで焦らされてると思えばこれはこれで…………ふふふふふ。

昂《たかぶ》った気持ちを鎮めるためにも、以前に比べて格段に治安が良くなった夜道を歩いて帰った。

◇　◇　◇

道中野営で二晩過ごし、緩やかな山道を下っているとコツコツと馬車のドアが叩《たた》かれた。

窓の外には下り道のためゆっくり並走しているリカルドがいたので、少しドアを開ける。

「そろそろトレラーガの衛兵が言ってた山賊が出る場所になる、警戒を頼む」

「『探索《サーチ》』…………あ、今斥候がアジトに戻ってる……と思う。足止め係がいるのは一キロくらい先だね、人数は全部で十五人くらいかな」

『警戒を頼む』は、出発前に決めていた合図だ。馬車の走行音に紛れて広範囲に探索魔法を展開し、状況をリカルドに報告した。

この道は山中で魔物も多く、村や町が作れない。早馬で駆け抜けても一日以上かかるせいで何度捕まえても山賊の被害が跡を絶たないらしい。

しかも魔物の多い所にアジトがあるだけあって、腕の立つ山賊が多いとか。

車内の三人が私達の会話を気にしているのがわかったので、会話が聞こえないようにできるだけ身体を乗り出して報告していたら、馬車が石を踏んだのかゴトンと大きな音を立てて車体が跳ねた。

「わぁっ」

「おっと」

馬車から落ちそうになったところをリカルドが咄嗟《とっさ》に片手で捕まえてくれた。今の私は荷物のように小脇に抱えられている。

危なかった……、心臓がドッドッドッと早鐘のようだ。

「あ、ありがとう……」

「はは、走りながら話すのは危ないな、戻れるか？　そろそろ皆に警戒を促してくる、車内は任せたぞ」

更に馬を馬車に近付け、私の足が車体に届くようにしてくれたので何とか車内に戻る。

「よっ……と、わかった。こっちは任せて！」

車内に戻って座席に座ると、フェリスが呆《あき》れたようにジト目を向けてきた。

「走っている馬車から身を乗り出したら危ないのは子供でも知っていてよ？」

「あはは、ホントそうだよね。危うく私の可愛い顔が大変な事になるところだったよ」

和ませようとちょっと冗談言っただけなのに、呆れた目が三人分に増えた。

ホセやエリアスがいたら絶対にツッコミ入れてくれて笑いになるところなのに……！

耐えきれずサッと視線を外に向けると、リカルドの声が聞こえてきた。

「そろそろ山賊が出る区域だから周囲への警戒を強めてくれ！　いつ矢が飛んで来てもおかしくないからな！」

他のメンバーがそれぞれリカルドに応える声がして、車内の空気も緊張感が増した。

「やはり出るのでしょうか……」

「恐らくな。ウルスカに向かった時は、運良く前日に盗賊が捕らえられた後だったから出なかったらしいが……」

カルロとクロードの会話を聞いて、フェリスが不安そうに私の袖《そで》をギュッと握った。

その手に手を重ねてポンポンと優しく叩く。

「大丈夫よフェリス、私が必ず守るから。その代わりどんなに怖くても私の動きを阻害しないようにね。私の代わりに二人のどちらかにくっついておけばいいから」

「わ、わかりま」「来たぞ‼　止まらずそのまま走らせろ！」

護衛リーダーのロレンソの声と馬の嘶《いなな》きが聞こえ、フェリスが息を呑《の》んだのがわかった。

もしも外の人達を突破してドアを開ける山賊がいたら、私は初めて人を殺す覚悟をしなければならない。

ガブリエルの護衛の時みたいに全員が戦える訳じゃなく、むしろ車内にいる三人は戦力にならず私が護らなければならないし。

ストレージから棒手裏剣を出し、三人を背後に庇《かば》う形でドアの前でいつでも投擲《とうてき》できるように構える。

外からは金属がぶつかり合う音や叫び声が聞こえ、段々近付いてくるのがわかった。

「お兄様……」

「大丈夫だ。アイルもいるし、いざとなったら私が必ずフェリスを護るよ」

声は震えていたけれどクロードは懸命にフェリスを落ち着かせようとしていた。カルロは従者という立場上二人を護らなければならないが、今にも失神しそうな程顔色が悪い。

そしてとうとう馬車が止まってしまった、どうやら囲まれたようだ。

ビビアナは接近戦になったら不利じゃないだろうか。前に弓の装飾に見える部分には魔銀合金《ミスリル》が使われていて、いざとなったら打撃にも使える造りだって言ってたから大丈夫だよね。

乱戦になっているようで、四方から戦闘音が聞こえてくる。

「実力的に蹴散《けち》らすのは問題無いから安心して、ただ向こうの方が人数が多いから馬車まで辿《たど》り着《つ》く奴《やつ》がいるかもしれないだけ。でも、私がいる限り心配ないから」

落ち着かせようと笑顔を向けた瞬間、馬車のすぐ側で下卑《げび》た笑い声が聞こえてきた。

緊張で呼吸が浅くなり、意識して深呼吸を繰り返すが掌《てのひら》にじっとりと汗が滲《にじ》み出《で》る。

覚悟を決めろ、躊躇《ためら》うな、殺《や》られる前に殺らなきゃ護れないんだ。

「ぎゃははは！　と〜ちゃぁ〜く、大人しくすりゃ女は命だけは助けてや」

悪党の口上を最後まで聞いてやる義理はない、剣を持った悪臭を放つ薄汚れた男がドアを開けた瞬間、眉間《みけん》に棒手裏剣を叩き込んだ。

何が起こったかわからないまま絶命した男は、グラリと傾いて地面に倒れる。

「何だ⁉　どうした⁉　ぐぁッ」

男の仲間が駆け寄ろうとして誰かに斬り伏せられたようだ。時々怯《おび》える御者の小さな悲鳴が聞こえているので、御者も無事なのだろう。

私は死んだ男を視界に入れないように顔を背けたまま、震える手で馬車のドアを閉めた。

周りの戦闘音は徐々に小さく、静かになっていく。

「静かに……なったな……」

フェリスを抱き締めたままクロードが漏らした呟《つぶや》きがやけに大きく聞こえ、周りが静かになった事に気付いた。

「アイル、大丈夫か？」

リカルドの気遣うような声が、ノックと共に車内に届く。

「う、うん、皆無傷だよ。外の皆も怪我《けが》してない？」

「そうか、俺達もポーションで治る程度しか怪我してないから安心しろ。ロレンソが死体を回収したら出発するから少し待っててくれ」

「わかった」

自分が殺した男の死体を見たくなくて、ドアを開けずに会話した。リカルドもそれをわかっているようで、中の様子を背伸びして窓からチラリと確認しただけで馬車から離れていく。

山賊達の腕が立った分、こちらも手加減する事ができなかったため、全員死体となってロレンソの魔法鞄《マジックバッグ》に収納されて近くの町まで運ぶ事になった。

その日も野営で夕食の準備をし、私は食欲がなかったが無理矢理食べ物を口に入れた。しかしすぐに吐き気に襲われ、急いでその場を離れて吐いた。

「う……、ぐ、ゲホゲホッ、はぁ……っ」

私は護衛の仕事を全うしただけだもの、後悔なんてしていない。だけど魔物と間違えて鹿を殺した時とは比べ物にならない恐怖と嫌悪感が込み上げていた。

初めて人を殺した、その事実に今になって震えが止まらず涙が溢《あふ》れてくる。

「ふ……、ぐすっ、ひっく……」

「一人で抱え込むんじゃねぇよ、バカ」

不意に腕が引っ張られて気付くとホセの腕の中にいた。顔の色んな所から色んな物が出ているから、顔を埋《うず》めたホセの服が汚れてしまう。

「ホセ……服……汚れちゃう……ひっく」

「後でお前が洗浄魔法かけりゃいいだろ。鹿殺しただけでも泣いてたお前が、初めて人を殺して平気な訳ねぇもんな。泣きたきゃ泣け、ただ一人で泣くな」

「う……っ、ふぅぅ……っ、わあぁぁぁぁん」

その後、五分程ホセの服をハンカチ代わりに泣き続け、泣き止《や》んでから洗浄魔法と自分の顔に治癒魔法をかけた。

ちなみにホセが来たのは私が走って離れたせいであっという間に真っ暗な山中で見失ったため、ホセが匂いで探すしかなかったそうだ、反省。


朝、テントでビビアナの双丘に埋もれて目が覚めた、何度も一緒に寝ているので谷間に顔をキープしたら窒息しない事を学習したので安全である。

昨夜は皆気を使って夜の見張りを免除してくれた上、予想された通り魘《うな》されている私を見かねてビビアナが一緒に寝てくれたのだ。

「おはようアイル、ちゃんと眠れた？」

「うん、ビビアナのお陰でぐっすり眠れたよ。ありがとう」

テントで眠る時はパジャマに着替えたりしないので、洗浄魔法で顔を洗ってテントを片付けるために外に出た。

フェリスは私達が側にいるとわかっていれば一人でもテントで安眠できたらしく、今は夜一人で過ごしている。

「おはようアイル、昨夜は眠れたか？　それでその……コレなんだが……、また使うか？」

テントを片付けていたら明け方の番をしていたリカルドが近付いて来て、躊躇《ためら》いがちに一本の棒手裏剣を差し出した。

昨日山賊の眉間に撃ち込んだ物だろう、綺麗《きれい》に洗ってくれたようで血はついていない。

「おはようリカルド、ビビアナのお陰でちゃんと眠れたから安心して。いつまでも甘ったれてはいられないし……慣れなきゃね」

一度深呼吸してリカルドの手から棒手裏剣を掴《つか》み取った。

正直人を殺《あや》めた武器なんて気持ち悪いけど、武器はパーティのお金で賄ってるから使い捨てにするなんてできないし……黒い悪魔《G》に関しては自腹で補填《ほてん》してでも使い捨てにするけど。

「まぁ……無理だけはするなよ？」

「うん、ありがと」

テントを片付けて空いた場所にシートを敷いて、朝食の準備をする。

テーブルに並び始めた食事を見て、カルロがテントの片付けを急ぎ出した。どうせ一人だけ携帯食なんだから急いでも意味ないのに。

「おっ、今朝は味噌汁《みそしる》なんだな。おはようアイル」

三種のキノコ味噌汁をお椀《わん》によそっていたら、テントを片付け終わったロレンソ達も集まって来た。

挨拶《あいさつ》を交わしてそれぞれ自由に席に着いて食べようとしたら、カルロが声をかけて来た。

「あの、アイル……私もおま……君の食事を食べていいだろうか……」

目を逸らしながらそう言われたが、どうすべきかリカルドに意見を求めて視線を向ける。

「食べるのは構わんが……その分料金上乗せになるから雇い主が了承したら、だな」

宿屋をできるだけ利用しているから食事は足りる。しかし食材だってタダじゃないから、その分の食費はもらわないとね。

リカルドの言葉に皆の視線がクロードに集まる。

「そのくらい出してやる。やっと素直になったか」

「じゃあ一食につき大銅貨一枚でよろしく」

「わかった、家に着いたら計算して請求してくれ」

「了解。さ、カルロ、ここに座って食べなよ」

カルロは冒険者と違ってあまり量は食べないけど、街中じゃないから割高料金でも文句は言わせない。

ちなみにたくさん食べる護衛達は二倍の料金計算にしてあるが、むしろお得なくらい食べる。カルロはおずおず座ると新たによそった味噌汁におにぎり、ぶり大根とだし巻き玉子をフォークを使って食べ始めた。

だし巻き玉子を口にして数回咀嚼《そしゃく》するとカッと目を見開き、無言で他の物も凄《すご》い勢いで食べている。

「ははっ、アイルの料理は美味《うめ》ぇだろ？　意地張って今まで食いそびれたのが勿体《もったい》ねぇって思わねぇか？」

「正《まさ》しく……その通りだ。アイル、君は以前料理人でもしていたのか？」

ホセの言葉に口の中の物を咀嚼し飲み込んでからカルロが口を開いた。その辺りは育ちの良さというやつだね。

「祖母に料理を習いはしたけど、料理人では無いよ」

「アイルは最適な味付けを知っているんだと思うわ。平民は香辛料や調味料が高価だから節約しようとして自然と薄味にしちゃうけど、アイルは美味《おい》しくするために躊躇《ためら》い無く使ってるもの」

「あ、そっか。だから食堂でも薄味な所が多いのか！」

「そうよ～、塩だって岩塩は採掘しなきゃいけないし、海水から作るにしても薪《まき》が必要だからどうしても高くなるし」

「私は薄味でも結構好きだけど、皆身体を動かすからちょっと濃い味の方がいいかと思って。その方が皆もよく食べるみたいだし、せっかく食べるなら美味しい方がいいでしょ？　幸い欲しい分の香辛料を買える稼ぎもあるからね！」

「すまない……私は君の事を誤解していたようだ。てっきり幼い外見で周りの者に媚《こ》びて甘えてAランクの座にいるのかと思っていた。だが昨日でそれは間違いだとわかったんだ」

真面目《まじめ》に話しているが、私とビビアナが話している間にカルロの前にあったおかずが減っていた、此奴《こやつ》やりおる……。

「まぁ……、いざという時のためにずっと馬車で待機してたから、昨日まで皆に外の対処丸投げしてたもんね。実力が無いと勘違いされても仕方ないよ…………だけどね？」

にこぉ、とエリアス顔負けのいい《黒》笑みを浮かべる私。

私の言葉に気を抜きかけたカルロがビクッと身体を強張《こわば》らせた。

「私忘れてないのよ？　初日に見目が良ければマシだった……とか、下賤《げせん》の者ってカルロが言った事を。王様の許可証を見た辺りから嫌味を言わなくなって、Aランクに相応《ふさわ》しい実力があるってわかった途端に掌返すような下衆《げす》な性根のカルロの事を人間的に嫌いなのは、最初から変わらないからね？」

キッパリとした私の宣言でその場はシンと静かになってしまったが、カルロはその後も食事を残したりせず、しっかり一人前完食した。

食事の後に出発したが、馬車の中でカルロは何事も無かったようにシレッとしていた。どうやら肝っ玉は小さめだが、神経は極太らしい。

山を抜けて夕方には町に着いた。そこで山賊の遺体を引き取ってもらい、山賊討伐の報酬もゲットした。

報酬は護衛の皆で山分け。本来なら雇われている護衛の分は主人の物になってもおかしくはないが、公爵から出張手当の代わりに自分の物にしていいと言われているそうだ。

そしてそのまま町で一泊し、今日はやっと港町のエトレンナに到着予定。

ちょっと離れた所に漁港もあるらしく、エトレンナで新鮮な魚介類も手に入るというので楽しみにしている。

「ホセとビビアナもタリファスは初めてだったよね？　僕も一回しか行った事無いけど」

昼休憩で食事をしながらエリアスが言った。へぇ、エリアスは行った事あるのか。

「ああ、エトレンナに行くのも初めてだな。なんつーか、行くなら王都方面っていう憧《あこが》れみたいなのが昔からあったしよ」

「そうね、あたしとホセだけの時はトレラーガまでが限界だったから行けなかったけど。王都までの依頼なんて、リカルドやエリアスとパーティ組むまで考えられなかったもの」

私は熱々のラザニアを冷ましつつ皆の話を聞いていた。てことは外国行くのが初めてなのは私だけじゃないのか。

文化の違いとかあるのかな、ちょっと楽しみ。

賢者アドルフが住んでたみたいだし、アドルフって名前的にもきっとドイツ人だよね。ビールやサラミやバームクーヘンがあるって言ってたし。ふふ、うふふふ。

「……ル、アイル！　何ボーッとしてんだ？　とっくに冷めてチーズ固まってきてるじゃねぇか」

「え？　あ、えへへ、ちょっと考え事してた。海を挟んでるし文化って結構違うのかな〜って」

「どうせ食いモンの事でも考えてたんだろ。リカルド、どうなんだ？」

鋭い……、冷えて少し固くなったラザニアを口に運びつつ、リカルドに視線を向ける。

「あ〜……、この国《パルテナ》よりも閉鎖的な考え……というか、獣人差別が根強い事でもわかるだろうが選民意識が強めだな。何年も前に国を出た俺よりクラウディオ様達の方が詳しいだろう」

リカルドはクロードへ話題を振った。クロード達は冒険者を辞めて依頼人の貴族という立場になったので、皆呼び方を改めている。

私も一度改めたのだが、政略結婚に対する解決策を出した恩人と思っているのか、それとも愛称呼びを許した友人だと思っているのか、口調もそのままで愛称で呼ぶようにと言われてしまった。

二週間程一緒に過ごして思ったのは、この二人は育て方を間違えられただけで性根は悪くないという事だ。

ダメな事はちゃんと説明して納得したら無理は言わないし、ちゃんと言われた事を実行できる。

公爵家の中で序列が低い事と、身分だけは高いせいで甘やかしとおざなりな対応が絡み合って我《わが》儘《まま》な子供ができ上がったという感じだ。

余談だがおざなりとなおざりという言葉があるが、「おざなり」はお座敷で盛り上げ役をしていた人の呼び方のひとつで、客によって手を抜いたり適当な事をしていた事が語源で、「なおざり」がなお（そのまま）せざり（しない）という完全放置の意味だとか。

閑話休題《それはともかく》。

「そうだな……、話には聞いていたがパルテナには奴隷がいないという事に驚いた」

「え⁉　奴隷制度があるの⁉」

「わたくし達からしたら奴隷制度がない方が珍しいと思いますわ」

パルテナで奴隷を見た事が無かったため、驚いて声を上げるとフェリスがおっとりと答えた。フェリスの言葉にホセとビビアナ以外が頷《うなず》く。

「オレ達からしたら奴隷なんて話に聞いただけで見た事も無いから馴染《なじ》みが無いけどよ、賢者サブローと関係が深い国以外はそれが普通らしいぜ。実際昔はパルテナにも奴隷がいたみたいだしな」

そうか……、考えてみれば映画で観たナチス軍はドイツ人以外は人間じゃない考えみたいなイメージだし、アメリカも未《いま》だ人種差別意識が残ってるくらいだもんね。

日本で奴隷という身分は、かなり昔まで遡《さかのぼ》らないと無いんじゃないかな？

まぁ、時代劇で観たような親がお金を受け取って子供が奉公に出る、みたいな奴隷的な扱いは戦後くらいまではあったイメージだけど。昔は今ほど人権が守られてなかったもんね。

奴隷を手放すのは財産を手放せって言うのと同じくらいだろうから、奴隷制度を無くすの大変だったんだろうなぁ。

それでも尽力したであろう賢者サブローの人柄に、同じ日本人として嬉《うれ》しくなった。

「そうなんだ……、じゃあ考え方が違うと思っておかないとダメだね」

「奴隷と言っても犯罪奴隷や借金奴隷がほとんどで、昔のように親に売られて奴隷になる者はほとんどいないがな。アイルが心を痛める必要なんて無いぞ」

クロードはそう言うが、正直奴隷なんて見た事無いし、人が物扱いされてる感覚には違和感しかない。

しかも……っ、獣人差別だなんて勿体無い事をする神経がわからない！

差別なんてするから反発して乱暴にも粗野にもなるんだと思う。

「じゃあその辺の人が奴隷商人に捕まって売られたり……なんて事は無いんだね？　ほら、会ったばかりの時ホセが奴隷商人に誘拐されてきたんじゃないかって言ってたじゃない？」

「基本的には無い。無い……が、やはり悪質な者達はいるからな。他国で子供を誘拐してきて親に売られたと言い張って売買されるという事は貧民街《スラム》では少なくない。国内の子供だと親が探して見つかったりするからだろう。どこにでも非合法な事をする輩《やから》はいるものだ………って、こんな美味《うま》い食事をしながらする話じゃないな」

ロレンソが食事を終えて肩を竦《すく》めた。

「安心しなさいアイル、この馬車に乗っているわたくし達を狙うような愚か者はタリファスにいないわ」

「そうですね、パルテナでは知られてませんが、タリファスでこの公爵家の紋章を知らぬ者はいませんから。盗賊ですら襲撃を避けますからね、なのでパルテナに来て襲われた時は怖いと思うと同時に驚きましたよ」

フェリスの後に御者が頷きながら言った。

半端な貴族だと身代金目当てに誘拐されるかもしれないけど、フェリスの家は関わると厄介だと思われる程の家って事か。

そんな家に関わるのは嫌だけど、報酬受け取らなきゃいけないから家の手前でさよならって訳にはいかない……よね。

食事の片付けをしながら私はこっそりとため息を吐《つ》いた。


「んん……？　到着しましたの？」

エトレンナの門の前で馬車が止まると、それまで私の膝枕《ひざまくら》で寝ていたフェリスが目を覚ました。

「うん、今門の前に到着したところだよ」

夕方の四時くらいだろうか、探索帰りの冒険者らしき人達がチラホラと門の前に並んでいるのが見える。

ちなみに私達は他国とはいえ、公爵家の馬車なので優先的に門を通過できた。

窓の外を見ていると、街を歩いている人達の服装に違和感を覚えた。

「ん～……？　あっ、服のテイストが違う人達がいるのか」

「ふふっ、ここはタリファス以外にも二カ国から船が到着すると言っていたもの。タリファスはこより寒いからパルテナに来ると地元住人よりは薄着だと思うわ」

北海道の人が東京に来て、東京の冬なんて北海道の秋みたいなものって言うのと同じだろうか。

「そうだな。それに染色に使われる材料がその土地によって違うから、服の色合いも違っているだろう」

「へぇ……、そういえば他の町だと緑とか茶色とか生成りが多いけど、なんかエトレンナは赤が目立ってるかも。さすが公爵家、しっかり勉強してるんだね」

尊敬の眼差しを向けるとフェリスとクロードはさりげなくドヤ顔をした。

考えてみればフェリスが部屋で着ていた服には、赤の差し色を使っている服が多かったかも。タリファスは赤の染料が有名なのかもしれない。

宿屋に到着し、夕食の時間に食堂でこれからの予定を話す事になった。

「タリファス行きの船が出るのは明後日なので、明日はこの街で過ごす事になります」

ロレンソがクロードに報告した。宿屋に到着してすぐ出て行ったと思ったら、船の手配をしに行っていたのか。

明日一日空くのならちょ〜っとだけ魔導具の探索とか行っちゃダメかなぁ。そんな事を考えてソワソワしていたらエリアスと目が合った。

「アイル、もしかしたら明日見つかっていない魔導具の探索とか行きたいとか思ってるかもしれないけど、一日やそこらで見つかるようなところには無いからね？　行くなら何日かかけないと探し尽くされた場所しかないよ」

「何でわかったの⁉」

「あはは、さっきから凄《すご》くソワソワしてたじゃないか。もし食べ物関係なら舌舐《したな》めずりするけど、今はしてなかったから場所的に魔導具の事かなって思っただけだよ。やっぱり当たってたんだね」

ニコッと微笑《ほほえ》まれたけどその観察眼が怖いッ!!

っていうか、私食べ物の事考えてたら舌舐めずりしてるの!?

恥ずかしくて頭を抱えて俯《うつむ》いた。

「クックッ、やっぱアレ無意識だったのか、食材買いに行く時にメニュー考えながらよくやってるぜ?」

エリアスの言葉にショックを受けていたらホセにも指摘されてしまった。

うそーん! 今度からマスクして行くべきか、無くて七癖と言うけど自分が恐ろしい。

結局翌日は女性陣と男性陣に分かれて買い物したり自由に過ごす事になった。

あくまで私達は護衛なので、基本的にフェリスの買い物に付き合う形ではあるけど。

私達は帰りにいくらでも寄ろうと思えば寄れるので、私が買った物は船内やタリファスの道中で食べるための屋台の食べ物くらいだ。

お昼と夕食は各自食堂で食べる事になっている。一応美味《おい》しいところを見つけたら帰りに寄りたいので教え合う約束だ。

「うふふ、家にいた頃はこんな店で食事するなんて考えた事もありませんでしたわ。このお箸《はし》というカトラリーもタリファスでは見た事も無かったもの」

パルテナ国内でお箸は四割程度の普及率だ。賢者サブローが住んでいたコルバドでは全体的に広まっているらしいが。

最初はずっとナイフとフォークで食事していたフェリスだったが、山盛り唐揚げを出した時にお箸だとヒョイヒョイと取れるのに対して、フォークだと刺そうと思うと直接お皿の上にあるものでないと山が崩れてしまうせいで、少ししか食べられなかったという悔しい思いをしてからお箸を使うようになったのだ。

「フェリス、料理はパルテナとタリファスって違ったりするの？」

「そうね……、お店で食べるものに関してはそんなに変わらないと思うわ。だけどアイルが作る料理は今まで食べた事の無い料理が多かったわ」

「アイルの料理はアイルのオリジナルが多いからかしら？　コルバド料理に近いものも多いかもしれないけれど」

言われてドキッとしたけど、ビビアナがさりげなくフォローしてくれた。

「まぁ！　アイルのオリジナルでしたの？」

フェリスが驚きで目を見開きパチパチと瞬《まばた》きした。

「あはは、伯爵家の料理長にも色々教わったりしてたからね」

ごめん料理長、その肩書きを利用させてもらいます。

いち冒険者がってよりも、貴族の料理長の指導って言えば誤魔化されてくれるだろう。

夕食を済ませて食堂を出ると辺りは薄暗くなっていた。北の方にあるせいか、ウルスカに比べて陽《ひ》が落ちるのも早い気がする。

宿は少し高い場所にあるので、宿の前で振り向くと海がよく見えた。そして海の向こうに灯《あか》りがポツポツと見える。

「もしかしてあの灯りってタリファスの灯り？」

「そうですわ、晴れている状態でしたら、お互いの国から大陸の影も見えますもの。あの灯りはきっと灯台のものですわ」

日本人としては大陸続きで国があるのも変な感じがするけど、こうやって肉眼で見える距離で隣国ですよって言われても変な感じがするなぁ。

日本でも場所によっては隣の国が見えるところもあるんだろうけど。

明日は朝早く船に乗ってその日の内にタリファスに到着するらしい。

寝不足による船酔い防止のためにもその日は皆早く部屋に戻ったが、私は初めての船旅にワクワクしてなかなか寝付けなかった。

◇　◇　◇

「この船に乗るの？」

「そうだ。私達はこのまま馬車で乗り込めるから、乗り込む時に人数の確認だけされて中まで入れるぞ」

遊覧船フェリーサイズの船に、数台の馬車が列を作って乗り込んで行く。船の手摺《てす》りの一部が取り外し可能で、そこにタラップが設置されて乗り込むようだ。

タラップの手前で外の皆は馬を降りて手綱を引いている。そして乗船券を見せて係員が窓から馬車内の人数を確認すると、クロードの言う通り馬車に乗ったまま船に乗り込めた。

船に乗り込んでから馬車が止まるとカルロが先にドアを開けて降り、ドアを固定して私達が降りるのを待っている。

馬は馬車から外され船内の厩舎《きゆうしや》に移動し、車体には御者が車輪を固定する道具を取り付けた。

「へぇ、船内にこんなところがあるんだね」

「大きな船にしかこのような馬車や馬を載せる場所は無いがな。行こう、ロレンソが個室を取ってあるはずだ」

「はい、今回は人数が増えたので大きめの部屋を取っておきました。参りましょう」

ロレンソが先導してくれるのでついて行く。

「船ってもっと揺れるかと思ってたけどそうでもねぇな」

「まだ出航してないし、ここは内海だからじゃない？　ちょっと湾になってるから外洋に出たらもっと揺れるはずだよ」

「その通り、詳しいじゃないかアイル。船に乗った事があるのか？」

移動しながらホセの呟《つぶや》きに答えるとリカルドが反応した。

船は共働きで普段構えないからと毎年家族旅行をしていたおかげで、屋形船から寝台のある大きなフェリーまで色々乗った事があるもんね。

「まぁね、これでも島国育ちだから」

「まぁ！　アイルは珍しい顔立ちだとは思っていたけれど、この辺りの大陸出身じゃなかったのね。

何と言う国なのかしら？」

ドヤ顔で言った途端フェリスが話題に喰《く》い付いて振り返った。フェリスはクロードと話しながら歩いていたので、まさかこっちの話を聞いているとは思わず油断していた。

もし賢者サブローがこっちで日本って国名を言っていたらアウトだ、唸《うな》れ私の脳細胞‼

…………………あっ。

「もうどうやって帰ったらいいかもわからない国だから知られてない国だと思うよ。ハポンって言うんだけど」

「ハポン？　聞いた事無い国ね、お兄様は知っていて？」

やめて！　話を広げないで！

英語だと賢者ソフィアがいたし、賢者同士で話した時にジャパンって言ってたら……と思ってスペイン語の日本にしてみた。

ドイツ語で日本って何て言うか知らないけど、ハポンじゃなかったと思う。テレビで観たスペインに住んでる日本人の子孫がハポンという姓だというのを思い出したのだ。

「う～ん……、私も知らないな。交易できないくらい遠い国だと地図にも載っていないだろうし、発見されていない国があっても不思議じゃないからな。御伽噺《おとぎばなし》みたいにドラゴンに乗って空を移動できるのならともかく、世界の全てを見るのは難しいからな」

「もしかしてドラゴンは昔実在してたの⁉」

「ははっ、いたと言われているだけで証拠はどこにも無いからな。大きなワイバーンを見間違えて大袈裟《おおげさ》に伝わったんだというのが有力説だな」

「そ、そうなんだ……」

クロードに「大きくなったら勇者になる！」と言っている子供を見るような目を向けられてしまった。

そうか、実在しないのか、ちょっと安心でちょっと残念。

「ここが我々の客室です」

ロレンソが足を止めてドアを開けたそこは十畳程の広さにテーブルとソファ、壁際にベンチのような椅子があるだけの簡素な部屋だった。

窓はあるけど小さな丸い窓が三つあるだけなので、部屋には魔導具の灯りが点《つ》いている。

先にクロードとフェリスが座り、カルロがお茶の準備を始めたので各々ソファや椅子に座ると、足元がさっきより揺れている事に気付いた。

「どうやら出港したみたいだね」

「ここを任せていいなら甲板に出てもいいかしら？　あたし船って初めてだから海を眺めたいわ」

エリアスの言葉にビビアナがソワソワしながら言った。タリファスまで十時間くらいかかるらしいので、私とビビアナと同じく船が初めてなホセも一緒に甲板に出る事にした。

そして三十分後、船が外洋に出た今、私は手摺り越しに魚達に餌を撒き散《ま》《ち》らしているビビアナの背中をさすっている。

「うぇぇ……、馬車や馬だと平気なのに何で……⁉」

「う〜ん、揺れ方が違うからかな？　遠くの動かない物見たり仰向けに寝てたらかなりマシになると思うよ」

「もう船室に戻って転がってりゃいいんじゃねぇ？」

確か足に酔い止めのツボがあったような……、それより酔うのは三半規管が原因だから身体強化をかけて何とかならないかなぁ。

「ビビアナ、ちょっと試してみたい事があるんだけどいいかな……？　ビビアナの身体の一部に身体強化かけたら治ると思うの（ヒソヒソ）」

鞄《かばん》から出すフリでストレージからコップと水袋を出して、口を漱《すす》ぐためにビビアナに渡しながらコッソリ囁《ささや》く。

「じゃあオレは人が来ないか見ておいてやるよ」

ホセの耳には囁きが聞こえたらしく、見張りを買って出てくれた。

さっき吐きたいとビビアナが言った時点で人目につきにくい場所に移動していて良かった。口を漱ぎ終わったビビアナの両耳の後ろを両手で挟むように触れる。

「『身体強化《パワーブースト》』……どう？」

「うぅ……、あれ……？　凄い、気持ち悪く無くなったわ」

「良かった、人に強化魔法かけるのは初めてだったからドキドキしちゃった」

「凄いわアイル、ありがとう！」

「えへへ、どういたしまして」

喜んだビビアナに抱き締められ、久々にマシュマロ乳に埋もれた。

「到着したようですね」

出発から約十時間後、船の揺れが小さくなり、廊下がザワザワと騒がしくなってきたのに気付いてカルロが言った。

私達は午前中は甲板にいたが、昼食のために船室に戻ってからはそのまま部屋で過ごした。昼食は船内に食堂や売店があるものの、船が揺れても大丈夫なように簡素な食事に加えて行列ができていたのでストレージから出して済ませたのだ。

「船を降りればボルゴーニャ公爵領は隣の領ですから……、もうアイルの料理が食べられないのは残念ですわ」

「そうだな、Aランク冒険者でなければ料理人として引き抜きたいところだ」

「そんな事言ったら公爵家の料理長が怒るか嘆くよ？　それより二人共覚悟はいい？」

「ああ、必ず父上を説得してみせる」

「お父様は賢者アドルフを尊敬してますし、他に知られていない賢者の叡智《えいち》と聞いたら飛びつくと思いますわ。むしろ既《すで》にわたくし達が賢者の叡智を手に入れたと言いふらしているかもしれなくてよ、うふふ」

フェリスは笑うとクロードと手を取り合って頷《うなず》いた。この年齢でこんなに兄妹《きょうだい》仲良しって凄《すご》い事だと思う。

「準備ができましたので馬車に移動しましょう」

カルロの言葉に馬車置き場に移動し乗り込んだ。馬達は慣れない揺れのせいか少し興奮していたが、体調的に問題は無さそうだ。

馬車や馬専用のタラップが取り付けられ、最初に私達が降りて行く。やはり公爵家の紋章付きの馬車は優先されるようだ。

降りる時も中の人数を確認されて下船すると、少し進んですぐに停車した。

すると無駄によく通る大きな声が聞こえて来て、なにやらロレンソと遣り取りしているようだった。

「この声は騎士団長ですね」

「騎士団長？」

「ああ、公爵家に仕える騎士団の団長だな、彼の声は大きい上によく通るのだ」

カルロの言葉に聞き返すと、クロードが説明してくれた。

公爵家ともなると騎士団を抱えているのか、領地にいる私兵的なやつだろうか。

「クラウディオ様、フェリシア様！　騎士団長ナタリオ・デ・ムニョスがお迎えに上がりました！」

ドア越しなのに煩《うるさ》いくらい。クロードはカルロに目配せすると、カルロが馬車のドアを開けた。

ドアの開く音に反応して跪《ひざまず》いて頭を下げていた騎士団長が顔を上げ、その背後に五人の騎士達が跪いている。

緑の髪に若草色の目をした三十代半ばの筋肉育ててます、という風情の男だ。

一緒に馬車に乗っているのが気に入らないのか、私を見て睨《にら》む、とまではいかないが威圧を込めた視線を向けて来たのでニッコリ微笑《ほほえ》んでおいた。

荒くれ冒険者に比べたら騎士の人達は気品があるというか、何しでかすかわからない雰囲気とは程遠いのでそんなに怖くない。

冒険者だと談笑しながらお酒飲んでたのに、次の瞬間にはたったひと言が原因で殴り合ってたりするから油断できないのだ。

「ご苦労。わざわざ騎士団長が迎えに来てくれるとは思わなかった」

「公爵様がとても心配しておられましたので。今宵はこの街でお休みいただき、翌朝公爵領へと向かいます。既《すで》に宿の手配は済んでおりますのでそちらで夕食をどうぞ」

「ありがとう。では行こうか、案内してくれ」

「ハッ」

騎士団長は一瞬瞠目《どうもく》したが、すぐに頭を下げてから立ち上がり、先導し始めた。

何でさっき驚いたんだろう、もしかしてクロードが「ありがとう」って言ったから？

宿屋に到着すると、侍女らしき人達が待機していた。あれよあれよと言う間にクロードとフェリスは連れて行かれて、すぐに戻って来たカルロから二人は部屋で夕食を摂るから私達は自由に宿の食堂で食べるように言われた。

各自手荷物を部屋に置いて食堂に集まると、ロレンソ達含め騎士団の騎士達が貸し切り状態でいた。

空いているテーブル席に着いて食事をしていたらロレンソと騎士団長のナタリオが近付いて来て、近くにあった椅子を掴《つか》んで同じテーブルに椅子を置いて座る。

そしてナタリオがいきなり頭を下げた。

「すまぬ、其方《そなた》らはここで報酬を受け取って明日からは自由にしてくれ」

「まぁ……、そうなるだろうなとは思っていた」

リカルドがため息を吐《つ》きながら言った。他所者《よそもの》の冒険者を屋敷に入れたくないからだろうかと首を傾《かし》げていると、ホセが口を開いた。

「オレだよ」

「へ？」

ホセはキョトンとする私の頭をワシワシと撫《な》でながらため息を吐く。

「はぁ……、わかってねぇな？　言ってただろ、タリファスは獣人差別があるって。オレがいるから屋敷に来て欲しくないんだろ」

「あっ、な～るほど、じゃあホセのお陰で面倒が回避できるって訳か！　ホセに感謝だね」

そう言ってハムッとチキンステーキを口に入れた。あれ、何か周りが静か……？

周りを見ると驚いた顔で皆が私を見ていた、そしてナタリオ以外が一斉に笑い出す。

「ははは、さすがアイルだな、公爵家に行く事が面倒とは」

「普通は気に入られて後ろ盾になってもらおうとしたり、報酬上乗せのためにお会おうとするものなんだよ？」

「ははっ、そういやアイルは王様や王子様達に会っても全然喜んでなかったもんな、普通の女ならスゲェ喜ぶところだぜ？」

「うふふ、そこがアイルの可愛《かわい》いところなんじゃない」

だってガブリエルのお屋敷より格式高いならマナーとかにも煩そうなんだもん。それに偉そうな貴族とか多そうだし、絶対面倒でしょ。

笑われつつも知らんぷりして食事を続けた。

「ふ……っ、ふははは！　クラウディオ様達に対する態度からして只者《ただもの》じゃないとは思っていたが、……これ程とは……思っていたより其方らは大物だったようだな。むしろ公爵様に会うように進言したいくらいだ。特に……アイルと言ったか？　まだ幼いのに私の威圧にも飄々《ひょうひょう》としておったし、将来は間違いなく大物になるであろう」

「それはどうも」

あ、やっぱりあの時威圧されてたんだ。しかもまた幼いって思われてるよ。

二度と会わないだろうからいちいち訂正するのはやめておこう。何か名前からして貴族みたいだし、機嫌損ねたら面倒そうだもんね。

結局食後に上乗せ分の報酬を多めに受け取り（最初に提示された分はギルドに戻ってから受け取る）、明日の朝に宿で解散という事になった。

食堂では護衛を入れ替わった半数の騎士達が向かい合わせで肘《ひじ》を引っかけジョッキを傾けている姿を見ていたら、ホセに首根っこ掴まれて部屋に連行された。

ちょっと交ざりたいとは思ったけど、ちゃんと我慢できるもん！

翌朝、ビビアナと二人部屋で目を覚ますと、外から気合いの入った声が聞こえて来た。

窓から外を見ると騎士達が訓練しているようだ、どうやらウチの男性陣も交ざっている。

獣人差別があると言っていたのに、一緒に訓練しているところを見ると騎士達は実力主義なのかもしれない。

騎士がAランク冒険者と手合わせなんてそうそうできないだろうし。

「ふわぁ……、やっと静かになったわね。どうやら訓練も終わったみたいだし、着替えて食堂に行きましょ」

「そうだね。顔洗おうか、『洗浄《ウオッシュ》』」

いつもの事なので、ビビアナも反射的に目を閉じて息を止めた状態で口を開ける。

サッパリしたところで各々着替えてすぐに出発できる準備をした。

「これでもう部屋に戻らなくても大丈夫だね。リカルド達がまだなら注文だけしておいて、先に食べちゃおっか」

「ふふ、そうね。リカルドの実家は公爵領とは方向が違うって言ってたし、食べた後にフェリス達に挨拶《あいさつ》もしたいんでしょ？」

「うん。別れの挨拶も無しに行くのは……ちょっと寂しいかな」

「ずっと馬車で一緒だったものね、それじゃあ早く食事を済ませましょ」

人も疎《まば》らな食堂で男性陣三人分も合わせて注文し、テーブルの上に所狭しと料理が並べられた頃に首にタオルをかけた三人がやってきた。

まだ朝は冷えるというのに井戸水を被《かぶ》って来たのか髪が濡《ぬ》れている上、体温で水が蒸発しているせいで水蒸気らしきものをモワモワと身体から放っている。

「おっ、オレ達の分も注文しといてくれたのか、ありがとよ」

「そうよ～、感謝しなさい、あんた達」

「あはは、ありがとう」

「ああ、鍛錬で腹が減ったから助かる」

結構ボリューミーな朝食を平らげた頃には男性陣の髪もほぼ乾いていた。筋肉質で体温が高いから早く乾くのだろうか。

食事を済ませた私達はロレンソに別れの挨拶をし、依頼完了のサインをもらってクロード達にも挨拶をしに行こうとしたら微妙な顔をされた。

ボカしていたが、どうやら家の意向で獣人が一緒に行動しているような冒険者に影響されては困ると、公爵家からの迎えの者達が接触をさせまいとしているらしい。

だから昨日も二人は部屋で夕食を食べる事になったのか。

「会えなくても部屋の外から声をかける事はできるでしょ」

クロード達がいる部屋は最高級の家族部屋で、使用人用の部屋もついているタイプだから二人共同じ部屋にいるはずだ。

リカルドが部屋をノックすると、昨日見た侍女が出て来てドアを閉めた。

「今から宿を出るので最後に挨拶をしに来た」

リカルドが話しているというのに、侍女はチラリとホセに視線を向けると、あからさまに顔を顰《しか》めた。

ムカッときて文句を言おうとしたらホセに肩を掴まれ、ポンポンと優しく頭を叩《たた》いて宥《なだ》められてしまった。

「挨拶は結構です、報酬は受け取ったのでしょう？　このままお発《た》ちください」

「…………奥が騒がしいようだが？」

「あなた方には関係ありません」

ツンと愛想も何も無い態度でそう言い放つ侍女。

絶対クロードやフェリスの意見じゃないでしょ⁉

リーダーはリカルドなので話を任せるために黙ってはいるけど、拳《こぶし》を握ってイラついているとホセが耳元に口を寄せてきた。

「奥の部屋でクラウディオとフェリシアがオレ達に会うとゴネてる声が聞こえてるぜ、どうやら侍女達にこっちに来るのを阻まれてるようだ」

奥から話し声のようなものが聞こえるのはフェリス達が騒いでいるせいだろう。

私は一歩下がってコッソリ魔法を使った。

「『風道《ウィンドパス》』」

息を吸い込みながらドアに近付き、部屋の中に向かって話す。

「クロード、フェリス、賢者の叡智《えいち》があなた達の希望《エスペランサ》になる事を祈ってるから！　元気でね！」

「なっ、無礼な！」

防音仕様の部屋でも空気は通っている、なので大きめの声を風に乗せてしまえば二人のもとに私の言葉はちゃんと届いただろう。

二人を愛称で呼んだ事に対し侍女は憤慨しているようだが、知った事では無い。

「リカルド、もう行こう。二人には会えないみたいだし、こんなパルテナの伯爵家の使用人より教育のなっていない人を相手にするのは時間の無駄だよ。公爵家の使用人でこの程度だなんて、タリファスは碌《ろく》な人材がいないのかな？」

「な……っ、なん……っ」

ただでさえホセへの態度でもムカついていたのに、二人にも会わせてもらえなかったので大人げないとは思いつつも思いっきり嫌味を言ってい《黒》い笑顔をしてやった。

侍女が言葉を失い口をパクパクさせてる間に、リカルドの腕を引っ張ってその場を離れた。

「くっ、くくくっ、アイルって結構言うよね」

階段を降りながらエリアスが笑い出した、さっきは侍女の手前我慢していたようだ。

ちなみに碌な人材云々《うんぬん》というところまで奥の部屋に聞こえるようにしていたので、奥の部屋にいた侍女達もキーキー言ってるかもしれない、ざまぁみろ。

「だってムカついたもん。もし父親の公爵の命令だったとしても、フェリス達の事を想《おも》っていたらちょっとくらい会わせるでしょ？　あんなのフェリス達の事を蔑《ないがし》ろにしてるって証拠だよ」

プリプリ怒りながら宿の出入り口に向かうとロレンソがいた。

「その様子じゃ会えなかったみたいだな。すまない、ただの護衛騎士じゃ口添えする権限すら無いんだ」

「ふふん、逃した魚が如何《いか》に大きかったかその内知る事になるかもね！　その時になって公爵が頭を下げたとしても遅いんだから。『信用は満月のよう……一度壊れれば日に日に欠けていく』……って、賢者アドルフが言わなかった？」

確か覆水盆に返らずのドイツ版だったと思う。違う国だったら間抜けかも、……ドイツだったよね？

表現は格好いいけど、満月は信用と違って勝手にまた満月に戻るのになぁ、と思ったんだよね。

「俺はあまり学が無いから知らないが、公爵様なら知ってるかもな。俺もあんたらとの繋《つな》がりは持ってた方がいいと思ってるぜ」

「だったらギルド経由でフェリスの婚約がどうなったか報《しら》せてほしいな。公爵家は家臣の個人的な付き合いまで口を出したりはしないでしょ？」

「ははっ、そうだな。了解、リカルド宛《あて》に報せよう、女の名前宛だと妻に勘繰られるからな。今までありがとう、道中気を付けて」

「ああ、そちらも。ただ、俺達はしばらくタリファスに滞在してからパルテナに帰るから、しばらくは連絡が取れないけどな」

「へぇ、王都にでも観光に行くのか？」

「色々行くよ！　ビールも買わなきゃいけないし、あとリカルドの地元でバームクーヘンでしょ。ソーセージにサラミとベーコンも外せないし、この時期ならではの高級食材が王都近辺で手に入るって言ってたよね⁉」

言いながら溢《あふ》れ出そうになる涎《よだれ》を飲み込んでリカルドを見ると、苦笑いしながら頷《うなず》いた。

「そうだな、お楽しみがたくさんだぞ。アイルがこんなだからもう行かないと。元気でな」

最後にロレンソとリカルドが握手を交わし、私達はリカルドの実家に向けて出発した。

リカルドの家族ってどんな人達なんだろう、妹が二人いるって言ってたけど、仲良くできるといいなぁ。

それに今回が異世界初めての海外旅行、パルテナに無かった物も色々ありそうだし、思いっきり楽しんじゃうもんね！

期待に胸を膨らませ、いつものようにホセの前に座って風を切った。

あとがき

このたびは『自由に生きようと転生したら、史上4人目の賢者様でした⁉　～女神様、今の時代に魔法はチートだったようです～』２巻をお買い上げいただき、ありがとうございます！


時々聞かれるので改めまして、ワタクシ『さかもと』アズサと申します。

たまに『さけもと』さん？　と言われる時があったので一応お知らせという事で。

この名前、自分の趣味を詰め込んでおります。某小説を読んで以来（その小説の作者さんはお酒と同じ名前にされてます）ウイスキーを嗜《たしな》むようになったからだったりします。

それまでは月に1回くらい甘いお酒を飲む程度だったんですけど。

どちらにしても弱いから基本的に1日1杯しか飲みませんけどね。

あ、それでもちゃんと休肝日は確保してますのでご安心下さい。


話は変わりますが……皆様お気付きでしょうか、今回単独の書き下ろしはありません。

加筆はたっぷりちりばめられているのですが、本作を投稿しているカクヨムサイトでお読みいただいている方々からしたら削除されている部分の方が多いと感じている事でしょう。

カクヨムサイトでは間に閑話のリカルドの過去などが入ってましたが、話の流れとページの都合上、後回しになりました。

ですが2巻の内容はカクヨムサイトで一気にフォロワーさんが増えた頃のものなので、1巻よりも更に楽しんでいただけたのではないでしょうか。

個人的にはアイル初の殺人後にホセが初めて漢気を見せたシーンがお気に入りです。あの辺りからアイルの恋愛相手としてホセ派とエド派が発生したと思われます。

実際あのシーンはアイルが恋愛を拗《こじ》らせていなければトゥンク……ってなっていたと思いますね！

残念ながらウチのヒロインは現在色気より食い気全開なのでそんな展開には程遠いのですが。もうそんなの今回の表紙が物語っていますけどね！

表紙といえば、今回もしあびすさんが素敵なイラストを描いてくださいました。

提案や希望をお伝えしたら、予想を超えて良い物になっているので毎回イラストが届くたびにウキウキしてしまいます。

表紙で串肉《くしにく》をビアナに奪われているホセの可哀想可愛い姿、たまりませんな！

改めてイラストを担当してくださったしあびすさんにお礼申し上げます。

編集部の担当さんも色々フォローしていただき、ありがとうございました。

最後にこの本が出来上がるまでに関わってくださった全ての方々に感謝を！

酒本《さかもと》アズサ　拝

カドカワBOOKS

自由《じゆう》に生《い》きようと転生《てんせい》したら、史上《しじょう》4人目《にんめ》の賢者様《けんじゃさま》でした⁉ 2
～女神様《めがみさま》、今《いま》の時代《じだい》に魔法《まほう》はチートだったようです～

2023年4月10日　初版発行

著者／酒本《さかもと》アズサ

発行者／山下直久

発行／株式会社KADOKAWA

〒102-8177
東京都千代田区富士見2-13-3
電話／0570-002-301（ナビダイヤル）

編集／カドカワBOOKS編集部

印刷所／暁印刷

製本所／本間製本

●お問い合わせ
https://www.kadokawa.co.jp/（「お問い合わせ」へお進みください）
※内容によっては、お答えできない場合があります。
※サポートは日本国内のみとさせていただきます。
※Japanese text only

Printed in Japan
ISBN 978-4-04-074927-3 C0093

新文芸宣言

かつて「知」と「美」は特権階級の所有物でした。

15世紀、グーテンベルクが発明した活版印刷技術は、特権階級から「知」と「美」を解放し、ルネサンスや宗教改革を導きました。市民革命や産業革命も、大衆に「知」と「美」が広まらなければ起こりえませんでした。人間は、本を読むことにより、自由と平等を獲得していったのです。

21世紀、インターネット技術により、第二の「知」と「美」の解放が起こりました。一部の選ばれた才能を持つ者だけが文章や絵、映像を発表できる時代は終わり、誰もがネット上で自己表現を出来る時代がやってきました。

UGC（ユーザージェネレイテッドコンテンツ）の波は、今世界を席巻しています。UGCから生まれた小説は、一般大衆からの批評を取り込みながら内容を充実させて行きます。受け手と送り手の情報の交換によって、UGCは量的な評価を獲得し、爆発的にその数を増やしているのです。

こうしたUGCから生まれた小説群を、私たちは「新文芸」と名付けました。

新文芸は、インターネットによる新しい「知」と「美」の形です。

2015年10月10日

井上伸一郎